著 岬　圖 さんど
譯 簡捷

◆ Contents ◆

A MILD NOBLE'S
VACATION SUGGESTION

A MILD NOBLE'S
VACATION SUGGESTION

CHARACTERS

人物介紹

利瑟爾

本來是為某國王效命的貴族，不知為何掉到了與原本世界十分相似的另一個世界，正在全力享受假期。嘗試當上了冒險者，不過常常有人不敢置信地多看他一眼。

劫爾

傳聞中的「最強冒險者」，可能真的是最強。興趣是攻略迷宮。

伊雷文

原本是足以威脅國家的盜賊團的首領。蛇族獸人。別看他這樣，親近利瑟爾之後作風已經比先前收斂許多了。

賈吉

商人，擁有自己的店舖，擅長鑑定。看起來很懦弱，其實與人交涉時頗有魄力。

史塔德

冒險者公會的職員，面無表情就是他的一號表情。人稱「絕對零度」。

西翠

隸屬於最高階隊伍的冒險者。朋友~~募集中~~交到了。

陛下

對於利瑟爾來說是前學生，兼敬愛的國王。國民對他的愛稱是「前不良國王」（「本來是不良少年的國王」的簡稱）。

NO IMAGE

？？？

前佛剋燙盜賊團的倖存者，利瑟爾口中的「精銳盜賊」。各自出於不同的理由而跟隨著伊雷文。

160

氣氛好像和平常不太一樣，利瑟爾在內心偏了偏頭。

這天劫爾和伊雷文都不在，利瑟爾來到冒險者公會，打算一個人接委託。平常無論粗野的冒險者再怎麼吵鬧，公會裡總是充滿了對一切都習以為常的老練氛圍，彷彿就連亂鬥都只是日常風景，大家只會叫囂起鬨，從來不會因此躁動不安。

可是今天的氣氛，卻浮躁得讓人以為是不是新手冒險者比較多，帶有在未知中摸索著前進，或是面對全新挑戰的時候那種積極雀躍、又有點不安的感覺。但視野中的面孔又和平常相差無幾，實在很奇妙。

利瑟爾暫且先走向委託櫃檯，平常總是爭先恐後地擠滿冒險者的櫃檯，也冷清得不可思議。利瑟爾側眼看著在委託告示板前徘徊的冒險者們，來到打從他進門以來就一直凝視著這裡的史塔德面前。史塔德正閒得沒事做，在這個時段相當罕見。

「史塔德，早安。」

「早安。」

「今天是怎麼回事呀？」

利瑟爾一邊看著冒險者們，一邊下意識摸了史塔德的頭髮一下。

史塔德看著他收回手，板著一貫面無表情的臉，仰望著利瑟爾的側臉。

「今天是『自由組隊日』。」

「咦？」

聽見陌生的詞彙，利瑟爾眨了眨眼睛。史塔德伸手指向告示板。

那裡有一面寫著「FREE PARTY DAY」的牌子，起了絨毛的繩子看起來像臨時拿來湊合的，木板看起來也像是由某位職員手工製作而成。從字面上看來，多半是開放大家自由組隊的日子。

話雖如此，利瑟爾還是難以想像這個活動的全貌，畢竟冒險者的隊伍，本來就不是由任何人強制組成的。冒險者們做事從來沒有顧慮，用不著特地辦這種活動，他們也會自由地為所欲為。既然如此，這個活動或許還有其他目的吧。

「這是本公會的公會長所提出的活動。」

似乎猜到了利瑟爾的疑惑，史塔德為他附加說明：

「由於過去隊員挖角的相關糾紛層出不窮，公會才設立了『自由組隊日』。絕大多數的糾紛都是因為冒險者覺得新隊伍『不符期待』，希望回到原本隊伍而產生。因此公會長靈機一動，想到了『營造出事前讓大家嘗試不同組隊的環境』這種愚蠢的辦法。」

「原來如此。」

至於挖角造成的糾紛是否因此改善，公會方面認為確實有所減少。說到底對公會而言，即使冒險者的隊伍成員有所改變，也只需要重新登錄而已。自由組隊日原本只是提供一個契機，到了現在也已經不再具備「挖角」這樣的前提，變成了為冒險者生活提供一些小刺激的有趣活動。

「也能潛入迷宮嗎？」

「在這一天，只要不是意圖利用這個機制作弊，即使組隊成員與平常不同，迷宮也會認定為同一個隊伍。」

不愧是迷宮，看場合辦事的本領令人稱道。

利瑟爾點了一、兩次頭。昨天劫爾之所以宣告他今天「絕對不會靠近公會」，也是因為這個節日吧。明知道會被拒絕，感覺還是有很多冒險者會嘗試找一刀合作。

然而利瑟爾就不一樣了，劫爾他們都說他是好奇心的聚合體，是個喜歡嘗試錯誤、充滿上進心，想成為更好冒險者的男人，自然對這個活動非常感興趣。要向其他隊伍學習，並把所學回饋到自己的隊伍當中，這是個不可多得的好機會。為了過上更好的冒險者生活，利瑟爾無論何時都不吝於努力鑽研。

「啊。」

不過利瑟爾忽然想到一件事，不禁發出聲音。

他看向目不轉睛地仰望自己的史塔德，想到什麼好主意似地笑了開來：

「不如我們一起去迷宮吧？」

「我要去。」

史塔德秒答，手已經開始扯下領子上的徽章。

隔壁正在辦理委託手續的某職員忍不住多看了史塔德一眼，正在等待職員辦完手續的冒險者們疑惑到面無表情，正準備把委託單拿給史塔德的冒險者們剛踏出的腳步凝固在原地。

面對意想不到的公會職員挖角事件，所有人都跟不上事態的發展，呆站在原地。

「利、利瑟爾老兄，等……啊，請你們稍等一下。那個啊……」

「是？」

隔壁位置的職員先和正在辦理手續的冒險者說了一聲，奮力撬開自己抽搐的嘴巴。在絕對零度「你打算說什麼」的銳利視線當中，他下定決心，誠惶誠恐地說：

「你找史塔德，應該是沒有辦法……」

「他好像說今天休假呀？」

「是休假我可以去。」

「不是啦，該怎麼說，我記得公會職員是不能以冒險者身分進入迷宮的、的樣子……史塔德你不要那個眼神好嗎?!只是不管怎麼想，成功的希望都太渺茫了啦!!」

職員慌忙回去辦手續了。原來是這樣嗎，利瑟爾悄悄打量史塔德的反應。

看他把剛抬起的腰默默坐了回去，本人應該也知道有困難吧。即使如此，或許他還是想賭賭看這一天成功的可能性，只是顧慮到可能會有失敗的情況，為了利瑟爾著想才作罷。

「畢竟也不能讓你一個人在迷宮門口枯等呢。」

「……我也不打算讓你一個人潛入迷宮。」

聽見史塔德喃喃這麼說，利瑟爾也垂下眉尾，露出微笑。

利瑟爾將手伸向牢牢看著自己的、那雙水晶球般的眼瞳，映不出任何感情的虹膜雖然帶有顏色，看起來卻比任何事物都更加透明。為了表示自己也感到相當惋惜，他緩緩撫過對方的下眼瞼，那雙鮮少眨動的眼睛微微瞇細。

然後，他鬆開了手。雖然史塔德略顯不滿地看著他，但總不能獨占著櫃檯太久。

「那就晚點見了。」

「好的。」

這麼說就代表他想接委託吧，史塔德這麼想著，目送利瑟爾離開。

下一秒，史塔德意識到一件事：利瑟爾或許也想盡情享受自由組隊日。他立刻想站起來，但下一位冒險者間不容髮地將委託單塞了過來，害他脫不開身。雖然很想乾脆把單子推回去說「我不管了」，但這樣應該會被利瑟爾罵吧，於是他默不吭聲，動作迅速地開始辦理手續。

利瑟爾背對著史塔德，走向委託告示板。他本來打算獨自接委託，但這麼難得的機會，不好好把握就太可惜了。

史塔德的擔憂成真了，現在的利瑟爾幹勁滿滿地想跟其他隊伍一起組隊。

「（伊雷文應該會有點不高興吧。）」

他忍不住笑了出來。

伊雷文意外地在乎隊伍活動。利瑟爾不打算給人貼標籤，而且在伊雷文身上特別不容易看出這種特質，不過一般而言獸人的群體意識確實比唯人更加強烈。要是知道他跑去跟人組隊，伊雷文多半不會給他好臉色看，但還不到絕對抗拒的地步。因此，他打算毫無顧慮地盡情享受這個活動。

利瑟爾來到委託告示板前，環顧周遭興奮交談的冒險者們。

「今天可以兩個隊伍一起進迷宮嗎？」

「這不可能吧，原則上。」

「你們隊上那傢伙能不能借我們一下，有女生在報酬會變多。」

「咦——我才剛出去賺過外快，今天不想去！」

「她都這樣說啦，你放棄吧。」

平常鮮少聽到的冒險者出借交涉，今天隨處可見。

不過，在平常習慣的隊伍裡貿然加入一個生面孔，只會讓隊友們更難配合而已，對於已經組成穩定隊伍的冒險者來說，交換隊員幾乎沒什麼好處可言。因此大多數隊伍徵求的都是幫手，好趁機接取平常不能接的委託。

既然這樣，身為魔法師的自己應該也很有需求吧。利瑟爾點了一下頭，四處徘徊，尋找募集成員的呼聲。

「能不能用我們隊伍的長槍手跟你們的大盾交換啊？」

「這裡有多的弓箭手喔，擅長解體！」

「有沒有擅長對付石巨人的傢伙——要自備帶屬性的武器——」

哦？利瑟爾看向那裡。

他沒有附帶屬性的武器（因為寶箱不給他），不過能使用魔法也是同樣的意思。他正打算往那個方向邁開腳步，這時忽然和那位高聲募集隊員的冒險者四目相對。

「擅長對付石巨……只限拿武器的!!不收魔法!!」

不收呀，利瑟爾坦然放棄。

以魔法為主力的隊伍戰鬥方式比較特殊，如果擔心配合不來，那麼不收魔法師也是很合理的。魔法師的需求不僅限於戰鬥層面，像是必須使用魔力驅動魔道具的委託，以及王都內補充魔力的雜務委託也不少。這些委託的酬勞都不錯，比較缺錢的隊伍肯定很樂意邀請他。

然而，利瑟爾的希望落了空。在那之後，同樣的事情又發生了兩次，一旦他想去應徵，對方就會撤回募集需求。魔法師光是人數稀少這一點，就應該會有一定的市場才對，為什麼他找不到願意同行的隊伍呢？雖然利瑟爾也不算是正式的魔法師就是了。

「（大家躲著我……）」

這讓他有點沮喪。

「喂，貴族小哥那副樣子……」

「他是不是很難過啊？」

「噓，不要看他，一旦對上他的眼神，他就會露出一臉開心的表情。」

雖然聽不見對話內容，但利瑟爾不可能察覺不到他們的心思。

正因為察覺到了，才特別痛切地體認到被人躲著的事實。喜歡或討厭誰都是個人自由，只是個人好惡的話利瑟爾不會介意，但假如大家認為他欠缺身為冒險者的實力，這可會讓他大受打擊。

利瑟爾默默看向遠方。或許是顧慮他的感受，史塔德在辦理業務時一有空檔就凝視著他的方向。冒險者們側眼看著絕對零度那副模樣，一面跟自己內心的罪惡感交戰，一面裝出若無其事的樣子。

「貴族小哥是實力不錯的魔法師吧？也不是什麼討人厭的傢伙，那……」

「你是不是傻了，要是帶著他亂跑，到時候讓他傷到一根寒毛試試看！」

「可是區區一、兩道傷，他應該會當作冒險者的勳章，反而覺得高……呃……也是……」

在魔法發動前，魔法師應該由前衛來保護，這是冒險者的常識。

因為準備發動魔法的期間，魔法師會陷入毫無防備的狀態。這方面利瑟爾有能力自衛，但周遭的冒險者無從得知，只覺得魔法師一旦受傷，隊伍全員都該負起連帶責任。

魔法師受傷這種事，其實還滿常發生的。隊伍中的魔法師突然遭到魔物襲擊，氣急敗壞地訓斥隊友「你們應該把我當成公主來保護啊!!」這種事也一點都不稀奇。可是萬一在自由組隊日弄傷了借來的魔法師，而且還是在公會內外都擁有高知名度的利瑟爾遭到這般對待，等於是昭告天下自己實力不足了。還有另一點，單純是因為劫爾和伊雷文很恐怖。

冒險者們窸窸窣窣地咬著耳朵，同時非常順利地和附近的隊伍達成交易。利瑟爾看著這幅情景，也惋惜地打算放棄了。就在這時……

「啊——睡過頭啦！」

「有沒有可能還有好委託剩下來啊。」

「我們所有人都沒爬起來。」

「昨天喝太多了啦……對了，今天不是自由組隊嗎？」

「可是好隊友也都被挑走啦——咦？」

公會大門被猛力推開，慵懶登場的艾恩一行人，對上了利瑟爾的視線。

「喔！這不是利瑟爾大哥嗎！」

「要不要一起接委託！」

「再幫我們放一下強化魔法嘛——！」

一反原本懶散的步調，他們朝氣十足地跑了過來，利瑟爾見狀帶著滿面的閃亮笑容點頭。周遭目擊這一幕的冒險者們歡天喜地地說著「天不怕地不怕的渾小子萬歲」，史塔德雖然散發出非常不滿的氣息，但還是輸給了眉開眼笑的利瑟爾。

就這樣，利瑟爾和艾恩他們和睦地決定了委託，到一臉一言難盡又不甘不願的史塔德那裡辦完了手續，快快樂樂地走出公會，旁觀者看了還以為他們是去野餐呢。

過了一段時間，公會裡的冒險者幾乎都已經散去，來到了職員最空閒的時段。

史塔德開始忙起公會內部的事務工作，櫃檯只留下清閒的一名職員，看著沒事在公會桌邊閒聊的冒險者們打呵欠。

在他的視線另一端，公會大門無預警地打開，和平時吵鬧的開門聲不太一樣，這次的聲音謹慎又有常識。這莫不是委託人來了，原本撐著臉頰、眼皮快掉下來的公會職員連忙坐正。

「喔，是賈吉老兄啊。」

「你、你好。」

現身的高個子是個熟面孔，職員剛才挺直的背脊又垮了下來。

看他那副模樣，賈吉垂著眉笑了笑，接著像在找人似地轉動視線。確認過要找的人沒坐在櫃檯，他心想沒關係，朝著坐在櫃檯的職員走近。

「那個，今天……」

「嗯？我們有安排鑑定嗎？」

「咦?!」

公會會固定找他來協助鑑定。

今天賈吉是為此而來，難道自己搞錯日期了嗎？正當他焦急的時候……

「有，我應該也告知過你才對。」

「抱歉！」

感覺到背後的寒氣，職員立刻全面投降。

史塔德以冰冷至極的眼神凝視著他的後腦勺，接著默不作聲地把視線轉向賈吉。看來沒有記錯——看見賈吉鬆了一口氣的模樣，史塔德不作任何反應，今天也道出了先前重複過無數次的固定招呼語。

「請往這邊走。」

「嗯。」

眼見史塔德轉身往回走，賈吉也跟著繞進櫃檯內側。

與此同時，史塔德自顧自地越走越遠，一下子就不見人影。不過這也是賈吉造訪過無數次的地方，其他職員碰見他都會打招呼，一路上賈吉就這麼和人彎腰問好，不必找誰問路，就順利來到了公會深處的房間。

找到開著的那一扇門，他探頭往裡看，映入眼簾的是擠滿素材的雜亂空間。

「今天的量也很多呢。」

「不然也不會請人幫忙。」

「說得也是……」

史塔德對於整潔的要求不算特別嚴苛，但基本都會把東西整理好。明明經過他打理，這裡看起來卻顯得雜亂，實在是因為東西太多了。層架和箱子都不夠用，有些素材只能堆在地上。

隸屬於公會的鑑定士已經消化了不少，卻還有這個數量，可能是大批出售素材的冒險者剛好都在差不多的時間點過來吧。很多冒險者重量不重質，會盡可能多帶素材來賣。

「用不到的素材，留在身邊也沒什麼用呢……雖然利瑟爾大哥都會留著。」

「除非持有空間魔法，否則只是占空間而已吧。麻煩你從這邊開始鑑定。」

即使好不容易取得了素材，若不住在固定的旅店，東西也不能放在房間裡。沒有固定旅店的冒險者在金錢方面也捉襟見肘，幾乎都會立刻把素材拋售出去。假如獲得了想保留的素材，他們會想想其他辦法，例如花點小錢請旅店幫忙保管。

「『殺人傀儡』的緞帶……銀幣兩枚一條、一枚三條，這條報廢。」

賈吉一條一條翻看著以繩索紮成一束的緞帶，聽著史塔德執筆記錄的沙沙聲，有點苦惱地思索。空間魔法，以及附有這種魔法的背包……價格自不待言，加上數量稀少，能取得這種魔道具的人相當有限。

賈吉的道具店裡也有販售，可是……

「銅幣三枚五條……啊，這條花色很罕見，銀幣五枚一條。」

「繼續。」

「嗯……是這一捆吧？」

每個隊伍出售的緞帶各別分開保管，賈吉拿起下一束繼續鑑定。

緞帶的數量不算多，鑑定完幾束之後就告一段落。史塔德把完成鑑定的素材挪到勉強騰出空間的層架上，然後立刻指向下一個木箱。

「接下來是這個。」

「知道了。」

擺在地上的木箱裡裝著大量的繩子，塞得幾乎要滿出來。

這種素材有點嚇人，來自一種名叫「上吊傀儡」的魔物。從名字就看得出來，這是一種脖子吊在繩圈上的魔物，牠被打倒之後，有時會把鬆開的繩索留在原地。順帶一提，很多冒險者都不太想碰這種素材，但看在能賣錢的分上，只能提心吊膽地把它帶回城裡。

當賈吉知道它來自於什麼魔物之後也不太敢碰，但自豪的鑑定眼光又告訴他這種東西完全無害。結果，他每次都一邊在內心發出沒出息的慘叫，一邊把手伸進箱子。

「嗚嗚，都纏在一起……」

「管理失職，事後我會告知整理這箱的職員。」

「也沒有那麼嚴重……啊，解開了。銀幣三枚、兩枚的有兩條。」

一直站著做筆記的史塔德，也趁著空檔跪在木箱前幫忙解開繩索。只不過這種繩索的特徵是非常堅韌、難以扯斷，和一向認為「反正硬拉總能解開」的史塔德簡直是死對頭。

「史塔德，別那麼用力拉……」

「纏在一起了。」

狀況略有惡化。

史塔德乾脆地道了歉，他是知道自己有錯時懂得坦然賠罪的男人。

「話說回來，最近一直沒有新的空間魔法包包進來，都賣到斷貨了。」

賈吉隨口說著，一面勤快地解開纏在一起的繩子，把太緊的繩結交給史塔德處理。

「說到底，那也不是能輕易流到市面上的東西吧。」

「話是這麼說沒錯……我也只能透過爺爺進到貨。」

賈吉店裡賣的空間魔法包，全都是從因薩伊那裡轉手過來的。

倒不如說，先前架上同時陳列著數個空間魔法包的情況還比較異常。就連中心街的高級店舖都很難進到貨，誰也沒想到能在這間小小的道具店買到，所以根本沒有人特地到他店裡來找空間魔法。賈吉也不會積極向人推銷，畢竟萬一被問到「貨是從哪裡進的」就傷腦筋了。

「這是銀幣兩枚的，有……五條。連爺爺都說貨源是秘密，說不定是由領主大人保守的那種機密呢。」

「解開了。我聽那些魔法師說，空間魔法簡直是個謎團。」

「謝謝。銀幣一枚兩條、三枚一條，剩下的報廢。不知道是什麼樣的人製造出來的呢？」

賈吉之所以有機會在店裡銷售空間魔法，也是因為因薩伊說「我不能放在自己的店裡賣」。

也就是說，他不想冒任何可能暴露來源的風險，這個秘密就是保守得如此嚴實。賈吉店裡一年也只能進到幾個，整體的流通數量想必相當稀少。

「銅幣七枚、八枚，銀幣兩枚的兩條。啊，買走最後一個空間魔法包的，是利瑟爾大哥認識的朋友喔。」

「下一批也麻煩你了。是誰？」

「名字我不清楚，不過是個四人隊伍。」

史塔德並未從紙面上抬起視線，賈吉也一邊翻動繩索，一邊回想那些客人。

聽說他們是利瑟爾介紹來的，利瑟爾跟他們說「凡是想要的東西，在這裡都能買齊」。

不曉得他是考量到空間魔法的稀有度，還是為賈吉感到自豪才這麼說。如果是後者的話還真開心，賈吉撫過起毛的繩結，放鬆的嘴角染上軟綿綿的笑意。

那些來到店裡的冒險者，肯定不知道這裡有空間魔法背包，也根本不知道該去哪間店才買得到。他們只是囫圇吞棗地盲信了利瑟爾的描述，因此問出了一般人根本不會想問的問題，一切都只是當下一時的念頭。

『啊老闆，你這邊有沒有賣那個空間魔法的什麼包！』

他們就這樣順利買到空間魔法包，同時也失去了所有通關報酬，陷入身無分文的狀態。

「啊，隊長好像叫做艾恩？印象中他們好像是這樣叫他的。」

「……」

「史塔德？咦，他們不是冒險者嗎？」

「是冒險者沒錯。」

史塔德書寫的筆尖驀地停下，賈吉納悶地抬頭看他。

不過他沒太放在心上，沒多久就繼續鑑定繩索去了。解開那幾條打結的繩索之後，接下來就很順利了，他以迅速有效率的節奏鑑定下去，好一段時間，室內只聽得見賈吉宣讀金額的聲音，以及筆尖抄下數字的沙沙聲。

直到堆積如山的繩索都完成鑑定，史塔德把那個箱子推到一邊，喃喃說：

「那個人……」

「咦？」

「那個人，他今天和那些傢伙潛入迷宮了。」

這一次換賈吉沉默了。

接下來是——史塔德指向大量的魔石。賈吉踏著像被人操縱般虛浮的腳步，走向牆邊堆高的木箱，探頭往裡看。箱子裡放著無數的布袋，那些布袋裡裝滿了魔石，這是冒險者帶來的數量最多、卻最需要鑑定技術，讓鑑定士最為頭痛的素材。

可是賈吉對此完全感覺不到任何壓力，讓他臉色發青、一臉呆滯的是毫不相干的另一件事。他硬是轉動自己像發條沒上油一樣僵硬的脖子，回頭看向史塔德。

「你為什麼不阻止他……？」

「請你看過他那副高興的表情再來跟我說。」

「可是劫爾大哥、和伊雷文……」

「今天是自由組隊日，是他自己希望這麼做的。」

「我一點、都不希望……」

賈吉說得都快哭了，史塔德看著他，那張表情淡漠的臉依然無動於衷。

他壓根沒有產生「看來你臉皮厚了不少」這種想法，史塔德對於賈吉的變化毫無興趣。但他總覺得這話哪裡不太對，於是開口說：

「那個人採取任何行動，需要徵求你的許可嗎？」

「這……」

賈吉欲言又止的模樣，正是最好的答案。

「是不需要、沒錯，可是只要我說不要，利瑟爾大哥就會停手。」

「你不要太自戀了，我來說的話他一樣也會停手。」

「那你就制止他呀！」

「委託我已經嚴格挑選過了。」

既然這次有利瑟爾同行，艾恩他們本來想接一些比平常更難的委託，被史塔德打了兩次的回票。和他們一起挑選委託的利瑟爾都判斷沒問題了，他們能夠順利達成那些委託應該是無庸置疑的，只是史塔德自己不願意。

在艾恩他們嘟囔著發牢騷的時候，利瑟爾一副忍俊不禁的樣子，所以史塔德覺得這麼做一點問題也沒有。就算自賣自誇地說這是最好的判斷，利瑟爾應該也會原諒他吧。

「利瑟爾大哥、不會有問題吧。雖然他應該也覺得沒問題才會出發……」

「回來的時候我會徹底確認他平安無事的，所以你趕快繼續鑑定吧蠢材。」

「嗚……」

即使知道利瑟爾會平安回來，還是很擔心呀——這話要是說出口肯定會遭受怒濤般的反擊，所以賈吉只把它放在心裡。無論如何先專心鑑定吧，他以比平時快兩成的速度動起手來。

同一時間，利瑟爾和艾恩他們一起精神抖擻地努力攻略迷宮。
經過史塔德屢次退單、嚴格篩選，最後選中的委託以沒什麼突出特徵的迷宮中層一帶為目標，考量到艾恩他們「想靠著強化魔法大殺四方」的願望，最後接了討伐委託。現在他們一面尋找目標魔物，一面往利瑟爾和艾恩他們都從未攻略過的階層前進。
「利瑟爾大哥，這該走哪邊啊？」
「我想，跳到那裡應該是最短路徑。」
「那邊喔？」
「是那個嗎……」
這是座宛如古代地下水道般的迷宮。
利瑟爾他們沿著水道走在通道上，渠道裡滿是清澈潔淨的水，看起來也有一定的水深，掉下去多半不會受傷，不過不時能看見某種生物的影子在水中搖曳。通道相當寬廣，應該不必太過擔心，但萬一撲通一聲掉進水裡去，難保不會遭遇魔物襲擊。
五人在岔路口停下腳步。利瑟爾所指的不是岔路中的任何一條，而是水渠對岸的一小塊平臺。凝神仔細往幽暗的水道深處看，能看見壁面上有一道通往上方的梯子。
「只不過也有可能是死路……該怎麼辦呢，艾恩？」
「我？為啥問我？」
「你是這個隊伍的隊長吧？」
「喔，這樣啊……是這樣嗎??」

所有隊友都覺得非常難以釋懷的時候，利瑟爾兀自看著位於稍遠處的平臺。這個距離，跳不跳得過去有點難說。如果使用強化魔法，雖然不到輕鬆簡單的地步，不過應該能安全著地吧。像這種時候，劫爾和伊雷文總是隨隨便便就跳過去了，臉上還一副遊刃有餘的表情，非常令人羨慕。

「好，那我們上！」

「好！」

「準備好了嗎利瑟爾大哥！」

「當然，那我先跳囉。」

「咦？」

在啞口無言的艾恩他們面前，利瑟爾往後退了幾步。

發動事先準備好的強化魔法，「答答答」助跑了幾步，再使盡全力一跳。他沒注意到其他人緊接著發出的無聲驚叫，小心在不失去平衡的狀態下著地。最後耍帥失敗，成功踏上平臺的雙腳踉蹌了幾步。

冒險者的世界實力至上，因為自己輩分較長而顧慮面子或許沒什麼意義就是了。他苦笑著這麼想道，回頭看向艾恩他們。

「原來利瑟爾大哥會跳……想想也是喔。」

「哎唷嚇了我一大跳，就算知道用了魔法還是會嚇到。」

「不是瞧不起他的意思啦，可是超級意外的。」

「真的！」

他們窸窸窣窣一陣耳語。

「要我先去確認梯子上面的情況嗎？」

「不用，我去就好，怎麼能讓魔法師當探子。」

「（當探子……啊，探路的意思。）」

艾恩他們一邊屈膝、旋轉手臂準備跳躍，一邊理所當然地這麼說。

說得也是，利瑟爾點了一下頭，移動到平臺邊緣。和劫爾他們一起行動的時候，三人不會意識到魔法師之類的職責分配問題，總是隨心所欲做著自己力所能及的事情，不過這麼一說確實沒錯。真是獲益良多，他再一次確認了自由組隊日的意義。

雖然自由組隊日並不是為了這種目的而設立，也壓根沒有冒險者會謙虛到產生這種跟其他隊伍學習的想法，所以利瑟爾確認的意義也只有他自己能實際體會。

看見艾恩他們揮揮手打了信號，利瑟爾也揮手回應。

「好，利——」

「要是我也能像你們跳得那麼遠，那就輕鬆多了。」

艾恩他們揮手，是想請他施展強化魔法。

利瑟爾揮手回應，因為他以為那是「我們現在要跳囉」的信號。

只有艾恩他們注意到了這個矛盾。利瑟爾一臉欽羨，露出對前輩冒險者充滿敬意的微笑，看見這種表情，怎麼可能說得出「我跳不過去」這種話呢？艾恩他們作好覺悟，手扠著腰，默默保留足夠的助跑距離。接著回頭面向利瑟爾所站的平臺，發出高聲吶喊全力衝刺，然後用盡全力一跳——所有人都順利跳上平臺。

看著他們那副模樣，利瑟爾敬佩地想著「冒險者的體能真不簡單」，再一次下定決心要努力成為這樣的冒險者。

王都某處，前佛剋瀀盜賊團據點。

無人知曉這些據點的實際數量，雖然現在已經不再需要，但保留著這些基地仍有其便利之處。據點從來沒有哪一個月份位於同樣場所，下自風吹日曬的巷弄深處，上至中心街的高級豪宅。行蹤詭秘、難以捉摸的盜賊團如今已經毀滅，但那些倖存下來的成員一點也沒變得更安分，仍然過著和從前一樣、一成不變的生活。

倒不如說無論集團還是個人，剩下的都是些只能跟隨自身欲望行動的傢伙，所以說他們「不可能改變」才更精確。因此據點雖然多餘，運用它的習慣還是持續了下來。

伊雷文正睡在其中一個據點裡。

「首領，打擾一下。」

有個無聲的來訪者，悄然來到伊雷文身邊。

伊雷文在太陽剛升起時才睡下，而現在距離正午還早，他根本睡得不夠，不過還是勉為其難、非常不高興地撐開眼皮。

往聲音的方向看去，一名男子站在門前。為了避免自己被殺掉，長劉海遮住雙眼的男人絕不會再往這裡靠近半步。這個明哲保身的傢伙，伊雷文是在十幾歲後半認識的，想來也有幾年了；不過計算起實際見面的時間，倒也不算多長。

伊雷文連男人的名字都不知道。或許只是忘記了，但就他記憶所及，男人不曾提過自己的名字，說不定連他本人也不知道自己的姓名。無所謂，反正伊雷文不感興趣，這也不會造成任何不便。

「……怎樣？」

他撥亂一頭紅髮，坐起上半身，從遮蓋視野的紅髮之間瞥了男人一眼。

既然特地叫醒他，那就表示這件事情的重要性高得足以讓伊雷文打消動手殺死這男人的念頭，而這樣的事情必然與利瑟爾有關。正因如此，伊雷文才選擇睜開眼睛。

「有情報販子在一刀身邊亂晃。」

「嗄？」

男人對打著呵欠的伊雷文說出了意料之外的名字。

伊雷文費解地皺起眉頭。劫爾在冒險者圈子內名聲響亮，有人想打探他情報也不是什麼稀奇事，居然為了這種小事把自己叫醒？眼見伊雷文眉頭緊鎖，男人立刻繼續說下去：

「那傢伙看起來，好像是我們也會找的情報販子。」

伊雷文和精銳盜賊他們手上的情報，並非全都靠一己之力搜羅而來。

情報販子各有自己的情報網絡。網絡末端的線人無數，但情報最為集中的中樞僅有寥寥幾人，中樞所掌握的情報網之間，有著互不侵犯的默契。末端可能頻繁更迭，但中樞之間絕不會互相殘殺。他們掌握著各種精密情報，正因如此，也明白自己的情報網在他人無法觸及之處。

伊雷文所保有的情報網相當優秀，但也並非全知全能。因此需要的時候，他會支付代價，利用其他的情報網絡，可是……

「王都那些傢伙夠聰明，已經不會再對他出手，所以多半是其他地方來的情報販子。」

「然後？」

「他們開始刺探一刀和他老家的關聯了。」

老家。

這指的肯定不是劫爾偶爾提起的那個故鄉，不是他出生的平凡村落，而是他已經斷絕關係的王都侯爵家，負責統領騎士、擁有光榮血脈的那個家族。

歐洛德在王宮宴會上也曾經與他接觸，劫爾無法堅稱他們之間沒有任何關聯。

然而，一般人不會把接觸的理由往血緣方面去聯想。騎士對「最強冒險者」燃起了對抗意識，或是想要建立人脈，以便隨時差遣最強冒險者……這種比真相更具現實感的猜測不勝枚舉。沒有人會冒著與國家高層為敵的風險，特地去刺探這種事。

因此，消息不像是從這裡洩漏出去的。而且歐洛德從小受過完整的貴族教育，就算為了私情行動，再怎樣也不會在關鍵處欠缺考慮——這是利瑟爾的說法。

「雇主是誰？」

「還在調查。」
「……真沒用。」
雙岔的舌頭「嘖」了一聲，伊雷文再次鑽進毛毯。
「去跟大哥說一聲。」
「不是跟貴族小哥說嗎？」
「你有辦法安撫他？」
「是沒有辦法啦。」
安撫誰，那自不必說。
那些無禮之徒想刺探的真相，全都已經是過去式了。雖然不知道他們拿這些消息想對劫爾做什麼，但可以肯定的是，利瑟爾無法容忍這種事。假如今天這件事與利瑟爾相關，那麼即使利瑟爾聽了再怎麼不高興，伊雷文還是會告訴他；然而並非如此，他不希望利瑟爾為這種小嘍囉動上一分一毫的心思。
正打算離開房間的精銳盜賊，忽然想起什麼似地問：
「要是一刀吩咐什麼呢？」
「當他欠一次人情。」
「知道了。」
下一刻，房間裡只剩伊雷文一個人，獨自睡著回籠覺。

至於同一時間的利瑟爾他們……

「啊，寶箱！」

「好哇太幸運啦寶箱！」

「寶箱耶────!!」

「（興奮程度非常驚人呢。）」

一行人又往前推進了一段攻略進度，終於找到第一個寶箱，艾恩他們興奮得不得了。

可是寶箱位在水道另一側，距離比剛才艾恩他們使盡全力跳上去的那個平臺更遠，而且放置寶箱的平臺也相當狹窄，簡直像座位於水道正中央的孤島。按理說只有游泳或涉水越過水道，弄得全身濕透才能開到寶箱。

艾恩他們卻轉動著腰、活動身體，得意洋洋地看向利瑟爾。

「利瑟爾大哥，拜託你啦！」

「好的，那……」

終於到了強化魔法派上用場的時候了，看見艾恩他們這麼高興，利瑟爾也露出微笑。那我幫你們施加強化哦──發現寶箱之後他便立刻開始構築魔力，現在只差一點就能完成。看他們這麼高興，魔法施展起來也特別有成就感呢，正當利瑟爾這麼想的時候……

「我跳起來再跟你打信號！」

「咦？」

不曉得在想什麼，艾恩沒等他施放強化魔法就衝了出去。

等到跳起來，一切就都太遲了，起跳後再施加強化也無法提升跳躍距離，頂多只能讓腳在著地的時候不會麻痺而已，就算有了強化魔法人也不能在天上飛。

可是艾恩已經開始衝刺，就連他的隊友也沒人阻止，反而還迭聲起鬨，誰也沒注意到「起跳後再施加強化」的矛盾點。

利瑟爾急了，著急的程度可說是空前絕後。趕不趕得上很難說，從起跑到跳躍之間僅有數秒不到的時間，現在他緊盯著的人影已經踩在水邊的地面上準備起跳，然後——

「啊——跳過頭啦！呃噗……」

強化魔法趕上了，但艾恩腳沒站穩，掉進水裡去了。

看見他跳進水道、激起大片水花，該跟他站在同一邊的隊友們一陣爆笑。哈哈大笑聲在狹窄的水道中迴盪，利瑟爾眨著眼睛，在看見艾恩扶著平臺邊緣、把頭探出水面的時候，放鬆了緊繃的肩膀。

劫爾獨自穿過王都大門，踏進城裡。

由於「自由組隊日」這種莫名其妙的活動，他決定今天絕對不靠近公會半步。若在等候馬車時被人搭話也令人煩躁，因此他乾脆潛入王都附近步行即可抵達的迷宮。之所以做得這麼徹底，也是因為昨天和前天已經有性急的冒險者來問他要不要一起攻略迷宮了。

獨行時代還沒有這麼誇張啊，他忍不住心想。

「打擾一下。」

這時，有人這麼跟劫爾攀談。

在外人看來，他們既像是彼此認識，也像是偶然同路的陌生人——站在這種絕妙位置開口的，是被利瑟爾稱作「精銳」的男人。時常看到這傢伙，劫爾瞥了對方一眼，並未回頭或停下腳步。

精銳盜賊視之為理所當然，兀自走在他斜後方開口：

「有情報販子在你身邊亂晃，來跟你說一聲。他們還滿高明的。」

「比你們高明？」

「哎呀——算是不相上下吧？」

聽見劫爾不太感興趣地喃喃這麼說，精銳盜賊語帶笑意回應。

即使在伊雷文手下辦事、被利瑟爾差遣，只要這些精銳不想插手，無論再怎麼重要的事件也會裝作沒看見。不過既然加入了伊雷文，當然也就表示他們「不想插手」的範疇完全異於常人。利瑟爾認清了這一點加以使役，而伊雷文則是因為行動方向一致，而繼續使喚著倖存的盜賊團成員。

也就是說，那個情報販子對精銳盜賊而言，是即使那兩人提出無理要求也能應付的對手。區區的小嘍囉隨他去也無所謂，但既然精銳並未選擇放任，就表示若不加理會可能會引發某些問題吧。

劫爾作出結論，默默等待對方繼續說下去。

「他們好像想對你第二個老家出手。」

劫爾微微加深了眉間的皺摺。

這些事被人知道也無所謂，現在他已經與侯爵家完全斷絕了關係。多少會被公會追查，但只要等到事情調查清楚，也不至於妨礙他繼續冒險者的活動。若說有什麼妨礙，頂多只是從前照顧他的侯爵家，會稍微暴露出一點被其他貴族趁隙攻擊的破綻罷了。

這件事本身怎麼樣都無所謂，可是……

「（真麻煩……）」

要是被人打探到這些情報、流傳出去，不難想像他的麻煩事也會增加。另一方面，已經塵埃落定的舊事被素昧平生的人挖出來翻舊帳也使他煩悶。劫爾蹙起眉頭，微啟雙唇。

「你們首領怎麼說？」

「說當你欠一次人情。」

「就這麼辦吧。」

「我會轉達他的。你還有什麼吩咐嗎？」

是關於事情該怎麼解決的吩咐嗎？

劫爾回想起總是一一下達指示的那張沉穩臉孔。

「……那傢伙還會跟你們下指令？」

「不，貴族小哥大部分都交給我們處理，只會偶爾要求『不要做得太過火』而已。」

「那就隨你們高興。」

這種事交給他們同道中人處理最好。

劫爾最近不曾感覺到令人不快的視線，那些情報販子想必徹底避免了與他產生任何接觸。畢竟即使是鼎鼎大名的最強冒險者，也無法追蹤長相、姓名都不清楚的對象。

男人的氣息彷彿融入意識的間隙那樣，消失得無影無蹤，劫爾對此毫無感慨，自顧自邁開腳步。

至於同一時間的利瑟爾他們……

「啊……肚子餓啦。」

「腳痠了。」

「想保養武器……」

「我們找個地方休息吧？」

雖然攻略步調依然穩健，艾恩他們的牢騷卻增加了，於是利瑟爾柔聲這麼提議。

這裡是迷宮內部，沒有真正安全的地方，不過他們所有人都是累積了一定經驗的冒險者。一行人找到視野不錯、位置靠牆的空間，地上散落著被遺棄的石材，當成椅子正好，大家於是各自坐下。

「那我來把風。」

「我負責就好。來，坐下休息吧。」

「這……」

利瑟爾朝著那名一直站著的隊友這麼說，對方才勉為其難坐了下來。

已經坐下的利瑟爾一面偏著頭納悶為什麼，一面在腿上打開籃子，裡頭裝著旅店女主人特製的三明治。艾恩他們把劍放在身邊，保持著隨時能起身迎戰的姿勢。此時紛紛投來「這人剛才不是說他要把風嗎？」的視線，利瑟爾毫不介意。

「利瑟爾大哥，那個……」

「嗯？」

「呃、嗯……看起來很好吃。」

「你要吃一點嗎？」

「不是啦，把……嗯……那我就不客氣啦！」

「好吃！」

「很好吃欸！不是一般的好吃！」

艾恩他們單手拿著自己帶來的無配料飯糰。

飯糰也很美味呢，利瑟爾這麼想著，把自己的午餐分給了接連伸手過來的艾恩他們，順便朝著遠方被聲音吸引過來的魔物射出火焰箭。看見魔物倒地，艾恩他們張著嘴愣在原地，利瑟爾不顧他們的反應，自己也立刻拿起三明治咬了一口。

偏硬的麵包，夾著新鮮爽口的蔬菜，女主人做的三明治還是這麼好吃。

「你們到過很多不同國家，一定也吃過許多美食吧？」利瑟爾說。

「啊？喔，對啊……」

「喂，要不要去撿那隻的素材……」

「燒成那樣應該灰都不剩了吧……」

「那就算了……」

艾恩他們窸窸窣窣地討論完，又把這件事拋到腦後，比手畫腳地告訴他：

「像我們之前委託去過的村子啊，那裡的麵包就超好吃的！」

「在撒路思吃到的肉也有一種從來沒嚐過的香味！」

「利瑟爾大哥，你去過阿斯塔尼亞吧，靠真的太羨慕啦！」

每當利瑟爾施放魔法的時候，他們總會陷入幾秒的沉默，不過還是享受了一段非常熱鬧的午餐時光。

某間小工房，陳舊的木桌旁。

魔物研究家坐在椅子上，以細長的手指剝開小小的花苞，無數砂粒般細小的黑色顆粒隨之掉落在事先鋪好的紙張上。她瞥了那些黑點一眼，把不再飽滿的花苞隨手丟到桌緣。花苞黏手，她搓了兩、三次指尖後才掉到桌上。

這朵結束，再換下一朵花苞。花苞堆了滿滿一籃子，看來這項工作還會持續一段時間，她毫不反感地這麼想道。

「然後啊，因為他真的很對我胃口嘛，我就去搭訕了一下，結果就被他逃跑了。」

「我想也是。」

她理所當然地對著桌子另一側，盤腿坐在地上拔著花草的老朋友這麼說。

「為什麼啊，知性小哥從來沒有嫌棄過我！」
「真虧他有辦法容忍妳。」
聽見梅狄從手中枯萎的花朵中抬起視線反駁後，研究家聳了聳肩膀這麼說。
現在她正在幫忙製作回復藥，好報答梅狄替她搬運大量的魔物素材。這間工房的師傅和梅狄，個性都不太適合做精細工作。身為專業的匠人，他們絕不是做不來，但說到喜不喜歡就是另一回事了。
另一方面，研究家則是一點也不討厭瑣細工作。她習慣了在研究過程中不斷重複相同作業，手也還算靈巧，如果這能交換苦力工作，那她完全沒有任何怨言。而且魔物素材都是按照時價交易，這次因為價格便宜而大量採購，也是她毫不後悔的決定。
「好好喔，知性小哥都願意接妳的委託。」
「也只有兩次，指名委託一直被他們避開了。」
「哪像我，根本只有一次……」
「有那一次已經讓小生非常驚訝了，是碾碎魔石的委託對吧？」
「哎，實際上負責碾魔石的是那個全身黑的，知性小哥全程只負責計算而已。」
在研究家眼中，利瑟爾看起來也不太適合做體力活。
利瑟爾在對話中給她的印象，是個看到感興趣的事物會毫不猶豫去嘗試的人，磨碎魔石的委託多半也是出於好奇才接的。既然如此，不想再接第二次也情有可原。研究家自己也靠著對魔物的興趣為生，對於這種心情深感理解。

「下一次，小生也在委託單附上研究成果試試看吧。」
「人家看了會嚇跑吧。」
「小生倒是認為，若能成功挑起他的興趣就有勝算呢。」
「那樣的話，我也要附上知性小哥喜歡的那種，呃……看起來很聰明的東西！」
看來她暫時想不到。
研究家以指尖擠壓花苞，一面回想起那條龍烙印在眼中的身影。在遙遠的過去初次邂逅，不久之前終於重逢的龍——她反芻著未曾褪色的美麗與感動，陶醉地瞇細雙眼呢喃：
「啊，真想再見牠一面。呵呵，自由自在生活的姿態確實美麗，但為了瞭解牠的全部寧可解剖牠，也是小生這種研究者的本性……」
「妳腦子真的有問題耶。」
「要是拜託那個黑衣冒險者，不知他能不能想點辦法。」
「那種委託費妳根本付不起啦。」
「嗯，小生無從反駁。」
龍的討伐委託，光是委託費感覺就貴得嚇死人。
除此之外，還需要龐大的委託報酬。假如負責決定報酬的是委託人，那麼自己有辦法替龍那樣的存在訂定價格嗎？肯定沒有辦法。研究家認真思考著這件事，臉上的表情恢復冷靜，她帶著半放棄、半留戀的複雜心情，又剝開一個花苞。
「我也是啊，有一次想透過指名委託買下知性小哥的一夜春宵。」

「請不要把小生和那相提並論。」

「結果在公會櫃檯就有人對我大吼大叫。」

「妳該不會又被憲兵抓走了吧？」

順帶一提，梅狄曾經被憲兵抓走兩次。

她本人的說法是「我沒摸下去沒問題啦」。哪可能沒問題？研究家一臉受不了，但她自己也曾經在街上興奮過頭而被憲兵問過兩次話，可以說是五十步笑百步。

「有個不太對我胃口的職員，從後面把一個超級面無表情的傢伙雙手都固定住，一邊對著我大吼『快逃、妳快逃——!!』也不曉得在搞什麼。」

兩人一面閒聊，一面確實完成手邊工作。

至於同一時間的利瑟爾……

「哇哈哈打得太順啦——!!」

「哇靠，魔法從各種地方飛出來欸！」

「啊，不可以跑那麼遠……」

正追著有了強化魔法之後嗨到最高點大暴走的艾恩他們到處跑。

「衝啊!!」

「一隻都別想跑!!」

「不可以，要是跑到我看不見的地方……」

他們不知為何忘記了彼此配合，往四面八方散開，利瑟爾只能努力想辦法支援。

「居然一劍就可以砍爆這種魔物，超爽的啦——!!」

「看我的看我的！……靠，劍卡住了、呃噗……」

「哈哈哈！你看你還被踹了一腳！」

看見隊友遭遇反擊摔倒在地，利瑟爾睜大眼睛，趕緊擋下魔物的追擊。

利瑟爾被他們全靠一股衝勁的戰鬥方式耍得團團轉。看他們這麼享受強化魔法確實很值得高興，但追著魔物四處跑的艾恩他們已經陷入前所未有的興奮狀態，沒有任何一秒鐘是靜止待在原位的。當利瑟爾的目光追著其中一人，另外三人就往四面八方跑得不見蹤影。

結果，負責支援他們所有人的利瑟爾忙得不可開交。那邊放個強化、這邊再放個強化，還得牽制魔物的動作以防止出其不意的攻勢，努力填補艾恩他們戰鬥的破綻。只是這樣倒還好，偏偏劫爾和伊雷文又幾乎不會負傷，因此看到隊友遭受魔物攻擊的模樣讓利瑟爾特別心驚，所以更是想盡辦法無微不至地進行後援。

「靠，要掉、會弄濕……唔喔！」

被魔物擊飛的一名隊友差點掉進水道，利瑟爾以風魔法硬是把他推了回去。

對方一下子露出滿面的笑容，看向利瑟爾。年輕冒險者那張玩世不恭的臉上，浮現出直率又充滿朝氣的笑容。

「哇靠，剛才那是利瑟爾大哥弄的嗎！太厲害啦，謝謝！」

「是的，不客氣。」

他們並不是什麼壞孩子，看著對方再次衝向魔物的身影，利瑟爾苦笑著想。有時候可愛得令人忍不住微笑，而且也同樣可靠。可是利瑟爾有點累了，總覺得有點想念劫爾和伊雷文。還有，「靠」的意思多變到嘆為觀止，每次所有隊員都能精準理解它的意思實在不簡單——利瑟爾這麼想著，小心維持著強化魔法不讓它中斷，繼續支援他們的戰鬥。

到了太陽完全下山的時間。

利瑟爾穿過旅店大門，在門扇敞開的餐廳裡看見自己親愛的隊友。

「啊，隊長回來啦。」

「還真晚。」

伊雷文一臉不滿，劫爾則只是轉動視線瞥向這裡，桌上放著酒瓶。

也不曉得從哪裡聽說的，他們似乎知道利瑟爾和艾恩隊伍一起去接委託的事。利瑟爾罕見地沒有回房更衣，直接走進餐廳。

「是說我根本沒有同意你去、欸……」

伊雷文開口就是抱怨，話才說到一半，利瑟爾便伸手裹住他的臉頰。

伊雷文坐在椅子上，那雙手伸向他的後腦勺，溫柔將他拉近，摸著他的頭，把他抱在懷裡說著「好乖好乖」。伊雷文動也不動地閉上嘴，劫爾用一種無法理解的眼神看他，但利瑟爾毫不介意，只是深有所感地開口：

「能和你們組隊，真的是太好了。」

「……呃，啥？」

「喂，你怎麼回事？」

聽見利瑟爾疲倦又參雜嘆息的聲音，劫爾他們立刻換了個態度。

「劫爾，聽說在撒路思能吃到美味的肉料理哦，下次一起去吧。」

「啊？……好是好。」

「伊雷文也是，我會買很多好吃的給你哦。」

「呃我可以自己買啊……怎樣，你怎麼啦？沒事吧？」

利瑟爾帶著無與倫比的慈愛笑容這麼說。下個目的地就暫定為撒路思了嗎？劫爾喝了一口酒這麼想道。伊雷文則一邊被摸著頭，一邊抬手拍拍利瑟爾的背。

雖然利瑟爾此刻像這樣受到隊友們安慰，但實際上今天的委託成功完成，報酬分配也相當順利。

最好的證明，就是艾恩他們都笑逐顏開、心情大好地上酒館去了。利瑟爾對此也沒什麼怨言，他獲得了有意義的寶貴經驗，也樂在其中，只是有多開心的同時就有多疲憊而已。

利瑟爾在盡情接受自己的隊友療癒之後，向他們說明了上述情況。劫爾他們聽了了然點頭，同時被他們倆懷疑「到底做了什麼好事」的艾恩隊伍也撿回了一條小命，不過他們本人當然無從得知。

撒路思絕不算是幅員特別遼闊的國家。

它的領地僅有一座都城，漂浮在一座寬廣到乍看以為是大海的湖泊上。這座湖上都市僅僅憑藉這樣面積的土地，便足以成為獨立國家，以「魔法大國」之稱聞名於周邊各國。

「是個美麗的國家呢。」

平靜的湖面映照青空，偶爾被掠過草原的風吹拂得泛起白波。通往湖中央都城的大橋被水面反射的波光照得粼粼發亮，長長的橋身筆直往遠方延伸而去，莊嚴而壯麗的模樣令人產生它永遠不會風化的錯覺。雖然因為湖面過於廣闊而不易估算，但位於這座雄偉大橋另一端的湖上都市，腹地絕對也不算狹小。

利瑟爾在拂過髮絲的微風中瞇起眼睛，盡情欣賞眼前宛如知名畫家手筆般的幻想風景。

「大哥來過這裡嗎？」

「來過一次，滿久了。」

「那還是我比較熟囉。」

先不說來過幾次的伊雷文，許久沒有造訪這個國度的劫爾似乎也不怎麼感動，寶箱開出稀有寶劍的時候他還比較感興趣。不過這確實符合他的性格，利瑟爾苦笑著邁開停下的腳步。

「那麼，我們走吧。」

三人離開通往撒路思的大橋，沿著湖岸走向北邊的森林。

在達成此行重要的目的之前，利瑟爾還想繞到一個地方看看。事前他與劫爾和伊雷文商量過，也順利徵得了他們同意，算是計畫之中的行程。

「感覺終於走到這一步了欸。」

「花了那麼多工夫，卻拖了一段時間啊。」劫爾說。

「畢竟一直沒有機會到這一帶呀。」利瑟爾說。

劫爾和伊雷文乾脆地接受了這個說法。

事情的開端是商業國馬凱德的那場魔物大侵襲。當時利瑟爾分明可以視而不見，卻特地蹚了這趟渾水，目的正是為了取得只有商業國領主才知道的情報。因此，利瑟爾以顯而易見的方式賣了一次人情給沙德。

這麼大費周章才到手的情報，其實沒什麼必要性，卻能強烈挑起利瑟爾的興趣。終於能親眼見證它了——看見利瑟爾為此單純地感到高興，劫爾他們也不打算潑他冷水。

「如果能見識到空間魔法就好了呢。」

利瑟爾開心地笑著這麼說，另外兩人聽了帶著有點微妙的表情轉向他。

「有可能看不到？」

「要是當事人拒絕，就到此為止了呀。」

「啊，是這樣喔？」

三人悠閒地往草原盡頭的森林走去。

對了，去撒路思吃肉吧。

自從利瑟爾重新認識到隊友的重要性、作出這個決定之後，一切都發生得很快。他甚至有一種「一定要讓劫爾吃到極品好肉」的使命感，同時也下定決心要讓伊雷文隨心所欲大啖美食。

順帶一提，劫爾本來就想嚐嚐廣受好評的美味肉料理，所以對於撒路思之行完全沒有異議，但老實說他真覺得利瑟爾這種動機不太對勁。雖然想叫利瑟爾冷靜，但說起來這傢伙本來就是比誰都更擅長保持冷靜的人，根本一點辦法也沒有。

至於伊雷文，能大吃一頓當然是樂意之至，利瑟爾再一次認知到自己是無法取代的存在也令他龍心大悅，所以處於心情大好、到哪都沒差的狀態，無論是撒路思還是什麼地方他都願意一起去，因此全面表示贊成。

徵得兩人同意之後的隔天，利瑟爾立刻到賈吉的店裡去了一趟。

「距離比較近，是撒路思的優點呢。」

「我偶爾也會去。」

看見賈吉那張溫柔的臉孔放鬆下來、露出軟綿綿的笑容，利瑟爾也跟著微笑。他這次光顧賈吉的商店，與其說是去撒路思之前的臨行準備，倒不如說是為了在出發前跟賈吉打聲招呼。

不過這一次，和在阿斯塔尼亞那時候無法輕易見面的情況大不相同。正如利瑟爾所說，王都和撒路思之間相距不遠，即使悠哉搭著馬車前往也花不上兩天，騎馬趕路的話大概半天就到了。對於平時經常往來各地的冒險者來說，這完全可說是附近而已。

距離甚至比商業國更近，因此賈吉聽說他們要出發，心情仍然十分平穩。

「賈吉，你是為了買魔道具而去的嗎？」

「是的，那裡常有最新產品，或是特殊種類的魔道具。」

「我們在卡瓦納也見過不少，不過感覺撒路思走的是特別精密的路線呢。」

「啊，是呀。像是體積做得更小、增加裝飾之類的，該說是往一個方向鑽研到極致的人比較多嗎？」

也就是撒路思發明家特質的人比較多，魔礦國卡瓦納則以匠人特質見長的意思吧，利瑟爾了然想著，拿起貨架上驅逐魔物用的道具。這是最標準的焚香型。

「共乘馬車的話，這類道具不曉得需不需要自己準備……」

「咦……」

聽見利瑟爾喃喃這麼說，賈吉難以置信地瞪大眼睛，然後一臉五味雜陳地開始煩惱起來。

他不想讓利瑟爾搭乘那種把乘客當作貨物運送的共乘馬車。由於距離比較近，王都和撒路思之間有許多往來的馬車可以搭乘，其中也有比較舒適的車輛，利瑟爾究竟有沒有特別挑選過呢？

感覺他很可能出於好奇心而選擇一般的共乘馬車，說得失禮一點，就是搭起來不太舒服的那種馬車。

「那個，馬車……」

戰戰兢兢提問的賈吉獲得了救贖。

「伊雷文說他會負責處理。」

「也、也是哦……！」

伊雷文擔憂的多半也是同一件事，賈吉在內心對他致上熱烈的感謝。

這種時候不能指望劫爾，不管利瑟爾說要坐地板、還是最後因此腰痛到往生，他都會放任利瑟爾為所欲為。伊雷文肯定也是率先自願負責張羅馬車的。

「這樣的話，我想應該不需要準備驅逐魔物的道具哦。」

「我知道了。」

「需要的是食物和……啊，還缺什麼野營必需品嗎？」

「都準備好了，謝謝你。」

利瑟爾把焚香放回架上，忽然轉頭看向賈吉的反方向。

「本來也想過能不能接個護衛委託，讓委託人帶我們過去。」

「畢竟前往撒路思的護衛委託比較少。」

站在利瑟爾身邊的，是正在休假中的史塔德。

他穿著先前利瑟爾替他挑的衣服，拿起排列在架上的筆仔細端詳，一面淡然說出身為公會職員的意見。賈吉聽了也點頭說：

「確實，我好像也只有在從撒路思回來的時候會找護衛。」

「是這樣呀？」

「是的，因為回程車上載著剛採購的貨物。」

換言之，這時候的護衛不是為了對付魔物，而是對付盜賊。利瑟爾也聽劫爾說過，搭馬車旅行的時候如果不在野外紮營，護衛的必要性就會大幅降低，若不是魔物特別密集的區域，大部分情況都只要裝上效果較強的魔道具驅趕魔物，一路衝過去就可以了。

當中唯一的例外就是盜賊，因此只有在車上載著商品，也就是貴重物品的時候才會找護衛。也不曉得盜賊是從哪裡看出端倪，他們總是能精準找到載有貨物的馬車下手，當初伊雷文也是如此。

「嗯？伊雷文說搭馬車去的話，中間得野營一晚呢。」

「只要在日出前出發，就能在當天內抵達哦，大多數的商人應該都是這樣安排的。」

簡單說，伊雷文就是不想早起而已。

利瑟爾恍然點頭，事到如今他終於懂了，劫爾聽說中間要紮營的時候一臉無奈，原來是這個原因。不過利瑟爾早上也起不太來，有必要的話他並不排斥早起，但老實說，伊雷文這個判斷還是令他相當感激。

「很多共乘馬車都會等到湊齊人數再出發，我猜出發時間應該也不會太早。」

「那真是太好了。」

看見利瑟爾嘴角帶著笑意這麼說，賈吉也露出軟綿綿的笑容。

「共乘馬車應該會有護衛對吧？」

「大概會有。往撒路思的護衛委託不多，幾乎都是共乘馬車。」

中間要野營一晚，那就表示——利瑟爾這麼問史塔德，後者回以肯定的答案。

史塔德一邊解釋，一邊接過賈吉拿來的墨水和紙張，確認幾支筆的書寫觸感。順帶一提，以前他從來沒有在乎過好不好寫的問題，只是看見利瑟爾這麼做也跟著嘗試而已。

史塔德動著筆尖，繼續說明道：

「由於是護衛委託，一樣都能拿到C階的報酬，但這類委託卻能在兩天內結束，而且大多數情況一次也不用戰鬥，因此相當受歡迎。」

「所以我們也很少看到呢。」利瑟爾說。

「幾乎一貼上去就被撕掉了。」

受歡迎的委託總是先搶先贏。

利瑟爾與「一大清早趕著往公會跑」這種活動無緣，沒見過這項委託也是沒辦法的事。即使考量到要和隊友們一起行動而早起，他還是會好好吃過早餐，而且有時候女主人還會在餐後端出咖啡。要是慢條斯理地品嘗這些餐點，是不可能跟那些把早餐狼吞虎嚥地塞進肚子、只求吃飽就好的冒險者競爭的。

單獨行動時很早抵達公會的劫爾也對護衛委託不感興趣，伊雷文也一樣。

這也是他們一直對撒路思興趣缺缺的原因之一，實在太缺乏機緣了。

「不曉得會碰上什麼樣的護衛呢，真期待。」

「咦……」

這麼想來，自己搭乘的馬車到時候也會有護衛吧——利瑟爾期待地這麼說，聽得賈吉眨了眨眼睛。如果真是這樣，在場的冒險者應該很尷尬吧。

明明不會一起搭車，賈吉光想就坐立難安了起來。在他身邊，身為公會職員的史塔德並不覺得怎麼樣，反正這沒有違反公會規定，只要利瑟爾高興就好。

「筆寫起來如何呢？」

「分不出差別。」

利瑟爾湊過去，打量史塔德手邊用幾支筆輪流試寫過的筆跡。紙上畫著四條打了幾個小圈的線，看起來確實沒有多大差別。

「史塔德都覺得只要能寫就好嘛……」賈吉說。

「因為這樣挑我也從來不覺得哪裡不方便。」

「也沒有感覺哪一支比較好寫嗎？」利瑟爾問。

「好寫……」

難寫的感覺倒是有過，史塔德抬起臉。利瑟爾補充道：

「例如筆尖不刮紙面、不容易分岔，或是筆桿比較好握之類的。」

也要考量本人的手形和下筆力道，因此利瑟爾和賈吉無法一概而論地告訴他哪一支筆一定好用。不過史塔德試寫的那幾支，都是賈吉篩選過「這種類型應該適合」才拿給他的，如果說寫起來都差不多，那或許證明賈吉優秀的鑑定眼光挑出了對史塔德來說最順手的筆。

「還有，單純喜歡哪一支的外型之類的。」

如果覺得筆能寫就好，或許不曾在意這方面的問題吧。

雖然這麼想，利瑟爾仍然嘗試這麼提議。史塔德一聽，那雙玻璃珠般的眼睛忽然向他看過來。被那雙透明清澈、映不出感情的雙眼看穿一切似地直盯著瞧，許多冒險者都感到不自在，然而對利瑟爾來說，這雙眼眸就像一心一意地表達著好感那樣，令人忍不住微笑。

應該是無法決定，所以希望他幫忙挑吧——利瑟爾這麼猜測，伸出手說：

「適合史塔德的……應該是這一支吧。」

「就挑這支。」

「確定嗎？」

「確定。」

利瑟爾語帶保留地指向其中一支，史塔德立刻拿起那支筆。

利瑟爾挑選的，是木製筆桿顏色最深的那一支。筆桿經過精心拋光，呈現出優美流麗的曲線；乍看樸實無華，卻在銀製的筆握處施有低調的雕飾，不干擾握筆，卻相當美觀。穩重的整體設計，和史塔德這個人，以及他手腕上的手錶都相當搭配。

「那麼，這就當作你讓我挑選的謝禮吧。」

利瑟爾從史塔德手中抽走那支筆，就這麼遞給賈吉。

他告訴不知所措的賈吉說不需要包裝，並且對著仍舊面無表情、只是眨了一下眼睛的史塔德露出惡作劇般的笑容。

「還有，也是離開王都的賠禮。請原諒我吧。」

「…………好的。」

眼見史塔德心不甘情不願地點頭，利瑟爾有趣地瞇起雙眼笑了。

利瑟爾先前就注意到了，史塔德不太希望他前往撒路思。畢竟在他告知這件事的瞬間，史塔德渾身就散發出一股「我對此相當不滿」的氣息。

程度不如他決定前往阿斯塔尼亞時嚴重，主要還是因為距離不遠的關係。先不論停留多久，看來不必花費太多時間往返，確實減少了史塔德的一點不滿。

而且，與雖然寂寞卻乾脆地接受了這件事的賈吉相比，史塔德還有一個重大差別。

「來，史塔德，盒子是送你的贈品。」

「謝謝。」

「……你還在賭氣呀？」

「當然啊蠢材。」

賈吉從利瑟爾手中接過數枚銀幣，把細長的盒子遞給史塔德。

史塔德一邊接過盒子，一邊仰望著位於高處的那張臉淡然地想：這傢伙為什麼這麼無動於衷？雖說大哭大鬧也很煩人，但那副輕易接受離別的模樣也讓他看不順眼。

正當史塔德這麼想，只見賈吉有點為難似地垂著眉說：
「這樣的話，我過去找利瑟爾大哥他們的時候，你要一起去嗎？」
「啊？」
「啊，利瑟爾大哥，那個……你們投宿的旅店……」
「已經決定囉，旅店女主人替我們介紹的。」
史塔德瞬間僵在原地，在他面前，賈吉興高采烈地問到了旅店的位置。
兩人反應的差別就出在這裡：有沒有想過主動去見利瑟爾。史塔德與人交流的經驗僅限於工作，壓根沒想過這個可能，但賈吉一聽利瑟爾說完就決定要去找他們玩了。要是真不得已，賈吉還有到撒路思進貨的正當理由。
「我也要去。」
「嗯，好呀。」
「你們過來的路上要小心哦。」
「你也是，路上小心……還有這個，也謝謝你。」
史塔德一反剛才的臉色，開心得彷彿要噴出小花來。目的地近一點果然是件好事呢，利瑟爾見狀也點點頭，露出溫柔的微笑說「不客氣」。
那之後沒過幾天，三人就從王都出發，然後到了現在。
可說是風風火火的氣勢了，不過冒險者都是這樣的。冒險者之所以轉移據點，大部分也只是因為「這個國家的迷宮和委託好像看膩了」這種程度的理由，是群與謹慎行動無緣的傢伙。

伊雷文安排的馬車，不是載貨時順便塞幾個乘客上車賺外快的那種，而是好好把乘客當人對待的載客馬車，再加上幻狼毛皮坐墊的幫助，利瑟爾並沒有腰痛到往生。不過在離撒路思非常近的地點下車時，大家倒是用一種「都到這裡了居然不進城嗎」的眼神看他們。

而且一如賈吉的猜想，同行負責護衛的冒險者們也忍不住多看他們一眼。

「冒險者總是在各個國家來來去去呢。」

「是啊。」

「畢竟會膩。」劫爾說。

三人踏著柔軟的草地走在平原上，邊享受著午後的日光邊閒聊。

像這樣沿著湖邊步行可以發現，無論怎麼改變角度，撒路思都市仍然位於湖泊中央。這座湖泊的圓形真是工整，利瑟爾漫不經心地想著，繼續說下去：

「這次護衛的冒險者們，看起來好像很綁手綁腳的呢……」

「啊——你是說他們之前可能都沒遇過乘客裡面有冒險者喔？」

「是呀。」

接下馬車的護衛委託，乘客當中卻有其他的冒險者。

利瑟爾原本以為這種事應該沒那麼令人意外才對。冒險者要移動到下一個國家，確實是接取前往目的地的馬車護衛委託最快，不過也不見得每次都能剛好碰到適合的委託。事實上，利瑟爾他們這次也是因為這樣才選擇坐馬車。

聽見利瑟爾的疑問，劫爾一面活動著因為搭乘馬車而僵硬的脖子，一面開口：

「他們大概沒碰過，尤其像這次這種的。」

「你是說撒路思嗎？」

「距離。」

「啊，原來如此。」

冒險者的體力綽綽有餘，像撒路思這種程度的距離，他們徒步旅行也不覺得辛苦。

話雖如此，這並不代表他們非常樂意這麼做。利瑟爾恍然大悟地讚嘆著「他們身體真強壯啊」，但大多數冒險者都只是因為缺錢，為了節省開支才選擇徒步。老實說，要是能搭馬車他們早就搭了，而且移動距離較長的時候他們也一樣會坐馬車。

「不過這一次應該是大哥害的吧？」

「我又怎麼了。」

「他們很尷尬啊，有一刀在根本不需要護衛嘛。」

伊雷文紮成一束的紅髮在吹過身邊的風中擺動，指尖撫著劍柄這麼笑道。

劫爾一聽便蹙起臉，一副「饒了我吧」的表情，好像很想反駁：明明沒接委託，為什麼我非得勞動不可？危險迫近身邊的時候，劫爾當然會積極迎戰，但他沒有義務保護其他乘客。

因此這一次，途中碰上魔物的時候他也全都丟給負責護衛的冒險者處理。三人對此都毫不懷疑，理所當然地看著冒險者們奮鬥。拜此所賜，負責護衛的那些冒險者尷尬得要命，不過他們把這種心情發洩在敵人身上，俐落擊退了魔物。

「要是有龍出沒我再出去迎戰。」劫爾說。

「事情要是變成那樣，大哥你不出馬我們會很傷腦筋啦。」

「可是，我不想看到你的手臂被扯下來呢。」

「那都幾年前的事了。」

風中混雜的泥土氣味裡，草木的香氣逐漸濃郁。

三人穿過平原，抵達一座相當廣闊的森林。他們毫不遲疑地踏入林中，這裡雖然沒有整備完善的道路，但還是找到了來往行人踩踏而成的小徑。

看來撒路思的居民也會到這裡，採集來自森林的各種恩賜。小徑上的土壤連著柔嫩的綠草一併被踏得結實，光是沒有長著膝蓋高的茂密雜草便已經相當好走。

「有什麼線索嗎？」

空間魔法師真的住在這種地方？伊雷文懷疑地問。

「根據伯爵的說法，好像是樹上有門什麼的。」

「搞什麼啊。」

劫爾也半信半疑，兩人的態度使得利瑟爾不禁苦笑。

確實，要是沙德把詳細的路線告訴他們就輕鬆多了，但直接把情報全盤托出似乎令沙德相當不甘心，因此只給了他們線索。考量到空間魔法的價值，這已經是破格的待遇了。

照著字面上的意思解讀沒問題嗎？三人這麼討論著，往森林深處前進。平常在森林中總是伊雷文帶路，今天難得由利瑟爾打頭陣。

「據說沿著箭頭走就能找到那扇門，你們也一起找吧。」

「箭頭？」

「如果箭頭也被刻意隱藏起來，那希望渺茫啊。」劫爾說。

「不，我想應該在這條小徑上才對。」

很難想像空間魔法師與世俗完全斷絕了聯繫。

附有空間魔法的背包種類繁多，不可能全部由他們親手製作。有些是時下流行的設計，也有些包包的品質一看就知道出自一流匠人之手。無論是空間魔法師自己到外面購買、或是有人從外面送來給他們，比起雜草叢生的林野，肯定更偏好走在平順的小徑上吧。

「伯爵也說，他們並不排斥外界的人。」

「也是，畢竟還在賣背包賺錢。」

「要到撒路思的話，還是走這條小徑最輕鬆嘛。」伊雷文說。

三人比平時放緩了步調，一面仔細觀察周遭一面前進。

利瑟爾負責前方，劫爾負責右側，伊雷文負責左側。他們完美分工，就連茂密的林木及枝葉縫隙、突出的樹根和岩石表面都不放過。離開小徑幾步就是草木蔓生的野地，讓人忍不住想，要是記號埋在那裡面就一點辦法也沒有了。

「啊。」

「嗯？沒路了喔？」

就這樣走了二十分鐘左右，路面扎實的小徑中斷了。

彷彿自然消滅一樣，看起來沒什麼怪異之處，看來從撒路思來到這座森林的人們不會再往更深處走。話雖如此，林間的景色看起來也大同小異，道路似乎不是因為前方有什麼危險而中斷。

「根本沒什麼箭頭嘛。」伊雷文說。

「應該沒看漏才對。」

「該怎麼辦呢，再繼續前進看看嗎？」利瑟爾說。

不過在沒有任何記號的情況下盲目前進，還是太有勇無謀了。

饒了我吧——伊雷文這麼想著仰望天空，這時忽然在枝葉間發現了某些異樣。

「啊，好像有東西欸。」

「啊？」

「哪裡呀？」

「在那裡，有個像小看板一樣的……」

利瑟爾和劫爾也聚集到伊雷文身邊，湊著臉往他手指的方向看去。

游移著視線找了一陣子之後，所有人都看見了那塊手掌大小、畫著箭號的板子。木板經過風吹雨打已經變色，起毛的細繩將它固定在樹幹上。

「是箭頭。」劫爾說。

「掛在那麼高的地方，也難怪找不到呢。」

「我超棒，快誇誇我。」

利瑟爾摸著伊雷文的頭說「好棒、好棒」，然後往箭頭指向的森林深處看去。前方沒有道路，但不至於寸步難行，這一次由伊雷文領頭，三人邁開步伐，尋找著下一個箭號。

離開小徑之後，森林顯得更加茂密，林間也出現更多巨木。無人栽培的樹木恣意扭轉枝幹，失序地伸長枝椏，這種姿態卻造就了它們獨特的韻味。層層疊疊的樹葉遮擋陽光，光柱偶爾從縫隙間照入林中，形成一片優美風景。

利瑟爾他們一下子扶著成年男性圍攏雙手還無法抱住一半的粗壯樹幹，一下子越過難以跨越的巨大樹根，巡視著枝葉篩下的日光中綠意閃耀的森林。

「箭頭——箭頭——」

「在那裡吧。」劫爾說。

「喔，找到啦！」

「找到了呢。」

循著一個接一個出現在眼前的箭號，三人又走了十分鐘左右。

中間沒有難以行走的路段，只要記得路線就能輕鬆走出森林吧——他們邊走邊這麼聊著，這時發現了方向和先前完全不同的箭號。

「它指向正後方欸。」

「叫我們回去？」

「不，應該不可能……」

利瑟爾邊說邊回頭往後方看，只見他微微睜大眼睛，話說到一半打住了。

怎麼了嗎？劫爾他們跟著回過頭，立刻領悟到那個箭頭的意思而沉默了。

三人視線另一端，有扇埋在巨木裡的門。門板上的木紋扭曲，彷彿已經跟樹木化為一體，若不知道它的位置肯定不會發現。金屬零件各處可見鏽斑，不過看起來不至於報廢到無法推開。

利瑟爾走近門扇，試著撫摸它的表面。是一扇平凡無奇的木門。

「很有妙趣的門呢。」

「……他們住在這裡喔？」

「不可能吧。」劫爾說。

埋藏門扇的這棵樹確實堪稱巨木，但即使把樹幹挖空，也不可能住人。

這到底怎麼回事？就在劫爾他們注視著那扇門的時候，利瑟爾在他們面前敲了敲門。

雖然好奇，但總不能擅自把門打開吧，要是裡面有人就太尷尬了。

「感覺不像有人在啊。」劫爾說。

「是這樣嗎？但我確實感覺到了魔力……」

「什麼樣的魔力啊？」伊雷文問。

「該怎麼說呢，就好像一直往深處延伸那樣……」

利瑟爾目不轉睛地凝視著門板，彷彿能看透另一側的景象。

就在這時，剛敲門沒多久，就聽見門裡傳來爽朗的一聲「來了——」，是中年男子的聲音。有人在真是太好了，利瑟爾露出溫煦的笑容。劫爾和伊雷文則是因為對方的回應太過日常，一時還反應不過來，也可以說他們難以消化「樹幹裡有人回話」這種詭異到極點的狀況。

「突然拜訪不好意思，是馬凱德的領主大人介紹我們過來的。」

「噢，好的、好的。」

為了不引起對方的戒心，利瑟爾盡可能以沉穩的聲調向門的另一邊打招呼。也不曉得有沒有察覺他這層顧慮，對方毫不遲疑地轉開老舊門把。一如預期，從門後現身的是位中年男子，正一臉習以為常地準備招待來客：

「平常受你們關照…………」

「啊，他凝固啦。」

「很久沒看見這樣的情景了。」劫爾說。

「請你們不要這麼開心。」

看見利瑟爾的瞬間，中年男子就保持著開門的姿勢僵在原地。

利瑟爾面露苦笑，同時不著痕跡地打量男人身後。以門扉為界，那裡面一片黑暗，就好像巨木的內側填滿了焦油那樣黑，而男人就從那團黑暗中探出上半身。

每一次他挪動身體，黑暗空間也無聲地波動。

「不好意思，我們不是來談生意的。是我很想見見空間魔法師，硬是從領主大人那裡問出了各位的住處。當然，前提是各位不感到困擾。」
「不會的，這當然沒有問題，不過鄙人這邊只有些粗茶淡飯，沒辦法好好招待您！」
男人的態度瞬間恭敬起來，利瑟爾猜到是怎麼回事，努力解開了誤會。
雖然他一說自己是冒險者，男人就以「完全無法理解」的眼神看著他。說出真相對方反而更不相信，這是什麼道理？最後，男人一臉心領神會地喃喃說「畢竟是商業國領主的朋友……」，所以利瑟爾也不清楚誤會到底有沒有真的解開。
順帶一提，劫爾他們從頭到尾都袖手旁觀。
「那麼，一直站著說話也不太好，到我們家來吧。」
男人換上了比一開始更隨意的態度，爽朗地笑著這麼說。他自我介紹，說自己是這個村莊的代表。
村莊？眼見利瑟爾他們一臉納悶，男人敦促他們往門內走。雖然這麼說，但門扇裡面可是一片完全無法窺見內部的黑暗。雖然確實和迷宮大門有幾分類似，但這裡無法以「迷宮發生什麼事都不奇怪」來解釋，這麼一想就覺得特別可疑。
「要進去這裡面喔？」
「這……並不是傳送吧，是空間魔法嗎？」利瑟爾說。
「就算天天把手伸進這裡面，還是有點抗拒啊。」劫爾說。
「哈哈，不用擔心，來和我們做生意的人也總是很樂意走進來哦。」
總覺得他說的是因薩伊，利瑟爾這麼想道，試著把手伸進門內。

和他平常使用的腰包一樣，這團黑暗沒有任何觸感或溫度，手臂能無止境地伸進去。

然而，市面上的空間魔法不能放入活著的生物，兩者之間肯定還是有什麼差別。

他就這麼往黑暗中踏入一步，靴底傳來熟悉的地面觸感，果然和迷宮很像呢，利瑟爾這麼想。從另一側，是不是能看見只露出手腳的利瑟爾呢？

眼見利瑟爾興味盎然地攪動著黑暗空間，一旁的男人笑著說：

「這就像是巨大的空間魔法一樣，裡面只有一座村子而已，請放心。」

「隊長你還好嗎？臉都埋在裡面了欸。」

「很好哦。啊，真的呢，裡面有村莊。」

從剛才就一直抓著他後領的劫爾，到這時候終於放開手。

利瑟爾就這麼穿過門扉。正如男人所說，眼前是一座被森林環繞的閑靜村莊，有幾間屋子，碰巧從附近家屋走出來的居民忍不住多看了他一眼。雙方的反應應該相反才對吧——就在利瑟爾納悶的時候，劫爾他們也穿過了那扇門。

「喔，真的欸。」

「為什麼用那種稀奇的目光盯著我們看啊。」

「哎呀，我們這裡很少有客人來嘛。」

村民代表在最後穿過門扉，反手關上門。

這扇門安裝在一間小屋上，外面看起來是巨木，從裡面看起來是小屋，實在很不可思議。難得蓋了小屋，這不就進不去了嗎？利瑟爾好奇小屋原本的用途，於是開口問道：

「沒辦法進到這座小屋的裡面嗎？」

「不是不是，拆掉一、兩塊木板就能進去了。這邊一開始只有一扇門立在這裡，因為看起來太奇怪了，後來才配合這道門蓋了這棟小屋。」

三人心想，這處理方式不太對勁吧。

「另一側也長出了大樹，門都被埋在樹幹裡了，不過反正能打開就好。」

三人心想，這種心態也不太對勁吧。

不過利瑟爾沒有說出口，畢竟仔細想想，這種處理方式也沒什麼不對。劫爾和伊雷文則是一時難以贊同，一臉微妙地納悶「難道就沒有其他辦法嗎」。

利瑟爾走在兩人前頭，跟男人和睦地聊著天，在對方帶領之下抵達他的住家。這座村莊很小，一眼望去就能看見不遠處的那棟房子，不需要特別帶路就到了。

「喂——我帶客人回來囉。」

「哎呀，已經是商人來訪的時期了？」

「也不是，是商人介紹過來的訪客。」

無論外觀或內部都是非常普通的獨戶住宅，穿過門之後也沒有跑到其他地方去。在慌張的夫人歡迎之下，利瑟爾他們和男人一起圍坐在桌邊。夫人端出剛烤好的瑪芬，糕餅香甜的氣味散發出來，伊雷文伸手就拿。

「看來這裡很少有客人呢，在外面碰到人的時候大家也都很驚訝。」利瑟爾說。

「這個嘛，訪客少歸少，但也不只是……沒事，嗯。」

側眼看著利瑟爾感嘆的模樣，劫爾他們察覺了真相。

他們早就習慣了。劫爾和伊雷文沒有表現出任何反應，雖然覺得有點好笑但也沒多說什麼，在一旁默默喝著主人招待的咖啡、吃著點心。

「這次過來拜訪，希望沒有給各位造成困擾。」

「不會不會，哪裡的話。可能有人覺得我們是排斥外界才避世隱居，但完全不是這麼回事，只是村莊裡很少有訪客而已，我們自己還是常常會到撒路思之類的地方。」

「那你們為啥住在這種地方啊？」

面對伊雷文不太禮貌的問題，男人也毫不介意地笑著回答：

「因為我們的祖宗代代都住在這裡嘛，也沒有什麼理由特地搬出去。」

很合理的解釋。

雖然環境確實特殊，但對於居民而言，這裡和其他村莊並沒有任何差別。有人在這座村子裡出生長大，後來到外面生活；也有外人跟村民結了婚，從外界搬進村裡。

尤其伊雷文自己的雙親，也是因為同樣的理由而一直住在離城鎮有段距離的森林裡，因此他聽了這個答案也乾脆地點頭贊同。

「說起來，這座村莊也是我們老祖宗造出來的。」

「我想也是喔。」伊雷文說。

「可以把這裡想成是空間魔法的內部，應該沒錯吧？」

「不過也未免太像迷宮了。」劫爾說。

「哈哈，對吧對吧，聽說祖先就是想要仿造迷宮……」

對於熟知「迷宮裡沒什麼不可能」的三人來說，男人這話實在相當驚人。

不過他的心態其實和其他非冒險者差不多，只覺得「喔，原來迷宮是這種感覺啊」。

說到底，除了冒險者以外的民眾，絕大多數連迷宮大門都沒見過，只知道迷宮是「冒險者經常出入的地方」，不太清楚詳情。所以就算說這裡跟迷宮相似，大多數人也摸不著頭緒。

不對，歸根究柢……

「雖然不知道到底是怎麼弄成這樣的，不過我們老祖宗還真是厲害啊。」

「你們自己居然不知道喔？」伊雷文說。

「還真虧你們有辦法住在這。」劫爾說。

「可能是古代語言還存在的久遠年代了吧。」

這是理所當然能使用空間魔法的人們所特有的感覺嗎？

眼看男人對於村莊的起源沒有太多疑惑，利瑟爾切身體會到了城鄉差距。自認為平凡無奇的事物其實一點也不普通，這種事在鄉村很常見。

「而且，我們其實沒有特別隱藏村莊的位置。」

「啊，是這樣嗎？」

「是啊，只是不會把空間魔法的事說出去，聽說是以前有商人建議我們保密的。」

確實，消息一旦傳出去，想取得空間魔法包的人們很可能蜂擁而至。

一開始看上空間魔法的商人，或許也是基於想要壟斷這項商品的私心才如此提議，不過肯定也有著守護他們平穩生活的意圖。只要空間魔法不為外人所知，就不會有人特地跑到這種森林深處來；即使真的遇到意外訪客，也只要跟驚訝的對方解釋說「好像是我們祖先用什麼魔法建成的」，大多數人都會相信。反正這不是謊話，而且一般人與魔法無緣，不會質疑太多。

「那些畫著箭號的看板，本來也是為了避免郵務公會的人迷路才裝的。不過他們最近都把路線背熟啦，總是跟我們說繞過來有多辛苦，哈哈哈。」

聽見男人爽朗地笑著這麼說，利瑟爾神情複雜地點頭。

「虧我還那麼努力，才讓伯爵告訴我這裡的位置……」

「甚至還被人操縱了。」劫爾說。

「你不要記仇嘛。」利瑟爾說。

「我沒記仇。」

「好啦好啦，這也不是隊長的錯嘛。」

在那場名為大侵襲的危機當中竭力奉獻才換到的情報，沒想到根本不算什麼機密。話雖如此，假如沒有這些事前情報，他也幾乎不可能以自身的力量找到這裡。從販售空間魔法包的賈吉循線去找，到因薩伊那裡就無法再往上追溯了；想從道地的商人口中問出進貨來源，那勢必得付出足夠的代價。這麼想來，趁著大侵襲的機會賣個人情給沙德，的確是最踏實也最快速的方法。

利瑟爾決定這麼想。劫爾心想，這傢伙恢復得真快。

「啊，對了。」

想起什麼似地，利瑟爾把繫在腰上的腰包拆下來給男人看。

「我也在使用空間魔法哦。」

「喔喔！這還真讓人高興。」

「非常方便實用，他們兩人也有。」

聽見利瑟爾微笑著這麼說，劫爾和伊雷文也跟著舉起他們各自的腰包。

既然商人（很可能是因薩伊）直接到這裡來收購背包，這裡的居民應該沒什麼機會看到有人實際使用它們。畢竟空間魔法包數量稀少、價格又昂貴，他們平時有所交流的撒思國民當中，帶著空間魔法的人肯定也寥寥無幾。

或許是因為這樣，男人高興地笑了開來：

「哎呀，一定不便宜吧……我是說以一般人的標準而言。」

被顧慮了。

「考量到它的價值，我認為這是合理的價格。」

「哎呀哎呀，商人也是這麼說，總是用驚人的價格收購。不過對我們來說這也不需要什麼特別的技術，實在不太好意思。」

「啊？不是用魔法做出來的嗎？」

伊雷文拿起盤子裡最後一個瑪芬這麼問道。

順帶一提，瑪芬全被他一個人吃光了。或許是注意到了消耗速度，夫人已經眼明手快地調好新的麵糊，把第二批瑪芬送進了烤箱，麵糊烤熟的香味傳到桌邊來。

「確實是源自魔力沒錯，但能不能算是魔法就不確定了。」

「我原先把它想像成一種靠著血脈傳承、你們一族特有的技術。」

「喔喔，沒錯沒錯。雖然不是那麼不得了的東西，不過確實就是體質。」

男人「啪」地拍了一下自己的肚子。

「我們的體質好像容易在體內積存魔力，累積的魔力吐出來就會變成那樣。」

「那不就是嘔吐物嗎。」

「伊雷文。」

實在太失禮了，利瑟爾稍微訓斥了伊雷文一下。

伊雷文鬧彆扭似地吃起新上桌的瑪芬，利瑟爾側眼看著他那副模樣，垂著眉向男人道了歉。對方雍容大度地笑著搖搖頭，說不介意，男人看起來更在乎這一次有沒有機會吃到妻子精心製作的瑪芬。

「哈、哈，用言詞去解釋確實是這樣沒錯。」

「累積的魔力量非常大嗎？」

「是啊、是啊，是真的很多，多到排出魔力的當事人都會差點中毒。所以才需要用魔石吸收它，那個魔石就是你們所說的『空間魔法』的核心。」

連他們本人都不清楚魔石為什麼會變成空間魔法。

是他們的魔力本身比較特殊，還是魔石暴露在極高濃度的魔力當中發生了變化？利瑟爾試著列出幾種假說，不過他畢竟不是專家，沒有得出任何結論。

如果換作是他所敬愛的國王的兄長，那位首屈一指的魔術研究者是否會知道真相呢？利瑟爾邊想邊拿起一個瑪芬，同時不忘不著痕跡地把盤子往男人那邊推近一點。

「哎，體內魔力堆積太多，實在很不舒服。」

「果然是嘔吐物嘛。」

「你還真不長教訓。」劫爾說。

「可是……」

「伊雷文。」

「……好啦。」

伊雷文不太甘願地讓步了。他也沒有惡意吧，利瑟爾露出苦笑。

男人因為終於吃到瑪芬而眉開眼笑，他出於好心把盤子推給劫爾，後者默默把盤子推給利瑟爾，伊雷文見狀馬上把盤子往自己面前拉。

「從很久以前就一直採用這種方法嗎？」

「不是不是，聽說老祖宗剛發現可以用魔石吸收魔力的時候，還鬧出了一場大騷動。」

「騷動？」

「現在我們都把魔石放進包包裡就沒事了，但一開始還不知道要準備容器，因此形成的空間一口氣擴展開來，把周遭的東西全都吸進去了。對了，另一邊平原上的大洞就是這樣弄出來的。」

聽男人的口吻，好像完全預設利瑟爾他們見過那個大洞，但他們三人都沒印象。他們走到這裡的路上，完全沒看到什麼大到不可能看漏的巨大洞穴。

這是怎麼回事？一瞬間的疑問之後，利瑟爾立刻有了想法，思索似地別開視線。他吞下口中吃到一半的瑪芬，喝了一口咖啡，品嘗一下殘留在舌尖的甜味，然後才問：

「那個洞穴，現在已經變成湖泊了嗎？」

「沒錯沒錯，不曉得什麼時候跟河川連通在一起了。老祖宗應該也沒想到，以後居然有座城市會建立在自己挖出的大洞上面吧。」

聽見男人事不關己地笑著這麼說，劫爾和伊雷文不禁面無表情。

換言之，男人所說的就是以撒路思為中心的那座巨大湖泊。這座魔法大國的占地以一個國家來說不算太小，湖泊更是比國家本身大了兩圈，沒想到居然是空間魔法的副產物……撒路思的國民都知道這件事嗎？

男人緊接著說出了更震撼的事實。

「啊，那片被吸進來的土地，就是這座村莊了。」

「所以說我們使用的腰包裡面，並沒有像這樣的空間囉？」

「哈哈，如果有就太好囉。」

男人爽朗地說出足以顛覆歷史記載的事實。

這沒問題嗎？應該沒差吧，劫爾他們這麼想著，決定當作沒聽見。既然村莊的代表不以為意，那就表示對於熟悉空間魔法的居民來說，這不是什麼值得驚訝的事情。至於利瑟爾為什麼也一臉淡定，事到如今就不用多說了。

劫爾喝了一口咖啡，伊雷文則吃光了所有瑪芬，利瑟爾作出這樣的結論：

「不麻煩的話，我們也很想觀摩一下製作空間魔法包的過程。」

「嗯，這個嘛……」

「當然，如果不方便……」

「啊，不是不是。不是我們不願意什麼的。」

聽見利瑟爾客氣地打算撤回前言，男人連忙開口繼續說下去，像希望他不要誤會。

「我只是在想，最近有沒有人魔力積滿了。」

「沒積滿就不能做喔？」

「也不是不行，但這個過程對身體不太好。」

「感覺體內魔力也會失去平衡呢，太過勉強的話可能會影響健康狀況。」

「是啊，真的就像你說的一樣。」

所有的生物和物質都保有魔力，唯一的例外大概只有充滿謎團的戰奴吧。

魔力一般依靠呼吸和攝取食物來循環，當魔力失去平衡，身體當然也就會出現不適。魔力不足時發生的身體顫抖即是一例，一般也認為魔力中毒是體內魔力紊亂所導致。

如果要等魔力自然堆積的話……伊雷文開口說出自己的疑問：

「那背包多久才做一個啊，一個月？一年？」

「這個嘛，平均差不多一年一次吧。」
「難怪流通量這麼少。」
劫爾半是無奈、半是感嘆地瞇細雙眼。這座奇妙村莊裡頭的居民，除了從外面搬進來的幾個人之外，都是血緣相連的親族。但村子裡的房屋不到十棟，居民人數也絕不算多，即使每個人每年都產出一個空間魔法包，流入市面的數量還是少之又少。
嗯……利瑟爾摸了摸自己繫回腰上的腰包。
「想到這是別人身體不適的結果，總有點不好意思使用呢。」
「哈哈哈，別介意儘管用吧，這對我們來說也是龐大的收入來源，沒有人在做這些背包的時候是不情願的。包包總是要有人使用，才能發揮它的價值嘛。」
在男人身邊，他的夫人也咯咯笑著，替大家再倒了一杯咖啡。
既然當事人這麼說，那就不必顧慮了吧——在利瑟爾他們這麼說著的時候，夫人看了看壺中還剩下多少咖啡，忽然想起什麼似地抬起臉，偏著頭說：
「這麼說來，那孩子是不是差不多了？你的弟弟呀。」
「對喔，之前好像說他選好背包了。」
「對、對。」
男人跟他們說了一聲之後離席，沒過幾分鐘就回來了。
看來似乎能親眼見證空間魔法誕生，三人於是在男人帶領下，來到隔壁的隔壁家。這是男人弟弟夫妻的屋子，他們特別為此中斷了田裡的工作，雖然看見利瑟爾一行人的時候驚愕到面無表情，還是爽快地答應讓大家觀摩。

聽他們這麼說，似乎不是被人看著會出什麼差錯的精細作業。利瑟爾道了謝，在對方展示接下來準備被賦予空間魔法的背包時問道：

「背包都是從外面買來的嗎？」

「跟我們買包的商人，每隔一段時間會整批帶進來給我們。果然還是因為背包要拿去賣的關係吧，裡面也有我們捨不得買的那種高級包，各式各樣的種類都有。」

「果然是那個老頭吧。」劫爾說。

「你說賈吉的爺爺喔？」

「也難怪裡面有流行包款呢。」利瑟爾說。

因薩伊感覺就是個流行嗅覺相當敏銳的人，對於空間魔法完成的當下可能流行的設計款式，相關的預測能力一定也不在話下，說不定還會親自把特定包款推上潮流尖端呢。

不過他們並不打算探問交易對象是否真的就是因薩伊。此行是在因薩伊不知情的狀況下談妥的，他們不會做出這種私自侵犯他領地的行為。

「那我要開始囉。」

男人的弟弟也沒做什麼準備，稀鬆平常地站著，打開包包的開口。

那是一口做工精緻的皮包，考量到販售價格，皮包本身也不能使用廉價品吧。一顆魔石被放進了包裡，從態度看來村子裡的人們應該不知情，但這是一顆要價好幾枚金幣的最上級魔石，否則無法完全吸收如此大量的魔力。

「啊，魔力確實聚集在他的腹部一帶呢。」

「感覺不出來。」劫爾說。

「要把那些魔力弄到包包裡去喔？」

在三人觀望之下，拿著皮包的男人慢慢低下臉——

「嘔噁……」

「不就是嘔吐物嘛!!!!!!」

就連利瑟爾這一次也沒責怪他。

在那之後，男人和他弟弟夫婦都說想聽聽利瑟爾他們的故事，三人爽快地答應了。於是利瑟爾他們聊了自己平時的冒險者生活、迷宮內的情形、拜訪過哪些國家、遇見什麼樣的人，偶爾伊雷文補充一些有趣的小插曲，劫爾負責吐槽，主要由利瑟爾開口分享了各式各樣的經歷。主人家似乎也聽得津津有味，一開始雖然半信半疑，最後他們還是相信了利瑟爾真的是冒險者。

三人一直在村民代表的弟弟家裡待到了天空染上茜色的時分。

趁著天色還沒暗下來快點進城吧，主人家爽朗地揮手送他們離開。往撒路思的途中，一行人離開了森林，走在平原上，利瑟爾望著比微明的天空點著更多燈火的撒路思城鎮，忽然像確認什麼似地回頭往後看了看。確定身後沒人，他才悠悠開口：

「總覺得在各種意義上使用起來讓人有點猶豫呢……雖然還是會用就是了。」

「真的欸。」

「有些真相還是不要知道的好。」劫爾說。

為了保護他們一族的名譽補充一下，吐進包包裡的只有純粹的魔力。

強大的高濃度魔力，就像魔力聚積地裡的霧氣那樣閃閃發亮，夢幻搖曳的輕煙不時反映出七色虹光，受到吸引似地緩緩流進皮包裡。只看這部分的話，簡直就像童話裡的魔法壺一樣，但它是從嘴巴裡吐出來的，而且同時搭配著作嘔聲。

「然後呢，調查到你想知道的事了嗎？」劫爾問。

「只要知道除了他們一族之外不可能重現，這樣就夠了。」

「喔。」

劫爾瞥了那張沉穩的側臉一眼，便轉回前方，伊雷文的雙唇也彎著笑弧。

踩踏嫩草的沙沙聲傳入耳中，風也變冷了不少。仰望天空，覆蓋整片視野的是彼此相鄰的晚霞與夜空，也能看見深沉的群青色背景上點綴著稀疏的星光。

「可能要走快點欸，怕趕不上關門。」

「城門關得那麼早嗎？」

「沒有啦，我不太記得了，不過若是早關門的國家，這個時間差不多了。」

「加快腳步吧。」劫爾說。

希望到旅店的路上不會迷路，三人加快步調，橫越通往撒路思的大橋。

162

利瑟爾從睡眠中醒來，在朦朧的思緒中把臉埋進枕頭。

比起平時的起床時間多半早了一些，他還想睡，但感覺直接起床也不太費力。他邊猶豫該怎麼做邊往枕頭上蹭，忽然注意到枕頭的觸感和平常不同，厚度比較薄，稍微偏硬，但也不算難睡。他緩緩抬起頭。

「……」

微微睜開低垂的眼瞼，他俯視著枕頭，點著頭打了幾秒的盹。

髮絲朝著床舖的方向披垂下來，遮蓋了視野，不過他還是轉動視線往窗戶的方向看去——映入眼簾的不是窗戶，而是一張空蕩蕩的床舖，再過去則是一扇門。他一瞬間弄不清自己面朝著哪裡睡，過一會兒，逐漸清醒的思緒終於找到正確答案。

「（這裡是、撒路思。）」

昨天傍晚即將入夜前，他們成功趕在城門關閉之前入境。

一如往常，入境審查時被守衛稍微盤問了一下，利瑟爾也感到相當無奈，不過還是順利踏上了這座位在湖泊上的國家。當時周遭已經完全籠罩在夜色之中，於是他們徑直來到了旅店，還沒有機會觀光。

「嗯……」

利瑟爾坐起上半身，把披在臉上的頭髮撥到耳後。

他環顧房間，把按照平時習慣放下床的雙腿挪到另一側，找到鞋子穿上。一站起身，他微微打了個寒顫，撒路思的早晨有點冷。還是快點更衣吧，利瑟爾迅速地開始整裝。

「（他們兩個……出門了嗎？）」

他們住的是三人房。

雖然單人房比較方便，但他們也不排斥同住一間，被帶到這間房的時候，三人沒什麼異議地接受了。以他們的交情，待在同一個空間不會感到不自在，一旦接受了對方，以他們的性格也不會在乎太多雞毛蒜皮的小細節。而且劫爾和伊雷文幾乎只有睡覺時才待在旅店，無論住幾人房都不會介意。

利瑟爾換上在王都活動時的便服，稍微想了想又披了件薄外套，才走出房間。這層樓兩間房間並排，他們住的是距離樓梯比較遠的那一間。住在隔壁的房客出門了嗎？想著這種無關緊要的小事，利瑟爾走下樓梯。

「哎呀，起得這麼早。早安。」

「早安，老婆婆。」

一位和藹的老婦人加深了眼尾的皺紋，笑著招呼利瑟爾，利瑟爾也回以微笑。

她正是這間旅店的老闆娘，同時也是王都旅店女主人的親生母親。幸虧她介紹了這間旅店，也事先跟這裡聯絡過，他們昨晚才能在夜半順利找到地方住宿。

「要吃早餐嗎？昨天只吃了點小食墊胃，一定餓了吧？」

「求之不得，那就麻煩妳。」
「馬上替你準備哦。」
看見利瑟爾俏皮地瞇細眼睛這麼說，老婆婆也有趣地顫著肩膀笑了。
切齊肩膀、帶點自然鬈的白髮隨著她的動作晃動，這個年紀的老人家微微彎駝著腰，體型細瘦，但背朝這裡離開的腳步卻相當穩健，完全感覺不出衰老。那道背影與王都的旅店女主人不可思議地相像，果然不愧是母女，利瑟爾不禁綻開嘴角。
他目光追隨著那道清瘦的背影，一邊打開餐廳門。昨晚太累了，只吃了一些老闆娘送到房間的輕食，所以這是他第一次看見餐廳內部。這裡的餐廳比王都那間旅店小了一圈，客房一共兩間，這裡也配合房間數量擺著兩張桌子，肯定這樣就足夠了吧。
空間雖小，但設有大窗，因此完全沒有壓迫感。利瑟爾在餐廳一角發現了現在尚未啟用的暖爐，這裡的冬天或許很冷吧，他這麼想著，下意識坐到暖爐旁邊的椅子上。整個空間裝飾得溫暖舒適，不可思議地讓人感到放鬆。
然後，利瑟爾往他一直很在意的窗戶外面看了看。
二樓以上是旅店，因此往下方一看，就能看見類似中庭的空地。
「哈哈！當時那個小鬼果真成長不少，不出我所料！」
「你變弱了，臭老頭。」
「不是吧好強，這老頭真的好強!!」
底下有位獨臂的老人揮舞著劍，一看就是位歷經許多戰事的武人。

利瑟爾那兩位親愛的隊友，正拿著武器與那老人猛烈交戰。

雙方都沒認真，劫爾和伊雷文也未聯手進攻，但兩人的實力仍然堪稱強悍。面對實力不俗的兩人，那老人竟揮動著粗獷的大劍、笑得樂不可支，不曉得是何方神聖。

「一大早就這麼有精神呀。」

「是您的先生嗎？」

「哎呀哎呀，還沒有向你介紹呢。那是我先生沒錯，都一大把年紀了，還是很硬朗吧？」

老婆婆發出銀鈴般的輕笑聲，把托盤放在利瑟爾面前。

在微涼的早晨令人食指大動的熱濃湯、揉入豆子的香噴噴麵包，還有醋漬魚肉佐洋蔥。麵包的香味隱約飄來，是在王都也聞過的熟悉味道。

忍不住把前幾天才送他們離開旅店的那張面孔，和眼前的老太太重疊在一起，尋找相似的特徵。

「王都的旅店女主人，也會端出這種麵包。」

「呵呵，真開心，這是我教她的。」

老婦人把手放在臉頰邊靦腆笑道，利瑟爾見狀也露出柔和的笑。

隔著一扇玻璃窗，外面仍然不斷傳來各種危險聲響，餐廳內兩人之間的氣氛卻極為和睦，雙方對自己好戰的夥伴都沒有一絲擔心。

忽然，老婦人走過利瑟爾前方，低頭往窗外看了看，眼神慈祥。

「那孩子長大了呢。」

「說的是劫爾嗎？」

「是呀，光聽名字還沒發現是他。」

剛才也聽見樓下的老者說過類似的話。

看來這對老夫婦和劫爾彼此認識，想到這裡，利瑟爾忽然回想起一件事。

在王都的騎士學校，他曾聽劫爾提起往事。當騎士候補生問劫爾至今遇過最棘手的對手是誰，劫爾的回答是「一個S階」。利瑟爾對這答案感到好奇，曾經問過他一次。

劫爾的回應很含糊，說除了S階之外，他也對那個人一無所知。不過聽過劫爾稱呼對方「那個老頭」，現在又親眼看見年事已高卻還能跟劫爾他們交手的老人家，把兩者聯想在一起也是很自然的事。該不會——利瑟爾正要開口，老婆婆就說出了正確答案。

「那個人可是在那孩子連冒險者都還沒當上的時候，就主動挑釁他呢，很幼稚吧？」

「不會，那對劫爾來說好像也是印象相當深刻的一戰。」

「呵呵，那就好。」

問勝者是哪一方就太不識趣了，因此利瑟爾並未多問。

不過聽老人剛才那樣說，顯然即使是年紀尚輕的當時，劫爾的劍技也不同凡響吧。利瑟爾察覺自己的嘴角自然綻開，也不刻意掩飾，便抬頭看向老婦人問：

「妳從前也是冒險者嗎？」

「是呀，和那個人一起。」

這表示她也是如假包換的Ｓ階。真的是大前輩了，利瑟爾不禁苦笑。

雖然不打算挑釁，但萬一打起來，自己說不定無法獲勝——利瑟爾在不致失禮的範圍內，稍微打量了一下那位「呵呵」微笑著的老婦人。他不打算為此改變態度，不過還是把「最好不要惹她生氣」這件事銘記在心。這麼說來，他對王都的女主人似乎也有過類似的想法。

仔細端詳老婆婆清瘦的身軀，她的魔力量也非同小可，以前當的是魔法師嗎？

「（如果說想請她指點一二……是不是太失禮了？）」

既然擁有如此龐大的魔力量，又擁有Ｓ階的功績，她想選在哪裡隱居應該都相當自由。冒險者的社會地位稱不上高，但Ｓ階冒險者有著與一般冒險者截然不同的影響力。

話雖如此，大部分的Ｓ階冒險者不希望被權力束縛，總是想自由自在地做自己想做的事，結果幾乎都過著和從前並無二致的冒險者生活。他們並沒有被視作一種威脅，大部分的國家都會招攬退休的Ｓ階冒險者，做為優秀的諮詢顧問。

這樣的人物在這裡安頓下來經營旅店，絕對不是因為年事已高而無法再繼續冒險者的工作，或許是找到了一個恰好的時機為冒險者生活劃下了句點，又或許這是她在當過冒險者之後下一個想要實現的目標。既然如此，要是事到如今還抓著她過去的榮光不放，反而會讓她為難吧。

利瑟爾乾脆地放棄，拿起溫潤的木質湯匙。

「那早餐我開動囉。」

「好，請享用。」

利瑟爾粲然一笑，老婆婆也回以微笑，眼尾的皺紋都笑得更深了。

那是屬於生涯中累積了各式各樣的經驗，又接納了這一切見聞的前輩的笑容。一路走來，她一定扶持著同行的搭檔，同時也受到對方支持吧。真令人嚮往，利瑟爾坦率地想。目送她的背影離開，利瑟爾舀起冒著熱氣的濃湯送入口中。緩緩品嘗這道馬鈴薯濃湯，洋蔥的甜味隱約擴散開來，是很溫和順口的味道。

他就這麼品嘗了一會兒老婦人親手製作的早餐，這時……

「那老頭到底怎麼回事啊……是大哥你的熟人？」

「他是前S階。」

「啊?!」

劫爾他們結束了比試，熱熱鬧鬧地來到餐廳。

兩人準備進門之前被老婦人叫住，於是停下腳步，臉上一副嫌煩的表情，卻毫無怨言地脫掉外套、拍掉沙塵。他們拍拍自己的長褲，隨便把外套重新披好，才真正踏進餐廳。他們倆基本上都會聽從王都旅店女主人的叮嚀，面對眼前這位老婦人也一樣，和S階什麼的沒有關係，只是單純無法違逆她吧。

畢竟她們都很擅長把對方拉進自己的步調當中嘛，利瑟爾了然這麼想著，停下了手邊用餐的動作。劫爾他們理所當然地坐到同一桌來，兩人或許剛洗過臉，劉海沾了水，結成一束一束的。

「早安。」

「嗯。」

「隊長早安！」

坐在他正對面的劫爾，把手中的劍靠立在桌邊。

儘管皺著眉頭、一臉不悅，但看起來真是——利瑟爾剛這麼想，劫爾便注意到了他的視線，銀灰的眼眸立刻投來銳利的目光，示意他不要多嘴。利瑟爾感到有趣地笑了出來，轉而看向從旁拿走桌上那杯涼掉紅茶的伊雷文。

「對手很強嗎？」

「強到嚇一大跳欸，不過我是不至於輸給一個退休的老頭啦。」

也就是說，換作是全盛期的時候就難說了。

伊雷文難得做出這種肯定對方的發言，似乎真的是被嚇了一跳。這也難怪，誰想得到旅店老闆居然是身經百戰的冒險者，而且還到過自己現在還達不到的境界呢。伊雷文喝掉半杯紅茶，把玻璃杯放了回來。

從玄關的方向，傳來意氣風發的沉重腳步聲，老人家似乎也回到旅店裡來了。他心情極好地走到妻子身邊，隔著牆壁能聽見熱鬧的交談聲。

「所以咧大哥，那是誰啊？」

「只是好幾年前見過一面。」

「什麼嘛。」

看來劫爾說出的不是他想要的答案，伊雷文一聽就失去了興趣。

利瑟爾側眼看著這一幕，舀起濃湯偏著頭問：

「需要換一間旅店嗎？」

「不必。」

「這樣呀。」

本來擔心他尷尬，看來是多慮了。

這也算是利瑟爾預料中的回答。劫爾喜歡獨處，但並不代表他拒人於千里之外。應該說他不會與對方產生太多交集，關係也就不會熟絡到足以產生拒絕的可能性；除非是麻煩事，否則有人來搭話他也不會置之不理。正確來說，可以說是因為他對於現狀沒有太多不滿，所以不至於一竿子打翻一船人地拒絕與人交流。

因此這一次，也只是沒有什麼需要特地迴避的理由而已吧。

「來，久等了。」

老婦人端來兩人份的早餐。

還沒吃早餐嗎？利瑟爾感到有點意外。聽他們說，原來是難得早起的伊雷文，和在平常時間起床的劫爾，想在早餐前稍微活動一下身體而過了幾招，老爺爺看見了，於是加入參戰。那一定很餓了吧，利瑟爾看著馬上大口吃起麵包和魚肉的兩人。

「那個人興奮過頭了，不好意思呀。」

老婦人一面往利瑟爾的空玻璃杯裡倒紅茶，一面這麼說。

「沒事。」劫爾說。

「婆婆，妳以前也是S階喔？」

「是呀，沒錯。現在已經是個普通的老太婆了對吧？」

聽她這麼說，劫爾無奈地仰頭灌了一口飲料，伊雷文像聽到誇張的玩笑話似地撇了撇嘴。看這反應，不難察覺她這句話的真相。老婦人多半是真心這麼覺得吧，於是利瑟爾什麼也沒說，轉而拿起叉子。

她本人看起來不像在自謙，忍不住令人好奇她全盛期的實力有多驚人。

「那個爺爺也跟妳一起開旅店喔？」

「沒有，開旅店是我的興趣，雖然他也會幫忙。」

「那老頭看起來也不像做旅宿的樣子。」劫爾說。

「呵呵，對吧？他在當劍術教練呢，會去公會指導，也會教小朋友。」

個性變圓滑了呢——雖然她微笑這麼說，但剛才的老爺爺一副打得樂此不疲的樣子，因此劫爾想像的是老爺爺手撕小朋友再把他們一個接一個丟出去的畫面，伊雷文想像中的他則是站在冒險者的屍堆上大笑。只有利瑟爾想像出和樂融融的劍術教室，但場面太過和樂，成了缺乏現實感的繪本世界。

面對陷入空想的三人，老婆婆以有點俏皮的語氣這麼說：

「你們來到這裡，他非常開心喔。不嫌棄的話，請多跟他交流交流吧。」

老婦人這麼說完，便離開了餐廳。那道背影雖然可愛，卻沒來由地讓人覺得「她一定把老公管得服服貼貼」。

吃完早餐，三人回到房間，開始討論今天的行程。

他們決定今天要觀光，也已經確定了一個想去的地方，剩下的時間該怎麼辦呢？他們一邊各自準備出門一邊討論，不過比起縝密的計畫，更像是閒聊的話題。

「你們兩位有什麼想去的地方嗎？」

利瑟爾邊扣上領口的鈕釦邊這麼問。

「隨便走走就好了吧。」

「那稍微到公會看看吧。」

「啊，我想看那個，很大的劍。」伊雷文說。

「還有這種景點呀？」

劫爾和伊雷文從早上就在意想不到的情況下活動了一番，所以全身的衣服都換過了。

他們穿上便服，再把劍佩在衣服外側。冒險者在日常生活中是否攜帶武器因人而異，也有不少人因為武器太重、帶著容易腰痛而不愛隨身佩帶，不過劫爾和伊雷文是屬於一定會佩劍的那一類。並不是為了警戒什麼，而是沒帶的時候身體太輕，很不習慣。

利瑟爾也把腰包繫到腰上，完成了準備。

「你們不覺得這裡早上很冷嗎？」伊雷文說。

「只是之前幾個地方都太舒適而已吧。」

「王都和阿斯塔尼亞都很暖和呢。」利瑟爾說。

三人邊閒聊邊離開房間。

從無人的玄關來到屋外，面前立刻出現一道通往下方的狹窄樓梯。旅店位在這棟建築物的二樓和三樓，一樓是經營旅店者老夫婦的居住空間，和樓上彼此獨立。強烈的日光照進巷弄，毫無保留地灑在階梯上。到陽光下應該就不覺得冷了吧，他們這麼說著，走下稍嫌陡峭的樓梯。

一踏上地面，眼前就是一條往左右延伸的水道，寬度不算太寬，水面映照藍天，反射著耀眼的波光。

一艘船從三人眼前駛過，這風景只有在國內無數水道縱橫的撒路思才能看見。

「這不是載人的船呢。」

「這個嘛，也沒必要搭船嘛。」伊雷文說。

「不會把這當作交通手段吧。」劫爾說。

沿著水道有條狹窄的步道，沒有特殊情況的話，用走的比較快。

利瑟爾他們暫且先往公會的方向走，小船一艘接一艘駛過水道，從船上堆積的木箱看來，應該是搬運貨物用的。其中一艘船上坐著一名船夫，悠哉地順著水流，從橫跨水路的小橋下漂過；那人熟練地握著船槳，彎過一個轉角後漸行漸遠。

明明搭船觀光感覺也很有趣呀，利瑟爾目送那艘小船在視野中越變越小。

「這裡沒有魚？」劫爾問。

「不知道呢。」

「要是有的話，不就走到哪都能釣魚了？」伊雷文說。

三個大男人不時停下腳步，探頭看著水道，聊著類似的話題。撒路思的居民們偷瞄、打量他們，想著「應該是觀光客吧」，但誰也不覺得他們是普通的觀光客，居民們現在紛紛進入了「默默觀察微服貴族帶著護衛環遊各國」的模式，所有人都一臉掌握一切的表情，但顯然誰也沒掌握任何真相。

利瑟爾他們毫不介意，又或許是沒注意到，逕自邁開腳步。

「魔法學院位在首都對吧？」利瑟爾問。

「不知道。」劫爾說。

「應該是喔。」

兩人顯然興趣缺缺，利瑟爾露出苦笑，踏上不曉得第幾座橋。

平緩的拱橋上沒有扶手，不僅如此，他們在撒路思的所有水道旁也都沒看見過護欄。雖然覺得晚上走夜路得多注意，不過水道邊都設有路燈。

昨天他們抵達旅店時，太陽已經完全下山，但也沒有發生差點失足摔落的意外，甚至還能悠閒地欣賞圓形燈光落在漆黑水面上的美景。

即使沒有路燈，熟悉這些水道的當地居民也不太可能掉下去。

「首都在那個方向嗎？」

「沒錯沒錯，順著這條路一——直走過去。」

走幾步路就越過了小橋，三人往他們前進的反方向看了看，再次沿著水道邁開步伐。
「然後，這裡是西都。」利瑟爾說。
「雖然很靠近南都了。西都、南都、北都。」
「然後首都就在它們的根部這樣。」伊雷文說。
聽了兩人的講解，利瑟爾緩緩點了幾次頭。
通往湖岸的大橋位在西都，大橋的反方向就是首都。以首都為中心，北都、南都呈扇形往外展開。聽說撒路思以坐鎮首都的國王為首，底下每一區還有獨立的領導者。行政機關全部聚集在首都，首都同時位於距離大橋最遠的位置，從國防觀點看來也相當合理。
不過，說是這麼說……
「從王都到這裡，可以一路暢行無阻呢。」
不經意往巷子裡一看，家戶之間串連的繩索上，有洗好的衣物在風中搖晃。
旅店樓下的那座中庭，也是四周幾間民宅共用的庭院，每個國家或多或少都是這樣，但土地在撒路思似乎特別稀少。不過從狹窄的街巷抬頭望去，被住宅和曬衣索剪裁下來的青空卻非常美麗。這也算是異文化交流了，利瑟爾輕笑一聲，繼續說下去。
「我在書上讀到，這裡本來是帕魯特達爾的屬國，只是在很久以前獨立出來了。」
「我知道的也只有這樣。」
「歷史喔，感覺隊長比我還懂。」
「可是書上並沒有寫出具體的原因。」

話雖如此，既然大橋面朝著王都的方向，那應該不是什麼險惡的理由吧。

從大侵襲事件之後兩國邦交並未急遽惡化來看，利瑟爾便已經確信了這點。背後沒有黑暗內幕的友邦相當稀少呢，利瑟爾深有感慨地想。國家之間的關係只要換個領導人就可能輕易生變，光從兩國長久維繫著友好關係，就能看出高層超乎尋常的努力。有恃無恐地仗著「反正對方是友邦」的這種餘裕，可是一刻也不存在的。

正因如此，他很能體會撒路思高官們被異形支配者大鬧了這麼一樁之後是什麼心情，實在很令人同情。

「啊。」

「喔？」

忽然一陣強風，有什麼東西從巷子裡飛了出來，同時響起一聲絕望的慘叫。

伊雷文連忙伸手一撈，抓住了那個即將飛向水道的東西。

「是裙子呢。」

三人確認過飛過來的是什麼東西，不著痕跡地別開視線。

「我拿著這個好像變態一樣，隊長你拿啦。」

「我拿著也一樣吧？給劫爾……」

「我拿著才致命吧。」

他們開著玩笑，在原地等了一會兒，就看見衣物翻飛的繩索底下，一個女生猛地打開門衝了出來，應該是發出剛才那聲慘叫的苦主。她按住亂翹的頭髮往這邊跑來，邊跑邊急急忙忙地把腳塞進穿到一半的鞋子。

「不好意思——！那是我的，不好意思——！」

「喏。」

「幸好沒有掉進水裡。」利瑟爾說。

「……？……??」

從伊雷文手中接過純白的裙子，女子這才終於正眼看向他們三人。她從劫爾看到伊雷文，最後再看到利瑟爾，露出不明白發生什麼事的表情。沒把手中的裙子掉到地上，大概是唯一的救贖。

看她這副模樣，應該沒什麼問題了，三人再度邁開腳步。

「公會在大橋附近對吧？雖然昨天沒有看見。」利瑟爾說。

「確實不太顯眼。」劫爾說。

遲了幾秒，從後方拋來一聲感謝，利瑟爾維持著原本的步調露出微笑。

在阿斯塔尼亞的時候，旅店主人每次碰到衣物被海風吹走的時候，也都會發出那種慘叫聲。

「有點麻煩欸，想去迷宮還要過橋。」

「感覺橋上會很擠呢。」

「那麼大一座橋，也不太可能真的堵住。」劫爾說。

撒路思外圍有一些船隻停泊處，不過想先到公會一趟再出城，還是走大橋最快。聽說馬車乘車處也在大橋的橋頭，早上大橋周遭應該很熱鬧吧。

他們聊著這些話題的時候，忽然有聲音從理應無人的水道方向傳來。

「喔，是觀光客嗎？要不要吃樹果？」

「吃。」

從漂浮在水道裡的小船上傳來叫賣聲，伊雷文停下腳步。

那是一名老翁，坐在一堆裝著水果的木箱中間，草帽戴在他頭上相當適合。他遞出一顆奇妙顏色的樹果，伊雷文蹲下來伸手接過。

利瑟爾興味盎然地看著這幅情景，恍然大悟地點了一下頭，這就是撒路思風的流動攤販吧。小船上搭著簡單的遮陽棚，像搭帳篷那樣只披著一塊布，棚緣吊著價目牌。

「很驚人的顏色。」劫爾說。

「啊，好吃欸。」

「請問這種樹果叫什麼呀？」

「不知道，是從水裡撈上來的啦。」

「根本不是樹果嘛。」伊雷文說。

伊雷文三兩下吃光了水果，老翁把一個籃子掛在船槳前端，朝他遞了過來。

伊雷文把銅幣丟進裡頭，指尖撥開垂在地面的馬尾，站起身來。三人就這樣繼續前進，身後傳來一聲沙啞的「要再來啊」。聽這嗓音就覺得，老闆年輕的時候應該常常大聲吆喝吧。

「逛這種攤販，感覺也滿有趣的呢。」
「應該有這種攤位聚集的地方吧。」劫爾說。
「像馬凱德的廣場一樣嗎？」
「啊——我記得好像有欸，是在哪裡啊……」
劫爾以前也來過，但他一樣對旅店和公會以外的地方興趣缺缺。反倒是來過幾次、喜歡四處閒晃的伊雷文，還有一點模糊的印象。
話雖如此，對他們兩人而言，那都是遇見利瑟爾之前的事了。當時的他們沒有強烈到足以留存在記憶中的情緒波動，記住當時的事情也沒什麼意義，所以印象實在不太可靠，不足以讓他們信心滿滿地自願帶路。
「也賣食物以外的東西嗎？剛才那個……」
「攤販船？」劫爾說。
「是這樣稱呼的呀？」
「誰知道。」
「喜歡怎麼叫都可以喲！」伊雷文說。
聽見劫爾面不改色地隨口胡說，伊雷文哈哈大笑，利瑟爾也跟著露出笑容。
「之後一起去找找吧。」
「喔，好啊！」
「在那之前要先去公會吧。」

劫爾說著，忽然放緩步調，「喏」地指向前方的一棟建築物。

和街上其他房子看起來差不多，不過仔細觀察能看見公會的招牌。反過來說，沒仔細看的話不會注意到，也難怪走夜路的時候沒發現，利瑟爾感嘆地嘆了一口氣。

三人在門口停下腳步，門扇敞開，由牆上的鉤子勾著，令人印象最深刻的是門上老舊的合頁，看起來螺絲隨時都要鬆脫。這是因為很多人粗暴地開關門吧，這樣想來，王都的公會說不定也會定期修理合頁，他們這麼聊著，走進公會。

「撒路思的冒險者看起來也和其他地方差不多。」利瑟爾說。

「就算目前待在撒路思，你也不知道他們是哪裡來的冒險者。」劫爾說。

「我沒見過會介意出身的傢伙欸。」

「我們也一樣呢。」

看見三人邊閒聊邊走進來，公會內一陣騷動。

很久沒有這種感覺了，利瑟爾他們習以為常地視而不見……不，利瑟爾還是感到有點無法釋懷，畢竟只有他一個人面對的是看見上好委託人的眼神。

「太奇怪了。」

「你放棄吧。」

劫爾全盤理解了利瑟爾想說什麼，間不容髮地吐槽。

然而利瑟爾還是不死心，發現什麼似地低頭看向自己的衣服：

「啊，是因為我們都沒穿裝備的關係。」

利瑟爾不知怎地開始自己解釋給自己聽，還一副悟出真理的樣子，這一次劫爾和伊雷文都沒有吐槽。做夢是個人自由，即使是再怎麼困難、再怎麼難以實現的夢也一樣。

兩人不僅不同情，還覺得很有趣，但利瑟爾絲毫不知，他重新振作精神，走向委託告示板。原本閒來無事瀏覽著告示板的幾個人注意到利瑟爾，驚訝地讓出一條路。這是微服出巡，還是來提出委託？伊雷文清楚聽見了大家詫異的耳語，一邊偷偷噴笑一邊跟在利瑟爾後面走。

劫爾走在他們後面，也絲毫不在乎那些「那是護衛嗎？是一刀？」的竊竊私語。

「隊長，有什麼有趣的委託嗎？」

「有打掃水道之類的哦。」

「我絕對不要！」

「我也是。」

眼見利瑟爾不知為何高興地這麼說，兩人露骨地皺起臉表示嫌棄。

說到底，劫爾和伊雷文都不太喜歡打雜類的委託，若不是跟利瑟爾一起，他們絕對不會接。一起的時候，他們的反應有時候會變成「接了也沒差」、「我要去我要去，感覺很好玩——」，但也有時候不會。假如他們不感興趣，利瑟爾有時會趁自己一個人的時候接。

至於這一次，則是劫爾他們也不想讓利瑟爾接的委託。利瑟爾察覺到了這點，有點惋惜地放開那張委託單。

「採集魔石的委託果然比較多嗎……啊，像這一個，連迷宮都指定了呢。」

「不知道差在哪欸。」

「就是要研究這個吧。」劫爾說。

「啊——原來是這意思喔。」

委託人當中也有許多研究者，由於盛行開發魔道具，魔石的委託也很多。

三人新奇地這麼聊著，和樂融融地瀏覽委託告示板，這時候……

「那個，不好意思，請問是委託人嗎～？」

一名女職員堆著滿面的笑容，抱著文件跑過來。

她有著一張可愛的臉蛋，穿起帥氣的制服卻非常適合。雖然商業國有蕾菈，王都也有一位公會長的妹妹，但女性公會職員基本上相當罕見。不過她的聲音還真是異常地高，利瑟爾他們邊想邊面向她。

她好像誤會了什麼。是因為穿著便服的關係吧，利瑟爾兀自點頭這麼想，劫爾他們無言地看著他。

「承接委託的櫃檯在這邊，我來為您介……唔喔。」

這時，職員忽然在沒有障礙物的空地上絆了一跤。

反應速度最快的劫爾和伊雷文袖手旁觀，利瑟爾極其自然地伸出手，發揮紳士精神想去攙扶，但那隻手卻沒碰到她。不是來不及，而是職員本人在半空中以明顯不自然的姿勢閃過了利瑟爾的手。

她懷裡的文件撒得到處都是，肩膀猛力撞上地板，撞擊聲聽起來好痛。

「妳沒……」

沒事吧？利瑟爾正要伸出手，話說到一半卻打住了。

因為職員才剛在地板上撐起身體，立刻握起拳頭往地板一捶：

「都說過工作上的失誤是一種公害了！給我差不多一點，混帳東西！」

臉上可愛的笑容換成了面目猙獰的表情，正在怒斥著自己，而且原本第一印象比常人高出一個八度的聲音也變成兇惡的低音。

利瑟爾不禁驚訝地眨了眨眼睛，伊雷文察覺到什麼似地默默躲到他背後，劫爾則抓住利瑟爾伸到一半的手臂把它按了下去。

在無言旁觀一連串事態發展的三人面前，女職員蹲坐在地上喘著粗氣，慢慢抬起臉來。她散亂的髮絲披了滿臉，眼睛布滿血絲，卻恢復成剛才滿面的笑容說：

「各位沒有受傷吧～？」

高音也恢復了。

劫爾和伊雷文一聽，露出了彷彿看見地雷委託的神情。利瑟爾露出微笑作為回應，把正打算再度伸出的手放了下來，因為意識到對方應該不希望他這麼做。

「沒有，妳沒事吧？」

「當然沒事的，就算摔到破相也是自作自受呀。沒有勞煩到您真是太好了，呵呵～」

她保持著完美待客笑容的模樣，讓人感受到幾分瘋狂。面對以高亢嗓音說出驚世之語的她，在利瑟爾背後半避難中的伊雷文嘴角抽搐地問：

「妳那個聲音變高是怎樣啊？」

「您說這個聲音嗎～？如果讓您感到不舒服的話非常抱歉，我正常說話的聲音比較低，想讓客人聽清楚、稍微提高聲調的時候就會變成這樣～啊，請不用麻煩沒關係～」

利瑟爾想說至少幫忙撿拾散落的文件，被她比手勢制止了。

女職員手腳俐落地收拾起文件來。這樣我們就沒事做了呢，利瑟爾環顧公會，發現周遭的冒險者對於她的奇異舉動沒有任何反應。平常都是這樣嗎？他邊想邊轉向站起身的職員問：

「用低音說話不好嗎？」

「比起陰沉的人，我想還是開朗的人能讓冒險者們覺得比較親切～」

是專業堅持。

不過只是聲音比較低，不至於因為這樣覺得她陰沉吧，利瑟爾不可思議地想著。伊雷文對此似乎也很好奇。

因為利瑟爾比較有深交的女性們實在都太特立獨行，伊雷文最近吐槽吐到有點累，但比起吵吵鬧鬧，他本來就更喜歡文靜一點的人。或許是無法理解她為什麼特地改用尖銳的聲音講話，伊雷文終於從利瑟爾身後現身：

「妳用本來的聲音講幾句話試試？」

「好的，我看看……就像這樣吧。」

「好低！」

「不要面無表情啊。」劫爾說。

音調降低的同時，笑容也跟著消失了。

為什麼表情會跟聲音聯動呢？不過確實，一大早互動的對象，比起撲克臉，還是笑臉更好。雖然沒有人會要求公會職員提供親切服務，但那是兩回事，有得選的話大多數冒險者還是會選擇笑臉吧。

面無表情的她，有著不同於史塔德的難以親近感。

「……沒有中間值嗎？」

「各位碰到只有開和關兩種狀態的魔道具，會要求它具備調整功能嗎～？」

把自己比喻成魔道具，感覺充滿了辛酸。

職員堂而皇之地宣告自己沒有那種調整功能，或者說調整功能已經全壞了。即使如此，她還是為冒險者著想，消耗自己的體力與精神力持續保持運轉狀態。希望這麼敬業的人能夠獲得幸福。

就連劫爾和伊雷文都有點同情她，只有他們身邊的利瑟爾微笑點著頭心想「有時候工作模式確實是這樣呢」。

「話說回來，方便跟各位說明一下委託方式嗎～？」

「啊，沒關係的，我們接過很多次了。」

「接……？不是的，是關於提出委託～」

「這傢伙是冒險者。」

「我們是隊友。」

「雖然冒險者自己提出委託，感覺也很有趣就是了。」

職員一時間表情呆滯，旁邊聽見的群眾也驚呆了。

利瑟爾翻找腰包，補刀似地拿出自己的公會卡給她看，那張閃亮的卡片顯示著B階的顏色。這應該是另兩名冒險者護衛的卡吧，職員露出決死的表情轉向劫爾和伊雷文，但那兩人也拿出自己的公會卡，夾在指尖晃了晃。

公會裡所有人都原地凝固，只有眼前的女職員粲然一笑，擺出完美的笑容。

「不好意思，剛才實在是太失禮了。」

她雙唇勾勒出可愛的笑容，卻用待客的語氣發出了極低音。

「太低啦太低啦。」

「你不要害人家短路好嗎。」

「又不是我的錯。」

「就是你的錯。」

對於害人家本應不存在的調整功能整個壞掉的利瑟爾，劫爾立刻吐槽。

不論再怎麼鬧彆扭、再怎麼不情願，這百分之百是利瑟爾的錯，有什麼辦法呢——低頭俯瞰著他的劫爾彷彿這麼說。假如真的是這樣也很傷腦筋，利瑟爾露出苦笑，重新轉向女職員。

「所以，我們改天會再來接委託的。」

「……期待您的光臨！」

就這樣，利瑟爾他們在平安找回了笑容與高音的職員目送之下，離開了公會。

三人以不疾不徐的步調，走在撒路思的街道上。

沿著來到公會的路稍微往回走一小段，穿過好幾條小巷往北走。北都是魔道具工房、冒險者愛用的武器防具工房等聚集的地方，伊雷文說那把「很大的劍」就在那裡。

近在咫尺的水道，不時傳來水波撞上牆壁噴濺開來的水花聲。聽著這細微的聲響放眼望去，家戶之間存在著許多不足以稱為巷道的窄縫，看起來容不下兩人擦肩而過，卻偶爾能看見孩子從裡頭衝出來，或是大人理所當然地鑽進去。

「要是對向有人過來怎麼辦啊？」

「有一方會退後吧。」劫爾說。

好想試試看、也沒那麼想——三人這麼聊著，不過他們現在所處的巷道也絕不算寬敞。每次對面有人走來都得往旁邊靠，他們離開巷子來到水道，順著水道走一段路之後越過小橋，再走入下一條巷子。這個過程重複了幾次，利瑟爾忽然叫住了帶頭的伊雷文。

「嗯？在這裡轉彎就走回頭路了哦。」

「真的假的！該走哪裡啊……」

「喂。」

「哎唷——」

這裡街區複雜，對於不熟悉當地的人來說路不太好找。

他們停在岔路口討論該走哪一邊，這時忽然聽見身後傳來聲響。三人回過頭，看見不遠處的住家二樓，有個男人叼著菸捲，從窗口露出臉來。

男人擺出一臉苦澀的表情吐出煙圈，看起來正在享受飯後的一根菸。

「我去問問！」

「拜託你了。」

「大叔——」

行動力充沛的伊雷文立刻出聲喊了對方，往那邊走去。

抽菸男挑起一側略微發白的濃眉迎接他。

「你說誰是大叔啊。」

「借問一下，我們想去那個有一把超大的劍的地方。」

「方向沒錯，在雕刻工房那裡右轉。」

「喔，知道啦！」

伊雷文微微舉起手致意，男人哼了一聲，接著看見在一段距離外等候的利瑟爾他們。

他一瞬間睜大眼睛，連忙假咳幾聲掩飾，勾了勾布滿深刻皺紋的粗大手指，叫住正打算往回走的伊雷文。說悄悄話似地，他壓低了沙啞的聲音說：

「怎麼，微服出遊？北邊懂禮儀的傢伙可不多啊。」

「我家主人不會介意那種事情啦。」

眼見伊雷文露出得意的笑容這麼說，男人目瞪口呆。

他茫然目送那道鮮豔的赤紅色離開，眼光捕捉到一雙轉向自己的紫晶色眼瞳。看見那雙眼睛道謝似地帶著笑意微微瞇起，他急忙把叼在口中的菸捲拿開，但空出的嘴也說不出話來，男人只是啞然望著他們一行人離去的背影。

就這麼過了一會兒，菸捲差點從指間掉落，男人才回過神來。

「老公！就叫你不要這樣抽菸，晾在外面的衣服會沾上菸味！」

「抽一下有什麼關係！」

在夫妻這樣拌嘴的時候，利瑟爾他們已經七嘴八舌地討論著該走哪一條路，邁開了腳步。

三人按照抽菸男指示的路線，在巷弄裡前進。

找到了雕刻工房，往右轉。這時稍微瞄到雕刻工房內部，有匠人默默刻著魔物的雕像，那並不是人魚之類氣派美觀的魔物——不，撇除藝術上的觀點不談，或許是非常氣派沒錯。那是全身包裹著無數荷葉邊的「淑女傀儡」塑像，利瑟爾他們親眼看見了匠人在那些蕾絲上投注所有專業堅持的模樣。

「有這種需求嗎？」劫爾說。

「從展現技藝的層面上來說，可能有吧。」

「不對啊，那完全是興趣了吧。」伊雷文說。

世上還真是各種人都有，他們邊走邊這麼聊著，抵達了目的地。鐵鎚敲打的聲音、冒著煙的煙囪，這裡朝氣蓬勃，充滿了工匠街的氣氛。

這類金工類工房聚集的地方有一座廣場，應該是設置來當作休憩空間使用的，能看見各處坐著邊休息邊閒聊的匠人們，還有來找魔道具工房的研究者。

三人也一派輕鬆地踏入這座以石板鋪出美麗紋樣的廣場。

「喔，就是那個！」

「與其說大，不如說很長吧。」

「不知道是怎麼做的呢。」

在那座廣場一角，展示著一把由幾根支架支撐著的大劍。

伊雷文加快腳步，利瑟爾他們也興味盎然地跟過去。遠遠看起來確實比較細長，不過近看它的寬度和厚度都與威武的破壞劍差不多。的確很壯觀，利瑟爾也在劫爾身旁目不轉睛地低頭看著它。

「這不是一點也不鋒利嗎。」

「它一直丟在這裡嘛，磨一磨應該能用？」伊雷文說。

「但品質也不怎麼樣。」

劫爾他們熱烈展開了關於劍的討論，利瑟爾自顧自地打量它，在劍柄附近發現了一塊石碑。

說是石碑，也只是在稍微研磨過的石頭上，隨便刻上幾個字而已。寫的是這把巨大劍的製作由來嗎？靠近一看，上面只刻了簡單扼要的一句話：

【有本事揮動它的傢伙可以把它帶走　武器工房聯合敬上】

原來如此，利瑟爾點點頭，直起身來。

看來這把劍是撒路思好幾間工房合力打造出來的，雖然不知道是為了什麼。只是單純想嘗試打造看看，又或者是想追求極限，最後卻一發不可收拾？想像著撒路思匠人們暴走的情景，利瑟爾雙手握住了與刀身長度相稱的粗大劍柄，試著使勁往上提。

「嗯──」

「……隊長你在幹嘛？」

「能揮動這把劍的人，好像就能獲得它。」

「你想要？」

「沒有，只是想說應該可以自由嘗試吧。」

利瑟爾也是男人，對於天選之人才能使用的劍有點憧憬。不過一如預期，那把巨大的劍文風不動，利瑟爾有點惋惜地放開劍柄。

像他一樣，來嘗試的人應該很多吧，廣場上的匠人們看見圍在巨劍旁邊氣氛熱絡的三人，紛紛笑說「又來了」。雖然在看清楚利瑟爾之後，每個人都不敢置信地多看一眼。

「對啊對啊，所以我才想帶大哥來。」

「啊？」

伊雷文愉快地指向巨劍。

「拿拿看嘛。」
「我不需要。」
「欸——」
「不需要。」
雖然劫爾私底下是個刀劍收藏家，但他重視的是實用性。
平常他揮舞的都是腰際的佩劍，不過必要時也會使用其他刀劍。不只是劍，凡是能派上用場的優秀武器，無論長槍還是短劍他都有收集。對於這些武器，他從來沒有束之高閣、供著收藏的想法，因此對於眼前這把忽略實用性的巨劍，自然就興趣缺缺了。
畢竟它實在太長了，能運用的情境相當受限，揮動時破綻百出，要是沒有空間魔法，就連該怎麼帶在身上都不知道。突出的性能確實很迷人，但這把巨劍實在太難用了。
「拜託嘛，拿拿看就好了。」
「你是叫我表演給大家看熱鬧？」
「嗯！」
「你自己去。」
「我拿不動嘛。」
伊雷文投來求助的視線，但利瑟爾只回以苦笑。
他確實也想看看劫爾拿起這把劍的模樣，但劫爾身為劍士，也有著利瑟爾所不理解的堅持吧。或許他只是單純不想這麼做，但無論如何，利瑟爾面對自己完全不精通的領域也無法插嘴。

對武器的講究，是以魔法為主力的人完全一無所知的世界啊。

伊雷文發覺利瑟爾不打算行動，鬧彆扭似地輕輕踢了巨劍的支架一腳。

「我是為了看大哥拿這把劍的樣子才來的欸，都準備好要大爆笑了……」

「吵死了。」

「好痛！」

伊雷文按著被揍的頭頂，跑來告狀說：「大哥打我！大哥打我！」利瑟爾摸了摸他的頭以示安慰。

散了整個上午的步之後，到了剛過正午的時間。

他們走進一間餐廳吃午餐，利瑟爾在那裡笑容滿面地看著劫爾和伊雷文。

「好吃嗎？」

「好吃。」

「超好吃！」

兩人聽著油花滋滋噴濺起來的聲音，大塊切下煎得焦香的肉排送入口中。

他們的午餐，安排在利瑟爾從艾恩那裡聽說的餐廳。畢竟是艾恩他們能夠毫無顧慮上門光顧的餐廳，不僅不會高級到令人卻步，反而是那種，當利瑟爾踏進店裡的瞬間，整間餐廳除了烤肉以外的聲音都瞬間消失的地方。不過三人還是毫不介意地坐了下來，開始點餐。

桌面上埋有鐵板，肉在廚房稍微烤熟過後，由店員端上桌，鐵板底下似乎裝設了火魔石。很有趣的構造呢，利瑟爾也把一片切好的肉取到自己盤子裡。

「再來一份——」

三兩下把厚實的肉排吃個精光，伊雷文喊出了不曉得第幾次的點單。

「好！」

「糟糕，晚上要沒肉了！」

雖然立刻出聲回應，但店員們從剛才開始就一片兵荒馬亂。

聽見他們這麼說，利瑟爾也毫不意外地點頭。光是應付伊雷文一個人就夠辛苦了，今天還有另一位也蓄勢待發。利瑟爾往那裡瞄了一眼，和正在舔去唇邊肉汁的劫爾對上眼。乍看之下看不太出來，不過現在他的心情好得不得了。

「怎樣啦。」

「沒事，多吃一點哦。」

「嗯。」

劫爾吃肉的速度和伊雷文相差無幾，攔也攔不住。

看起來應該很喜歡吧，得好好感謝介紹這家餐廳的艾恩他們才行。利瑟爾這麼想著，也把取到盤中的肉排切得更小塊，送進嘴裡。他實在無法像另外兩人那樣，只把一大塊肉排切成四等分，就直接一口吃下去。

「真的很美味呢。」

「對啊，沒吃過的味道！」

一部分也是因為他們點了店裡最好的肉，不過這確實是直擊本能的美味。肉本身的滋味不馬虎，所以濃重的香料也不至於喧賓奪主。調配香料的不曉得是多麼頂尖的料理人，從香味、鮮甜到味覺刺激全都是別家嚐不到的味道。順帶一提，劫爾和伊雷文才吃下第一口肉，立刻就點了酒來配。

「麥酒也再來一杯——」

「等一下，客人你們等一下！」

「我也要。」

「那再來兩杯，隊長呢？」

「別讓他喝酒。」

「我就不用了。」

鐵板的熱度熏得人臉頰發燙，利瑟爾喝了口水降溫，拉開自己的外套前襟。好像變熱了呢，他脫下薄外套。劫爾從對桌伸手，於是利瑟爾把外套繞過鐵板交給他。劫爾把外套隨手丟在空位上，利瑟爾跟他道了謝，抬頭看向雙手端著無數盤肉來到桌邊的店員，對上他的視線。

「謝謝你。」

「喔…………、不會不會。」

對方僵直了一瞬間。

店員很快地復活過來，把肉一塊塊擺上鐵板，但立刻被劫爾他們掃光，根本看不到肉排列在鐵板上。雖然對快哭出來的店員有點抱歉，但利瑟爾還是露出一臉至福的笑容看著劫爾他們，畢竟他最最珍惜的隊友正吃得津津有味啊。

「隊長，你看起來好高興喔。」

「很高興呀。」

自由組隊日的影響至今仍然根深柢固。

「喏，你也吃吧。」

「那塊是我的！」

「不是你的。」

劫爾分了一塊肉過來，不過利瑟爾差不多飽了。

肉排這麼美味，再努力一下吧，他執起刀叉。站在旁邊的店員似乎已經作好了成為他們那桌專屬服務員的覺悟，不等他們點餐就一盤接一盤把肉端來。

肉一烤好就被送過來，甚至還是生的就送來，店員已經變成一臺不斷烤肉的魔道具，眼神不知為何甚至帶著某種使命感。

直到三人喊停的那一瞬間為止，他肯定會不斷烤下去吧。

「一分熟！」

「我要吃——」

「五分熟！」

「我吃。」

「全熟！」

「是不錯啦，但這我還是喜歡沒烤熟的。」

「這跟沒烤熟不太一樣哦，伊雷文。」

側眼看著逐漸散發出烤肉職人氣場的店員，劫爾和伊雷文保持絕佳節奏吃著肉。

「來，下一片一分熟！」

「我吃。」

「都說了那是我的！」

「那你要寫名字啊。」

兩人開著玩笑，吃肉的嘴從沒停過，利瑟爾在那之後也一直欣賞著這幅情景。

光是吃肉居然就有辦法吃這麼多，利瑟爾佩服地想。在他面前，劫爾他們最終吃光了店裡所有的肉才罷休。雖然覺得給餐廳造成了困擾，不過回去的時候所有店員都一起熱烈鼓掌歡送他們離開，看來應該不至於被列為拒絕往來戶吧。劫爾和伊雷文肯定還會再來光顧，如果下次仍然能受到店家歡迎就太好了。

吃了這麼多，三人走出餐廳的時候，已經過了一段不短的時間。

「喂，你的外套。」

「謝謝你，嗯？有味道呢。」

「我們身上一定都是肉味！」

伊雷文哈哈大笑，撈起自己豔紅的頭髮聞了聞。

利瑟爾也把鼻子湊近走在身邊的劫爾肩頭，確實聞到了和平常不同的香味，不過一想到自己身上多半也是類似的味道就覺得好笑。劫爾也湊過鼻尖，往利瑟爾近在咫尺的髮絲嗅了嗅氣味，撇著嘴笑了。

「肉和油的味道。」

「我們有一樣的味道了。」

「在這種地方一樣，不知道該不該高興欸。是說接下來要去哪？」

「稍微散散步吧。」

利瑟爾的肚子快撐到了極限，需要消化一下。劫爾和伊雷文也沒有異議，於是三人邊拉起衣領搧風邊往前走，試圖吹散身上的肉味。

今天，利瑟爾他們就這樣盡情享受了一整天的撒路思觀光之旅。

撒路思的冒險者公會，位於面朝水道的街道上。

清晨的水道邊緣氣溫涼冷，對於身著最上級裝備的利瑟爾他們來說也一樣。每一次冷風颳過臉頰，都讓利瑟爾憋住氣息縮起下巴，他側眼看了看肩膀整個縮在一起的伊雷文。

「很冷呢。」

「超冷……」

有布覆蓋的地方還好，肌膚裸露的部分就沒辦法了。伊雷文點點頭，把兜帽拉得很低，盡可能蓋住頭臉，外面再裹上厚外套，連話都比平常更少。

「劫爾看起來倒是不覺得冷。」

「這點程度還行。」

反之，劫爾卻一臉神態自若。

看來他雖然非常怕熱，但也更能接受寒冷的天氣，是肌肉量的關係嗎？利瑟爾打量著他那身與平常無異的黑衣。伊雷文的肌肉量也比利瑟爾多，但看來還是敵不過體質。

話雖如此，等到太陽再升高一點應該會變暖和吧。現在氣溫微涼，不至於到寒意刺骨的地步，只要活動一下身體就不會覺得特別冷，因此利瑟爾也沒有多加衣服。他的裝備設計本來就極力避免露出肌膚，所以也很足夠了。

「伊雷文，到公會囉。」
「嗯……」
前一天剛確認過位置的公會出現在視野當中。
不同於昨天之處，只有冒險者正頻繁進出這一點。看來在撒路思活動的冒險者也不少，利瑟爾這麼想道，望著他們摩肩接踵地走在水道沿岸的步道上。公會大門仍然敞開，人多的地方應該就不冷了，三人順著冒險者的人流，自然而然地踏進公會。
一進門的瞬間，嘈雜聲湧入耳中，眼前一片熱鬧紛雜的景象，足以輕易蓋過外頭的水聲。無論哪個國家的公會都大同小異呢，利瑟爾心想。每個國家多少都各有特色，不過冒險者就是冒險者。
「不曉得有什麼樣的委託欸。」
「除了清掃水道之外。」
「沒錯！」
「感覺明明就很有趣呀。」
劫爾哼笑一聲，身體暖和起來的伊雷文愉快地瞇細眼睛。
利瑟爾和他們倆一起走向委託告示板，每走幾步，擦身而過的冒險者就忍不住停止對話，盯著他們三個人看。注意到這件事的人們也一樣，循著那些冒險者的視線看過去，領悟到他們噤聲的理由，跟著閉上嘴。
和冒險者公會格格不入的人，穿著看似冒險者裝備的衣服，往委託告示板走去——眾人的目光被眼前這幅奇妙的情景吸引，誰也沒發現利瑟爾和自己同樣是冒險者。

「這太奇怪了。」

「明明今天穿的是裝備啊。」劫爾說。

「這樣就沒有藉口了欸。」伊雷文說。

在逐漸鴉雀無聲的公會裡，三人打趣似地小聲這麼說。

認為自己已經頗有冒險者風範的利瑟爾並沒有想錯，和一開始比起來，他確實變得很像冒險者了。能做的事情變多了，也學會了應有的態度，最重要的是，眾人也認為他身上穿的是「類似冒險者裝備」的衣服。之前他除了服裝之外，在根本上還有太多的問題。

可是對劫爾和伊雷文來說，這都只是細微變化罷了。就算利瑟爾熟習柴火的堆法、學會剝取魔物素材，也絲毫不減損他那一身高潔、優雅的氣質。儘管本人不樂見如此，但周遭這個反應只能說一點也不奇怪。

「喂，來挑委託了。」

「說得也是。」

利瑟爾乾脆地不再追究這件事，心態轉換得很快。

周遭逐漸恢復了原本的嘈雜，彷彿是為他們讓道一樣，三人走進眾人空出來的空間，就這麼瀏覽起貼滿一整面告示板的委託單來。四周不斷傳來窸窸窣窣的耳語聲，他們是不會介意的。

「迷宮？」

「是吧。」劫爾說。

「那就是討伐委託囉。」利瑟爾說。

像往常一樣，他們從F階開始照順序看過去。

「是說大哥，哪些迷宮你已經通關了啊？」

「幾乎都沒有。」

「嗄——這樣很麻煩欸。」

撒路思的委託告示板和阿斯塔尼亞大不相同，委託單貼得美觀整潔。

但與單純排列整齊的王都也不太一樣，這裡對排版感覺有些講究，是因為女性職員較多的關係嗎？利瑟爾瞥了櫃檯一眼，那裡面沒有一位是男性職員。坐在櫃檯內側，和周遭冒險者一樣一直看向三人的職員全都是女生。

還真少見，利瑟爾將視線轉回委託告示板。

「畢竟是第一天，找個輕鬆一點的吧？」

「啊……這座我應該通關過。」

「那就這麼決定囉。」

「大哥，你趕快把這附近的迷宮全部攻略完啦。」

「用不著太久吧。」劫爾說。

劫爾指出的那張單子，委託內容是採集魔物素材。

伊雷文扯下委託單，邊低頭看著單子邊說出那句話，周遭冒險者連一笑置之的空檔都沒有，就聽見劫爾面不改色地回應，大家不禁沉默，連已經猜到他是誰的人都忍不住震驚地多看他一眼。決定好委託就該趕快空出位置才行——就在周圍一片啞然的時候，利瑟爾迅速走向櫃檯，看見他那副熟練的樣子，眾人終於開始懷疑他會不會真的是冒險者。

「啊，早安您好～」

排在利瑟爾他們前面的隊伍辦好了委託接取手續。

在那群邊讓出位置、邊拚命回頭看的冒險者身後，是昨天剛見過面的那位女職員。他們沒有特別挑過要排在哪一個窗口，不過看見女職員今天也帶著燦爛的笑容和通透的高音迎接他們，利瑟爾同樣略顯親近地露出微笑。

「早安，職員小姐。」

「老實說，我差點把昨天的事當成一場夢來處理了，還好沒有真的當作沒發生～」

「那真是太好了。」

「那麼，這邊為您辦理手續～」

她接過委託單，低頭一看，臉上的笑容瞬間消失，嘴裡喃喃漏出一句「還真的是冒險者」的低音，幸好沒被利瑟爾聽見。她消失的笑容也立刻回復，就像臉上有兩張分別畫著笑臉和撲克臉的紙可以抽換那樣，所以正與劫爾交談的利瑟爾完全沒注意到任何不對。

注意到的只有伊雷文一個人，不知該說幸運還是倒楣，他碰巧聽見了那句喃喃自語，也目擊了女職員的撲克臉。他不知道這時候該笑還是該倒彈，只能嘴角抽搐。

「對了，這間公會的女性職員很多呢。」

「啊，是的。聽說其他國家果然還是男性職員比較多呢～」
聽見利瑟爾想起什麼似地這麼說，職員邊忙邊露出笑容表示贊同。
對她們來說，這才是理所當然的吧。不過從她的說法看來，她們似乎也認同這是不太適合女性的職場，那為什麼這裡還有這麼多女生呢？伊雷文也出聲問：
「為啥啊？」
「我們是所謂的家族經營～父親是公會長，母親和我們幾個女兒一起幫忙，畢竟家裡也沒有兄弟～」
「啊，原來如此。」
「父親也說『如果覺得排斥的話不用勉強』，所以也沒有強制我們在這裡工作～」
儘管如此，她們還是想要幫忙家人吧。
把可愛的女兒丟進冒險者這群粗魯流氓裡，父親肯定相當擔心。身材魁梧、手持武器，動不動就打人的暴力分子——這是冒險者給人的印象，然而實際情況也相差不遠。父親口中的「不用勉強」多半是真心話，說不定甚至是希望她們到其他地方工作才這麼說。
但她們仍然自願在公會任職，既然這樣，做父親的也不好太強硬地反對。而且，冒險者也不敢對公會長的妻子和女兒出手吧——正當利瑟爾這麼想的時候，隔壁櫃檯的對話傳入耳中。
「欸欸，今天晚上啊，妳要不要跟我一起吃個飯……」
「干擾工作罪該萬死。」

「啊，抱歉……」

太強了。

雖然差點有人意圖不軌，但看來不必擔心。聽見隔壁這段攻防，利瑟爾理解什麼似地點頭。這傢伙到底又在想什麼？劫爾無奈地看著他。

這時候，職員忽然從手上的工作中抬起頭來。

「啊，方便占用各位一點時間嗎～？有一些初次利用本公會的注意事項，必須向各位說明……在那個方向，請看那塊牌子～」

職員指向委託告示板反方向的牆壁。

牆上貼著公告，還掛著一些經過打理修剪的壁掛盆栽，或許是哪位職員的興趣吧。職員手指的是那當中的一塊金屬牌。

金屬牌上寫著一個大大的「Ⅲ」，非常醒目，而且周邊並未張貼任何公告，特別容易被人看見。似乎真的是很重要的告示，三人依言看向那裡。

「這裡的湖泊和河川相通，河川上游有魔力聚積地～」

「啊……這隊長以前好像說過欸。」

「我也是聽別人說的。」

在阿斯塔尼亞的冒險者公會，常跟他聊天的一位魔法師這麼告訴過他。

河川上游有著魔力聚積地（別名「魔力點」），當那裡的魔力濃度上升，魔力會溶入河水中並流進湖泊，再通過撒路思的水道流入城內，魔力量多的人可能因此受到影響，出現魔力中毒的症狀。

「那個數字表示上游的魔力濃度～九以上表示待在城裡也很可能魔力中毒，五以上表示最好不要靠近上游地帶。每個人魔力量不同，情況也會出現個人差異，您可以當作一個參考～」

「九以上的數字經常出現嗎？」利瑟爾問。

「沒有沒有，非常少見的～數字也只是提供給前往上游附近迷宮的冒險者做為參考，我記得最近一次上升到九，大約是五年前的事了～」

換言之，只過著平凡日子的話不太需要在意這個數字。

濃度達到九以上可能會魔力中毒，但這也僅限於魔力量多的人，魔力量少就不會有任何感覺。確實像職員所說的，這個標示只是為了提醒即將前往上游的冒險者吧。不過要是看到數字上升，還是得多多提高警覺才行，利瑟爾點著頭想道，劫爾他們站在他身邊，一臉事不關己。

「跟我沒關係。」

「我也是欸。」

「你們明明也有魔力呀。」

「別靠近上游不就好了。」劫爾說。

「話是這麼說沒錯。」

總覺得有點不公平，利瑟爾心想。

畢竟和劫爾他們一起行動，實在鮮少遇到會慶幸自己魔力量多的情況。魔力量多客觀來說明明是一種優勢，為什麼自己卻只感受到缺點呢？他優秀的隊友們即使碰到只吃魔法攻擊的魔物也能輕易斬殺，雖然他對此也相當自豪，但這是兩碼子事。

「各位還有其他疑問嗎～？」

「請問一下，這個數字是冒險者公會特有的嗎？」

「不是，在撒路思國內都是統一的。我們有共通的測定器，會使用在容易受到輕微魔力變化影響結果的研究，還有需要大量用水的職場～」

「測定器是？」利瑟爾問。

「詳細的測量原理我也不太清楚～不過測定器使用的是在不同魔力濃度之下會呈現不同顏色的魔石，把它浸泡在水道裡測量。」

市面上可以買到這種經過特殊加工的魔石，使用者靠著魔石變化之後的顏色測量魔力濃度，不過聽說每一種顏色對應的數字也只能當作大概參考。

「不會顯示數字喔？那要是它跑出尷尬的顏色，不就測不準了？」

「確實就測不準了呢～」職員說。

意外地不拘小節。

利瑟爾還想再問，這時劫爾以鞋尖輕敲了敲他的鞋跟，是叫他快點接下委託的意思，利瑟爾於是暫且把問題吞了回去。確實也不能霸占櫃檯太久，正好手續也辦完了，他把返還的公會卡收進腰包。

「謝謝，以後有疑問再來請教妳。」

「好的，隨時歡迎～」

職員可愛的臉龐上掛著滿面的笑容，目送三人離開公會。數秒後，利瑟爾一行人的身影一消失，她立刻被自家姊妹們團團包圍，受到連珠炮般的問題轟炸：「他們到底是什麼人！」「是哪一階的！」「那該不會是一刀吧？」

撒路思並沒有由冒險者公會經營的馬車。

公會自己還是有一、兩輛馬車的，不過那都是職員或賓客用。雖說公會本身並不負責馬車相關業務，但其他地方仍然有供冒險者使用的馬車。

撒路思城內快到大橋口的地方，有棟建築物的一樓只留下柱子，整層打通，裡面隨意擺著幾張長椅，這就是馬車候車處。來這裡搭車的不只有冒險者，商人、旅人等形形色色，任何人都能簡便地搭馬車旅行。

候車處的柱子上掛著一個籃子，裡頭放著好幾塊木牌。

「要拿這個嗎？」利瑟爾問。

「對對！」

利瑟爾來到容易擁擠的籃子前面，在伊雷文敦促之下拿起一塊牌子。

木牌上隨便刻著兩條線，是「Ⅱ」的記號嗎，利瑟爾仔細打量。

「這個就是號碼牌，接下來就等他叫號啦。」

「人這麼多，總不可能是二號吧。」劫爾說。

「他們叫到一定數字之後，就會從頭叫回一號這樣。」

換言之，除非聽到有人被叫到了，否則不曉得現在輪到幾號。

不過現在是冒險者外出跑委託最擁擠的時段，肯定是要等一下的，利瑟爾不經意環顧了一下正在候車的人們。雖說任何人都能搭車，在場果然還是冒險者最多，長椅也不夠坐，有人直接坐在地面上休息。

「我們到太陽下等吧。」

「嗯。」

「贊成——」

這麼提案的利瑟爾，視線正投向一個垂落雙腿坐在水道邊的隊伍。

他也想試試嗎？劫爾他們隨便走到一塊水道旁的空地坐下。利瑟爾跟在兩人身後，看他們坐在水道邊緣抬頭看他，拍了拍身旁的地面要他過來，也興匆匆地在水道岸邊坐下。

雖然他把疊起的雙腿垂下的動作有夠僵硬，被坐在旁邊的劫爾他們嘲笑了一番。

三人一起沐浴在日光下，屁股底下傳來石板被陽光曬暖的溫度，非常舒服。

「啊——好暖和喔。」

「是呀。」

「喔，幾位小哥，又見面啦。要吃樹果嗎？」

「吃！」

一艘小船忽然從眼前經過，是先前見過的那位老翁。

老翁戴著草帽看起來還是一樣適合，他和昨天一樣，遞來奇妙顏色的樹果。伊雷文接過果實，不等老翁把籃子掛上船槳就把銅幣拋進去。老翁爽朗地鼓掌大笑，心情大好地哼著沙啞的小曲，又不知往哪划去了。

真是自由，三人各自目送那艘小船漂遠。

「喂——下一位，五號！」

「啊，有人被叫到了呢。」

「還是不曉得什麼時候會輪到二號。」劫爾說。

「大哥講到重點啦。」

伊雷文咬著樹果，「喏」地指向候車處。

人擠人的候車處前面，有輛馬車停了下來，看起來能載三組五人隊伍，硬擠的話說不定能擠下四組。馬車夫確認過籃子裡的號碼牌，把手圈在嘴邊喊出接下來的號碼。在那輛馬車後方，又有一輛馬車伴著紅磚道上轆轆的車輪聲停下來。

不愧是冒險者乘車的尖峰時間，看來馬車也是全數出動的狀態。

「來了，五號在這！」

一組冒險者晃了晃手中的木牌，回應叫號的馬車夫。

「到哪裡？」

「到北邊，『森林遺跡』。」

「喔，那裡啊。還有人要去『森林遺跡』嗎——」

沒想到馬車夫問了他們的目的地之後，居然開始募集同行的乘客。

原來還有這種做法，利瑟爾悠閒望著這一幕佩服地想。如果中間有目的地相同或方向一致的旅客，馬車會載上他們一起出發，因此可能會有跳號的情況。只是先後順序有些調動，並不會比較晚輪到自己，所以乘客們也不會有任何怨言。

「很有效率呢。」

「運氣好的話就能早點出發啊。」

「就是這樣！」

冒險者們一窩蜂聚到馬車周圍，七嘴八舌地說出自己的目的地。「我們也要去同個迷宮、同個方向」、「這方向不是差得遠嗎混帳東西」——在這樣的對話之中，他們一組一組擠進了馬車。

「是說大哥，你不是來過一次嗎？」

「在旅店過一晚，就直接走了。」

「那真的是立刻就離開撒路思了呢。」

「為啥啊？」

「這一帶需要魔力的機關很多。」

利瑟爾和伊雷文恍然大悟地點頭。

要是劫爾認真想通關，那還是有辦法，只是步調不可能像平常那麼快。劫爾把攻略迷宮當成興趣，碰到麻煩多過於樂趣的情況，他還是會選擇繞開。

他已經通關的那幾座迷宮，也不是在撒路思安頓下來之後才開始攻略的，而是在入境之前通關了路過的迷宮，在撒路思過了一晚之後，前往王都的途中又通關了沿路上的迷宮。也就是旅途中順路攻略，也可以說是他一時興起吧。

「還有城裡的魔道具也多，麻煩。」

「大哥都沒辦法用嘛。」

「比起其他國家，確實比較常看見呢。」

話雖如此，撒路思國內日常生活相關的魔道具，都不需要自行操控魔力即可使用，不擅長操控魔力的劫爾也能用，因此不會造成不便。從這麼牽強的藉口也看得出來，他現在已經不太介意這些麻煩了。

歸根究柢，要是真覺得麻煩，劫爾打從一開始就不會同意到撒路思來。

「九號——九號在哪裡——！」

「來啦！到東邊森林那座湖附近。」

三人暖烘烘地曬著太陽，馬車夫和冒險者的對話接連傳入耳中。

「那在哪啊？這是地圖。」

「你們應該要知道吧，嗯……這附近。」

「喔喔，知道知道。有人要到『從天而降的逆塔』附近嗎？」

就這樣，在不曉得第幾輛馬車決定了目的地的時候，利瑟爾他們「喔」地抬起臉、站起身來，「從天而降的逆塔」正是他們今天要去的迷宮。三人還無法把迷宮名字和地點對在一起，無法判斷能不能與其他人共乘，因此車夫正好喊出迷宮名實在幫了大忙。

「有、有，我們要去——」

「不確定位置的話會等更久啊。」

「還是會按順序叫到號，所以也不虧就是了。」利瑟爾說。

「心情上還是虧了吧。」

伊雷文拿著號碼牌，快步走過去說要搭車。

利瑟爾和劫爾按照自己的步調跟在後面。今天不曉得第幾次了，眾人用一種「這人怎麼會在這裡」的目光看著他們，多半以為這是貴族帶著冒險者去參觀迷宮吧。三人毫不介意地站到馬車旁邊，先一步準備上車的冒險者們和馬車夫瞬間凝固。

「我們是二號。」伊雷文說。

「劫爾，你聽到了嗎？」

「喔、喔……你們是冒險者啊？辛苦啦……」

「那是在跟我們說，『陪貴族大爺出遊真是辛苦了』。」

「好可惜喔隊長。」

自己以冒險者的身分被對方慰勞了——利瑟爾才剛高興地這麼想，就立刻被潑了冷水，劫爾哼笑一聲，伊雷文則一臉幸災樂禍的賊笑，讓利瑟爾忍不住想，稍微安慰人一下也不會怎樣吧。

除了利瑟爾他們以外，還有另一個隊伍戰戰兢兢地來到馬車旁邊，這樣馬車就坐滿了。馬車夫還搞不清現在是什麼情況，一面用眼角餘光偷瞄著利瑟爾，一面安撫拉車的馬兒去了。他每趟出發前都必須誇誇愛馬的鬃毛，否則牠不會挪動半步。

利瑟爾他們也準備上車，握著扶手高興地閒聊。

「這裡的馬車不錯呢，不像王都會擠到站滿人。」

「也要看去哪裡啦。」

「應該有人被你害得不敢過來說要搭車吧。」

「劫爾，不要凡事都說是我的錯。」

他們三人一派和睦地走進車廂，候車處的冒險者們沉默無語地看著這一幕。

而且在三人搭乘的馬車正後方，停在那裡的另一臺馬車的車夫正露骨地朝著利瑟爾吶喊：「往王都——！前往王都的旅客——！王都！的旅客！請搭這臺!!」

然而這全力暗示他們上錯車的聲音，對於確實要前往迷宮沒錯的利瑟爾來說也是左耳進右耳出，他只微笑心想「後面的車夫真有精神啊」。

「我明明也很努力了。」

「對嘛，隊長明明都有中堅冒險者程度了說。」

「雖然不是討厭被人誤會，但這樣變得好像我在欺騙人家一樣，實在很傷腦筋。」

「也差不多沒錯吧。」劫爾說。

「啊，好過分。」

最後只聽見這段對話，所有乘客都已上車，馬車的車門便關上了。

馬車就這樣伴隨著車輪聲駛離，在場所有人鴉雀無聲地目送它走遠，結果形成了所有人都面向同個方向的詭異畫面。一位好好先生模樣的商人來搭馬車，很不幸地目擊了這個情景而發出慘叫。

在場只有兩位冒險者，雖然分屬不同隊伍，卻不約而同聳了聳肩膀。

「第一次看見貴族小哥難免都會這樣，但他已經比以前好很多啦。」

「沉穩小哥不管走到哪都是這樣啊……認識他本人實在忍不住同情。」

他們的喃喃自語傳入對方耳中，兩人很有默契地對看一眼，彼此都面無表情，眼神卻彷彿在說「這還真有緣啊」。經過他們的宣傳，往後撒路思的冒險者也會慢慢知道，利瑟爾是個不折不扣的冒險者。

目的地的迷宮位於撒路思東邊不遠處。

不過大橋往西面延伸，因此他們必須沿著廣闊的湖泊繞半圈，這距離徒步也能抵達，只是搭馬車更快。利瑟爾他們在馬車的搖晃中前進，成了所有乘客中最早下車的一批。雖然好奇一開始決定目的地的隊伍怎麼不下車，不過他們似乎只是把那座迷宮當作一個地標，實際上還要再搭遠一點。

三人付了車夫報出的金額，在迷宮大門前目送馬車駛離。

「車資是固定的嗎？」

「感覺也有可能是看距離大概決定的欸。」

這不是公會持有的馬車，因此搭車自然就必須支付車資。

對於新手冒險者來說是一筆不小的支出，不過公會也會減少仲介費抽成、增加冒險者的實收報酬等等作為調整。在這方面，冒險者會考量各地不同的做法，寄身於適合自己的公會之下。

「走了。」

「好的。」

劫爾推開迷宮大門。

這是他們在撒路思的第一座迷宮，值得紀念。雖然迷宮沒什麼國家差異可言，但感覺還是有點特別呢，利瑟爾這麼想著，同時鑽進內部一片漆黑的大門。往前走一步，穿過淺薄的黑暗，視野便在眨眼間亮了起來。

同一時間，強風狠狠拍在臉上，利瑟爾垂下眼簾，一手按住遮蓋視野的頭髮。

「喔——好壯觀！」

「別掉下去了。」

聽見兩人的聲音，利瑟爾抬起低垂的眼瞼。

腳邊綠草繁茂，但草地在不遠處就中斷了。這裡是懸崖尖端——他邊想邊抬起視線，只見無邊無際的天空填滿了整片視野。那是沒有被大地擋住的整片藍天，遙遠的天邊有白雲飄過，壯麗的景色彷彿隨時都要將利瑟爾他們所站的這一小塊浮島吞噬殆盡。

利瑟爾抬頭仰望，唇邊自然而然綻開笑容。

「名不虛傳呢。」

景色雄偉得令人屏息，莊嚴得令人背脊震顫。

在遙遠的上空，幾座尖塔從天而降，頂點正對著利瑟爾他們——不，它們是靜止的，只是規模過於巨大，使人失去遠近感，才會錯覺這些倒吊在天空中的高塔正在墜落。

吹拂在上空的風撫過高塔壁面，穿梭在無數廊柱和窗口間呼呼作響，風聲似乎從遙遠的彼方傳來，又像近在耳畔。這撼動身體深處的聲響，聽在利瑟爾耳中總覺得特別神聖。

不過說歸說，這應該是一種錯覺吧。

「可以一路走到那邊呀。」

「嗯，一座塔算是一個階層。」

「沒有魔法陣欸。」

「在第一座塔那裡。」

劫爾指向最近的一座塔。

近歸近，但不會飛的話還是到不了。利瑟爾仰望著高塔最低處，考量到它倒吊著，更應該說是塔的尖端吧——這時，他的雙眼忽然捕捉到半空中不可思議的反射光。定睛一看，發現有類似薄玻璃板的東西排列在那裡。

「仔細看，能看見樓梯吧。」劫爾說。

「喔——有欸有欸，那是啥啊，不會破嗎？」

「不會破，也不會掉下去。」

劫爾走到浮島前端，毫不猶豫地往空中邁開腳步。

腳踩在看似空無一物的半空，卻發出硬質的聲響，他就這麼跨出第二步、第三步，踏著看不見的階梯登上天空。利瑟爾和伊雷文對視一眼，跟著那道黑色的背影往前走。從特定角度可以勉強看見階梯的輪廓，但到了真的跨出步伐的瞬間又看不見了，就像真的在空中漫步一樣。

「是這裡嗎？」

「嗯。」

「喔——真的有樓梯欸，好像還有牆壁。」

「啊，真的呢。」

雙手往旁邊伸展，能摸到與階梯同寬的隱形牆。

做好防範掉落的安全措施真是太親切了，也可能是為了避免遭遇魔物奇襲。在這裡確實無法施展身手，更何況也不想在這種地方跟魔物激戰呢，利瑟爾抬頭仰望盤旋在上空的魔物。他在透出雲隙間的光線中眨著眼睛，目光追隨著在高塔周遭振翅飛行的小黑影。

「是魔鳥嗎？」

「不是欸，好像是蜥蜴。」

「雙翅飛蜥？」

「是吧。啊……更高一點有石像鬼在飛。」

「嗄……」

三人依賴著腳下的觸感，登上階梯頂端。

他們扶著高塔尖頂上四方形的窗框，爬進塔內。內部當然也是上下顛倒的狀態，因此他們踩在天花板上。石造的天花板堆滿塵土，看得出它經歷過長久歲月，鞋底踏在上頭能感受到砂礫的觸感。

踏著塵埃，利瑟爾從窗口眺望塔外，下方能看見他們剛才所在的浮島。

「底下是雲海，讓人產生天地顛倒的錯覺呢。」

「啥意思啊？」

「其實這個世界的方向才正確，而我們是顛倒的。」

「嚇死人欸。」

聽見利瑟爾半開玩笑地這麼說，伊雷文也笑著回應，一邊在牆上踢落鞋底的沙土。兩人邊說笑邊走向魔法陣，在他們後方，劫爾也帶著諷刺的笑容邁開步伐。對於理所當然存在的這個世界也抱持疑問——這很符合利瑟爾的作風，畢竟他是輕易預測出自己來到了不同世界這種脫離常軌的事實，又坦然接受的人。平時他的腦袋到底是怎麼運轉的？肯定很累人吧，劫爾帶點同情地嘆了口氣。

但利瑟爾對此渾然未覺，那張柔和的臉龐轉向劫爾，問：

「我們該去第幾層……不對，第幾座塔呀？」

「大哥都不記得了喔？」

「忘了。」

往外一看，多不勝數的高塔幾乎填滿無垠的天空。

這迷宮總共有幾層？他只確定不必攻略完視野當中的所有高塔就能通關，劫爾只剩下這點程度的印象，因此完全不記得目標魔物出現在第幾階層。他隨口說了大概在正中央的十五層，伊雷文半信半疑地嘟囔著發起牢騷來。

「要是那層沒有，再找找就是了。」劫爾說。

「話是這樣講沒錯啦——」

「每一座塔內部的裝潢都不一樣嗎？」

「啊……只有最後一座不同。」

就這樣，三人踏進地面上——不，是天花板正中央閃耀的魔法陣。

利瑟爾他們接下的委託，內容是【取得「鈴鐺骸骨獸」的鈴鐺】。

劫爾的評語是，「好像見過類似的魔物」。劫爾對付過千奇百怪的魔物，但若沒接過相關委託，那些魔物的名字也並非全都認識。許多魔物他雖然記得外形、姿態和戰法，卻不知道牠們叫什麼名字。

這次的「鈴鐺骸骨獸」也是其中一例，不過名字似乎完整表現了牠的特徵，才能勾起劫爾相關的印象。那麼一看到牠應該就認得出來吧，利瑟爾和伊雷文也一面尋找目標魔物一面前進。

一行人在高塔內部走動，踩著螺旋階梯的底側往上爬，擊敗了襲來的雙翅飛蜥和石像鬼。圓柱狀高塔的外側，面朝著藍天的迴廊沒有牆壁，只有等距排列的石柱，有翼的魔物隨時都能飛進來。

原本的正確解法，應該是躲在石柱後面小心前進，不被那些魔物發現吧——看著劫爾把身體硬得能輕易彈開刀刃的石像鬼一刀兩斷，利瑟爾這麼想道。但反正一樣能解決問題，因此他沒有真的提議。

就這樣一邊尋找目標魔物一邊前進，在他們走了兩座塔的時候……

「喂。」

「嗄？喔，真的欸。」

眼見劫爾忽然停下腳步，伊雷文也了然點頭。

兩人握著劍柄，豎起耳朵看著外側。利瑟爾看了之後，也明白有什麼東西正在靠近，於是把飄浮在身側的魔銃轉向那裡。幾秒之後，利瑟爾聽見了「鈴鈴、鈴鈴鈴」像是搖響許多鈴鐺那樣的聲音。

「總之先把牠打倒就對了？」伊雷文問。

「委託單上只寫了『在牠還活著的時候』、『似乎有低機率能取得』。」

「不要拿著根本不明確的情報就來委託啦！」

「低機率是怎麼回事……」劫爾說。

魔物素材的取得，有時確實會受到機率影響。

但那指的是像「殺人傀儡」的緞帶、「幽靈鎧甲」的手環那樣，佩戴這些物件的魔物偶爾才出現一隻的那種機率。而「鈴鐺骸骨獸」隨時都佩戴著鈴鐺，並不屬於這種情況。

鈴聲從柱子另一側的高塔下方慢慢接近，魔物正沿著牆面爬上來。

「總之，先多方嘗試看看吧。」

「這該不會是地雷委託吧？」伊雷文說。

「有可能。」劫爾說。

白骨構成的手臂敲打地面，聲音的主人在他們眼前現身。

身體是類似爬蟲類的某種四足生物，頸椎修長，脊椎往上高高拱起。頭蓋骨上長著牛角，裸露的肋骨沒有肌肉包覆，背上綁著許多五顏六色的布條，幾乎覆蓋住牠整具蒼白的軀體，布條前端都綁著鈴鐺。

魔物一共有三隻，牠們牙齒喀喀發出銳響，選定獵物似地直盯著利瑟爾他們。

「那我先用砍的試試看喔。」

「拜託你了。」

伊雷文衝向其中一隻。

骸骨獸縮起頸椎，準備咬斷來到眼前的那條腿，伊雷文以一把雙劍彈開牠的攻勢，往前跨一步繞到牠側面。閒置的那隻手戲耍似地轉著劍，然後一揮，劍尖直接切斷柔軟的布料。銳利的劍勢就連在魔物活動時跟著搖晃的布料都能斬斷，幾個鈴鐺帶著布料掉落地面。

然而——

「啊——消失了欸。」

「消失了呢。」

「一直瞎打直到素材掉落也太麻煩了。」

鈴鐺在地面彈跳一下，「鈴」地響了一聲，下一秒就化作魔力消失。

以魔銃牽制著其他兩隻魔物的利瑟爾眨眨眼睛，拔出大劍卻不打算出手的劫爾皺起臉來。迷宮裡的魔物屍骸，置之不理確實會化為魔力消失，能當作素材的部位沒有及時解體取下也一樣會消失不見，冒險者生活太難了。

然而剛才消失的速度太快，多半是見機行事的迷宮在暗示他們「很可惜沒中獎」吧。把鈴鐺全砍下來，只靠運氣收集到規定數量也太花時間了。嗯……利瑟爾別開視線思索。能否取得鈴鐺全憑運氣也不是不可能，可是……

「這也要看所謂的『低機率』到底是什麼樣的。」

「啥意思啊？」

「是真的只能隨機取得……還是其實有一套正確的步驟，先前取得的鈴鐺都是碰巧符合條件的？」

「嗯。」

這也有可能，劫爾點點頭，和利瑟爾交換了站位。

這是要他專心思考的意思，利瑟爾也就不客氣地沉浸到思緒當中。假如存在正確的步驟，效率將會比起胡亂砍下鈴鐺高出許多。畢竟委託人要求取得十個鈴鐺，說多砍幾次就能湊到這個數量的話也未免太樂觀了，願意花費時間和天數的話另當別論。

「布條的顏色之類的？」

「那三隻也得有共通的顏色才行。」

「顏色完全不一樣欸。」

「很時髦呢。」

聽見伊雷文的提議，利瑟爾打量在地面上爬行的那些魔物。

一隻骸骨獸身上綁著五顏六色的繽紛布料，一隻骸骨獸身上飄揚的是黑白布料，另一隻則全都披著紅色布料。光是在場的三隻就差這麼多了，進到深層說不定能看見格紋或點點花紋的魔物。要是布料部分也能當作素材，對於裝備外觀有所講究的冒險者一定相當受用。

「會不會是不能用砍的？」利瑟爾說。

「你要我們解開它的結？」

「好，大哥你按住一隻！」

「啊？」

別鬼扯了，劫爾皺起臉來，看到利瑟爾代替他牽制住其他兩隻魔物才放棄抵抗。

他不甘不願地靠近剛才被伊雷文砍下布條的那一隻，在利瑟爾和伊雷文的加油聲中收起大劍，走向敲擊牙齒發出威嚇聲的魔物。姿態無比自然，卻毫無破綻，他退後一步躲過了打橫揮來的利爪，同時踩住那具白骨的前肢。

緊接著從上方把牠的頭蓋骨往地上一按，拔草似地把剩下那隻前肢往上拉。

「大哥很好！就是這樣！」
「另一邊你自己壓制。」
「我知道啦，哇靠危險！」
伊雷文立刻跑過去，踩著牠的肋骨部分，一把抓住其中一條布。
魔物亂踢著後腿，利爪搔抓石板地，猛力揮動細長的尾巴想掙脫束縛。伊雷文偏過身體躲開，皺著眉頭開始和繩結搏鬥。
「綁好緊……唔喔，大哥你不能連尾巴一起按住喔?!」
「我只有兩隻手。」
「啊，那我來──」
「隊長你努力牽制就好！」
伊雷文就這麼跟鈴鐺搏鬥了數十秒。
「好耶解……還不是消失了！」
「猜錯了呢。」
鈴鐺好不容易從布條上解下來，卻在伊雷文手掌上消失得無影無蹤。
枉費我這麼努力，伊雷文邊碎念邊離開原位，劫爾看準時機，在同一時間插下大劍。
魔物全身的白骨散落一地，癱在地上再也無法動彈。
在崩塌的白骨旁邊，鈴鐺滾落地面，率先消失不見，最後一陣鈴響彷彿臨死的悲鳴。
利瑟爾從眼角餘光確認這一幕，持續牽制著試圖攻過來的另外兩隻魔物。牠們蒼白的軀體每次移動，拖在地面的鈴鐺就發出聲響，利瑟爾聽著這層層疊疊的聲音，忽然感到不太對勁。

「啊。」

「嗯。」

「伊雷文，你可以殺死其中一隻嗎？」

「正常砍死喔？」

看見利瑟爾點頭，伊雷文毫不遲疑地砍過去。給予致命一擊之前，他姑且把所有鈴鐺都砍了下來，但它們還是全都消失了，看來這不是光靠蠻力能解決的問題。

只剩一隻。骸骨獸在利瑟爾他們身邊緩步繞圈，彷彿在評估距離，牠身上十條左右的布料拖在地上，末端的鈴鐺與地面摩擦，鈴鈴作響。利瑟爾把落到頰邊的頭髮撥到耳後，閉上嘴打量著牠。看出什麼玄機了嗎？劫爾和伊雷文靜候他的指示。

過一會兒，利瑟爾明白什麼似地點頭。

「搞懂了？」

「還只是猜測，不過……你們聽這聲音。」

「聲音？」

「只有一個鈴鐺的聲音不一樣。」

劫爾和伊雷文也沉默下來，一起皺著眉聽。

利瑟爾開了幾槍，不讓魔物逃脫，也牽制牠的動作，鈴聲在槍聲的縫隙間響起。

「喔──這麼一說好像是欸？」

「咦，你們的耳朵不是比我好嗎？」

「分得出聲音和耳朵好不好是兩回事吧。」

是這樣嗎？利瑟爾偏著頭，放下魔銃。

側著耳朵仔細聽，能發現只有其中一個音稍高一些。兩隻魔物同時活動時雖然比較難以分辨，但似乎也有兩個鈴鐺的聲音比較高，可見每一隻身上多半都有一個高音鈴鐺，值得一試。

「只要猜錯一個就全部拿不到喔……？」

「我認為很有可能。」

「我想也是。」

面對逐漸逼近的魔物，劫爾和伊雷文再一次準備壓制。

反正猜錯也沒什麼損失，屆時只要多殺幾隻，直到碰巧取得鈴鐺就好。劫爾重新戴好手套，確認它狀態良好；伊雷文伸出雙岔的舌頭舔舐嘴唇，露出好戰的笑。魔物朝他們撲來，於是兩人迎擊。

和剛才一樣，劫爾封住魔物的動作，伊雷文躲開尾巴的襲擊，在布條前方蹲下，手在地面上的眾多鈴鐺前面游移，等候指示。

「好了，是哪一個！隊長是哪一個！」

「咦？」

「嗄？」

「啊？」

三人不禁面面相覷。

伊雷文嘴角的笑容抽搐。

「嗄真的假的，我還以為隊長找到……尾巴！好礙事！」

「你不是會很多種樂器嗎。」

「能分辨音高，和能演奏是兩回事。」

利瑟爾斬釘截鐵地斷言。

畢竟利瑟爾的音感不算特別優秀。雖然好像辜負了立刻動身壓制魔物的兩位隊友的信任，但光是注意到音高有所不同，利瑟爾覺得自己就值得誇獎了。然而，劫爾他們都理所當然地覺得他能注意到，自然也就沒誇獎他，隊友真嚴格啊。

結果誰也聽不出來，伊雷文只好拚著命一個一個撥響鈴鐺，試圖找出正解。

「這個嗎?!」

「我也聽得出不是。」

「這個?!好危險！」

「不是呢。」

「這個?!啊，就是這個吧?!」

他砍斷布條，取下正確的鈴鐺，這次它終於沒有消失了。

自此，三人收集鈴鐺的過程十分順利，最後形成了劫爾按住頭部和前肢，伊雷文拚命抱住尾巴，利瑟爾按順序一個個撥響鈴鐺的完美陣形。

冒險者公會的職員，面無表情地凝視著回到公會的三人。

低下視線，能看見桌面上他們提交的十個鈴鐺。她再度看向三人，又看向鈴鐺——這動作重複了幾次，是因為她到現在還不太能接受這個事實。

眼前這三個人，是昨晚在飯桌上獨占話題的當紅人物。他們家人圍坐在桌邊吃晚餐的時候總是吵吵鬧鬧，但昨晚特別嚴重。「那不是一刀嗎太酷了」、「他還是B階太奇怪了」、「好想看看他公會卡的紀錄」、「這居然是冒險者太意味不明了吧」等等，熱鬧得不得了。

今晚感覺也會鬧得熱火朝天，她勉強維持著模範笑容，逃避現實般地這麼想著，謹慎挑選措辭開口：

「關於這種素材，其實一天能取得一個已經很幸運了，一直是非常知名的地雷委託……」

「果然喔？」

「不奇怪。」

「我們很努力。」

這種事光靠努力有用嗎？她疑惑地想。沒多久，她聽見利瑟爾提供情報時說出取得鈴鐺的穩定條件，這一次她的面部肌肉真的完全停擺了。

164

利瑟爾正與老婦人一起度過悠閒的早餐時間。

今天的早餐是三明治，餡料有兩種口味，一種是滿滿的蝦仁搭配醋漬蔬菜，拌入酸酸甜甜的醬汁；一種是鹹香的火腿和起司，配上甜甜的番茄乾。麵包散發出剛烤好的香味，咬下一口，就能吃到浸透了配料湯汁的麵包。

細細品嘗有嚼勁的餡料，感受其中滋味，咀嚼之後吞下。

「很美味呢。」

「哎呀，聽了真高興。你慢慢吃呀。」

隔著一個位子坐在桌邊，正喝著紅茶的老婦人露出慈祥的微笑。

她早上的工作差不多告一段落，在準備好利瑟爾的早餐之後，也替自己泡了一杯紅茶來到餐廳，說不定是體貼他一個人吃早餐太寂寞呢。如果她也這樣陪伴現在已經出門的劫爾和伊雷文，那還真想看看那幅畫面，利瑟爾忍不住覺得有點好笑。

「妳先生在嗎？」

「他今天到公會當劍術教練呢，大概中午才會回來。」

「這樣呀。」

「怎麼了嗎？」

「我只是想，好像還沒跟他打過招呼。」

利瑟爾咬了一口三明治。

現在，夾著滿滿餡料的三明治也難不倒他。一開始他還不太會吃，每次都會把餡料弄掉，自己的失態都讓他不禁僵在原地；現在已經吃得很熟練，不會再弄掉了。

不，有時候餡料的量太多還是沒有辦法。不過自從劫爾和伊雷文說服他這樣很正常之後，利瑟爾也不太介意了。

「哎呀，你一說我才想起來，只有那兩個淘氣的孩子跟他好好打過照面呢。」

老婦人居然把劫爾和伊雷文歸類為「淘氣」，實在太強大了。

不愧是王都旅店女主人的母親，利瑟爾深以為然地點頭。

「不好意思呀，他就是個像小孩子一樣靜不下來的人。」

「不會的，等到時間湊巧的時候再說吧。」

「找他有什麼事嗎？」

「實在很想聽聽他的英勇事蹟。」

利瑟爾微笑這麼說，老婦人也瞇起眼，笑著啜了口紅茶。

尚未到達高階的冒險者，對於前S階冒險者有這種憧憬也很正常。一方面也是因為老先生和專心經營旅店的老婦人不同，仍然過著以冒險者時代為傲的日子，問這些想必不至於失禮。

順帶一提，他並不打算問老先生和劫爾相遇的經過，要是真的好奇，他會去問劫爾本人。

「那個人話匣子一開，就停不下來囉。」

「那真是求之不得。」

兩人都笑了出來，利瑟爾嚥下最後一口三明治。

老太太見狀緩緩站起身來，離席不久就回來了，手上端著一人份的現泡紅茶。利瑟爾道了謝接過紅茶，在這之後，兩人又這麼和氣地聊了一會兒。

這時，忽然聽見輕快的鈴聲。

「哎呀，是誰來了？」

旅店玄關設有一個小門鈴。

聽見宣告訪客到來的聲音，老婦人不慌不忙地站起身來。等到從餐廳看不見她離去的背影時，利瑟爾低頭看向手中溫熱的茶杯，微微傾斜杯身確認它的紋樣。彩繪花紋有著美麗的色彩，是在這一帶相當少見的珍品。

有點類似利瑟爾在原本世界有所交流，更精準地說是兩國之間締結了獨占貿易契約的那個東方國家的陶器。不，設計或許還更華麗了一些。老太太說這是人家送的，這人脈之廣真不愧是前S階冒險者，令人佩服。

「利瑟爾先生，有你的客人喲。」

「咦？」

聽見老太太喊他，利瑟爾從杯子上抬起視線。

目光轉向餐廳門口，他看見加深了慈祥笑意的老婦人，而在她身後，有道令人略感懷念的豔麗翡翠色。那男人抬起一隻手來。

「好久不見了，利瑟爾。」

「西翠先生。」

看見利瑟爾為這次重逢笑瞇了眼，西翠平時老是有點不悅的表情也染上了幾分笑意。

「原來你在撒路思呀。」

「最近都待在這裡，在這一帶活動。」

「難得的好天氣，出去散散步怎麼樣呀？」

在老太太如此敦促之下，於是兩人到水道沿岸散起步來。正如她所說，現在這時間已過清晨，氣溫不再那麼冷，外面也沒有風，寧靜水面映照著萬里無雲的青空。看著這樣的風景散步，確實令人心曠神怡。

偶爾有小船划過這青藍色的水道。坐在船上，感覺一定像在天空滑翔一樣吧，利瑟爾望著船身後留下的波紋，沒來由地這麼想。他察覺自己的思緒受到這溫暖的天氣影響，但也不加以糾正，反而開玩笑似地開口：

「感覺會想睡覺呢。」

「你應該睡到剛剛了吧？今天我可是好好挑了晚一點的時間才過來。」

西翠這句話有意調侃他們先前見面的情形，利瑟爾不禁笑了出來。

對向有人迎面走來，利瑟爾讓到一旁，維持著原本悠閒的步調，往西翠靠近了一步。西翠並未穿戴武器防具，不過其他部分還是穿著冒險者裝備，而利瑟爾則穿著便服，這組合使得路人和他們擦肩而過的時候一臉疑惑。

雖然不介意，但西翠想必是感到納悶吧，於是詫異地看向利瑟爾。

「那個人一直看我們。」

「你看，應該是服裝的關係。」

「哦，原來。」

順帶一提，利瑟爾這句話是「西翠先生的裝備引起了對方注目」的意思。而西翠的意思是「原來是因為穿便服的利瑟爾看起來像微服出遊的貴族啊」。兩人嚴重雞同鴨講，卻奇蹟似地都了然點頭，兩人都沒說錯。

「對了，阿斯塔尼亞怎麼樣？」

「很有意思，國家很熱鬧，也遇到很多熱情友善的人。」

「哦……」

西翠有點意外地睜大眼睛。

「原來你喜歡那種氛圍啊？」

「咦？」

「我以為你不愛熱鬧。」

西翠想像中的利瑟爾，與寂靜的空間十分相稱。

或許不至於厭惡吵鬧的地方，但他看起來也不像是會主動混進熱鬧場合的人；只是當好奇心略勝一籌的時候，利瑟爾感覺也很可能應邀加入。

「新鮮的體驗特別有趣呀。」

「哦……？我懂你的意思。」

多半就是這麼回事吧。

對於下了這個結論的西翠，利瑟爾維持著一貫的步調問：

「真虧你知道我們住在哪間旅店呢，我們到撒路思來還沒幾天。」

「哦，那是巧合啦。」

他們越過橫跨水道的橋，來到隔壁區域。

既然西翠更熟悉撒路思，利瑟爾就只是跟著他走，並不曉得他要去哪裡。西翠的步伐毫不遲疑，似乎有著明確的目的地，從方向來看，他們正往東邊的首都走，但首都不是冒險者會去的地方，西翠要帶他去的多半不是那裡。

「你還記得嗎？我們之前說要去跟關照過隊長的人打招呼。」

「原來就是這個國家的人呀。」

「沒錯，就是你住的旅店那兩位。」

利瑟爾眨了一下眼睛，同時恍然大悟地看向西翠。

他的隊伍是S階，既然能關照這種等級的冒險者，對方是前S階，或者幫忙他們時還是活躍中的S階冒險者也不奇怪，這組合的確說不上令人意外。或許不該說世界太小，而是高階冒險者的人脈太廣吧。

利瑟爾重新體認到自己不久前關於人脈的感慨，成為S階的路還很漫長。

「他們也很照顧我，去打招呼的時候才知道，那兩位的孩子在王都開旅店。聽起來好像就是你們住的旅店，所以我想你們到了撒路思可能也會住這間，就去碰碰運氣而已。」

「能見到面真是太好了。」

「倒是沒料到你真的在。」

看見利瑟爾有趣地瞇著眼笑，西翠也放鬆地笑了。

「你們隊長已經……？」

「嗯，引退了。」

西翠非常仰慕那位隊長和他的伴侶。

他一定很想再跟他們一起組隊吧，但這句話中不帶任何悲傷情緒，只有他一貫的乾脆俐落，同時帶有希望他們兩人幸福的強烈願望。

「他們完成了冒險者生涯想做的所有事情，按原訂計畫在王都返還了公會卡。引退之前還要找房子什麼的，剛好我也想替他們慶祝一下，所以之前又在王都待了一陣子。」

「這樣隊伍階級會怎麼計算呀？」

「我們隊伍是沒變，聽說主力退出也有可能造成階級下降就是了。」

換言之，公會認為他們隊上包含西翠在內的三人，仍然滿足S階隊伍要求的實力。

利瑟爾不確定西翠隊伍有多少實力，不過回想起先前見識過西翠的弓術，這也是理所當然的評價。其他隊伍成員多半也擁有同等程度的戰力，那麼他們無疑是配得上冒險者頂點「S階」之名的強大隊伍。

「這樣的話，你們也不會招募新隊員囉？」

「怎麼，你願意加入我們？」

「要是各位願意加入我們這邊，那當然好呀。」

兩人開玩笑似地說著，雙方都知道彼此不是認真的。

「哎，因為這種事被糾纏的情況確實是變多了。注意腳下。」

「謝謝你。果然難免會遇到呢。」

拐過狹窄的小巷，看見地面上有些擺在角落的磚頭和盆栽。

看見沾著朝露的小花，利瑟爾露出微笑，小心通過以免踢到它。撒路思城內很少看見地面上露出土壤，像這樣細小的綠意總是能讓人心情稍稍明朗一些。

「再怎麼跟我說自己『有S階的實力』也沒用啊，我們又沒徵人。」

「自我推銷還是很重要，我們隊上的伊雷文也是這樣入隊的。」

「確實，我們也不是真的很抗拒增加隊員。」

在巷子前方，西翠不經意回過頭來。

逆光強調了那道翡翠色的輪廓，溫暖的日光無法完全掩去他的神情。像在探尋自己的真心似地，他沉默了一瞬間，立刻又有點難為情地蹙起眉頭，毫不遲疑地說：

「但現在，還不需要。」

那一瞬間的逡巡究竟是不是感傷，利瑟爾也無從得知。

但重要的只有他們本人的意願，因此利瑟爾沒有冷言冷語，也沒有故作漠不關心，只是微笑說了句「這樣呀」。話一出口，他似乎看見西翠的肩膀驀地放鬆下來。

該不會……利瑟爾開口詢問：

「現在的隊長就是西翠先生你嗎？」

「是沒錯。」

你怎麼知道？西翠一臉不可思議地穿過巷子。

利瑟爾也跟隨其後，鑽過生著青苔的石造拱門，離開照不到陽光的狹窄巷弄，走到開闊的日光下。一出巷口，視野豁然開朗，裝飾得五顏六色的攤販船隻躍入眼簾，無數的斑斕色彩漂浮在耀眼的水面上，看得人目不轉睛。

「這裡是……」

水道在這座都市裡縱橫交錯，而這裡是其中一條水道的盡頭。

圓形的水面在四方形廣場上拓展開來，原本它說不定有著蓄水池之類的功能，但現在圓水池外圍停滿了小船，各種色彩鮮豔的遮陽棚與旗幟讓人眼前一亮。小販叫賣的聲音、逛街的笑談聲、人們在廣場長椅上歡快聊天的聲音此起彼落。

「水上市集，你還沒來過？」

「是的，第一次見識到。」

「那太好了。買得到各種東西哦，雖然沒有書。」

「真可惜。」

被西翠搶先扼殺了他的期待，不過書本怕水，這也沒辦法。

該從哪裡逛起好呢？利瑟爾也不過於失落，自顧自地環顧周遭，才掃視一圈就看見了工藝品、裝飾品、輕食、飲料等各式各樣的攤販。這裡和商業國的攤商廣場相比又是不同氛圍，是個充滿撒路思特色、令人雀躍的市集。

兩人瀏覽著排列在小船上的商品，開始沿著水道邊緩緩邁出步伐。

「必須壓低視線這點太有趣了。」

「你在說什麼啊？」

西翠一臉納悶，不過對利瑟爾來說這真的很有意思。

所有商品都和他們腳下的石板地同樣高度，有些船隻的高度甚至更低。陌生的高度十分新奇，能清楚看見店老闆仰望的臉孔也非常有趣。賣魚的船隻周遭甚至垂著幾個網籠，兜售正在網籠裡游泳的活魚。

想買魚得先準備好容器才行呢，利瑟爾明明不打算買魚卻這麼想道。在他面前，西翠發現什麼似地指向一個攤位，那是比周遭船隻披掛著更多鮮豔布料的一艘攤販船。

「利瑟爾，有衣服哦，衣服。」

「啊，太好了，我還想再買一件外套。」

「我想你不要在這種地方買比較好。」

那為什麼要跟我說？利瑟爾看向西翠。

不過這時候，西翠的目光已經轉移到隔壁的攤販船上了。

「啊，有毛毯，買一條送給老婆婆吧。」

「老婆婆就是……」

「嗯，旅店的。」

就在他們一艘接一艘逛著水上市集的時候……

遠處忽然傳來一道類似爆裂的聲響，整座市集一陣騷動，所有人都在尋找聲音來源，只有利瑟爾在聽見聲音的同時感受到些微的魔力，因此捕捉到了正確方位。那是什麼？他在北邊的天空找到造成聲音的魔力殘滓，轉向西翠尋求答案。

正好看見西翠放下朝這裡伸到一半的手，假如危險逼近，那隻手就會按著他趴下吧。經過訓練的冒險者才能像這樣在緊急時刻反射性採取行動，利瑟爾回想起劫爾和伊雷文也有過類似的舉動。

自己也得加油才行，利瑟爾再一次確定了前進的目標。

「西翠先生，剛才那是？」

西翠神色鎮定，周遭的騷動也已經緩和下來。

看來應該不是什麼危險的東西吧，利瑟爾如此猜想。西翠答道：

「那是有魔物入侵水道的信號。」

「啊，原來如此。」

利瑟爾點點頭，就立刻繼續逛市集去了，這一次換西翠意外地看著他。

原以為他的反應會再更大一點，西翠一臉詫異地問：

「就這樣？」

「你指的是？」

「你不擔心魔物嗎？」

聽見西翠這麼說，利瑟爾偏了偏頭，像在說這沒什麼特別。

「畢竟這裡是異形支配者所在的國家呀。水上都市的魔物應對措施，他三兩下就能處理好了。」

西翠一瞬間睜大眼睛，緊接著欲言又止地凝視著利瑟爾。

「異形支配者」是知名的魔法權威，同時也是利用大侵襲推展自己的研究，因而差點釀成商業國整座都市毀滅的男人。他確實是受到國家認可的魔法師，必須為國家作出貢獻，當國家需要時他必須完成委派任務，才能換取國家做他堅強的後盾、提供龐大資金。既然如此，他一定也在利瑟爾所說的「水上都市魔物應對措施」當中提供了協助。

西翠並不清楚大侵襲的詳細情形，但他知道利瑟爾當時置身於那場抗戰的中心，同時身為S階冒險者也會聽說一些不為外人所知的情報。結合這些訊息，可以推測出破壞了支配者大規模研究計畫的關鍵人物，應該就是在他眼前和氣地跟攤販老闆談話的利瑟爾。

「……利瑟爾，你是不會以主觀看法改變對別人評價的那種類型嗎？」

「沒那回事，我是很偏袒自己人的。」

「比方說？」

「例如，我認為劫爾和伊雷文在冒險者當中也是頂級的高手。」

「那是事實。」

咦？利瑟爾抬頭仰望西翠。

他至今遇見過的冒險者甚至不到全體的一成，卻還敢如此斷言，對於利瑟爾來說已經非常偏心了，畢竟這種事就算問劫爾他們，他們也只會答一句「不知道」。他們不斷磨練自己的戰鬥技能，卻對於排名沒有興趣，和那種「跟誰比起來是第幾名」的想法完全無緣。階級也無法完全表示一個人的實力高下，因此冒險者當中或許存在著許多不為人知的高手。

劫爾和伊雷文就是這類人的代表吧，利瑟爾想起實力與階級不符的那兩人。

「哎，也好，那我就先跟你說吧。」

西翠忽然在利瑟爾旁邊蹲下身來。

他跟利瑟爾向正在打量的那艘攤販船，點了兩人份標榜現榨的果汁。一位是看上去實力不凡的冒險者，另一位是舉止高雅的貴人，看見這兩位完全無法判斷是什麼關係的人蹲在攤位前面，老闆愣了一下，但還是立刻回過神來開始動手忙碌。

西翠把銅幣投進小船上的瓶子裡，利瑟爾也跟著照做，接著看向西翠，好奇他有什麼話要說。西翠把手肘支在膝蓋上撐著臉頰，對他的視線回以一瞥，回頭看向背後說：

「我們到那裡坐下吧。」

「好的。啊，那邊的水道也可以……」

「長椅明明有空位啊？」

西翠從攤販船上接過果汁，把其中一杯遞給利瑟爾，然後直接把不知為何想坐地上的利瑟爾拉到長椅那邊。

兩人隨意並肩坐下，看著人來人往的市集。西翠輕描淡寫地開口：

「不久之前，這個國家的高層跟我們打聽了你們的消息，和大侵襲相關的。」

利瑟爾含著麥管，喝了一口果汁心想，這麼說來確實有這回事。

先前在阿斯塔尼亞，前佛剋燙盜賊團的精銳告訴他，撒路思的政要似乎與西翠他們接觸了。執政者想找S階冒險者打探各國情勢是常有的事，但從他們接觸的時間點看來，不難想像是為了蒐集關於大侵襲的情報。

正因為有所預期，利瑟爾事前就主動告訴西翠說「無論他們問了什麼，都照實回答沒關係」，這是他們出發前往阿斯塔尼亞之前，在中心街一間餐廳發生的事。話雖如此，還是給他們添麻煩了，利瑟爾露出苦笑，嚥下果汁。

「不好意思，造成了你們的困擾。」

「為什麼道歉？你什麼也沒做啊。」

西翠露出發自內心感到疑惑的神情這麼說。

真值得感激，利瑟爾露出微笑。身為冒險者，明明也可以當作利瑟爾欠他一次恩情的。

「哎，大致上跟你猜的差不多。」

西翠就著玻璃杯緣直接喝著果汁，繼續說下去：

「你們到底有沒有發現大侵襲的幕後黑手就是支配者，還是和他對峙的時候只把他當作身分不明的強大魔法師……至少在我看來，他們還找不到明確的證據。」

「現在還是不是如此，就難說了。」

「這樣啊？」

「是的。」

眼見利瑟爾點頭，西翠默不作聲。

像觀察著魔物的一舉一動那樣，他目不轉睛地凝視著利瑟爾，紮起的翡翠色髮絲滑過肩膀。那道銳利的視線多半不是西翠刻意為之，卻與他十分相稱。

「在阿斯塔尼亞發生什麼事了？」

「遇到了一些和支配者有關的人。」

西翠多半也察覺了他不願細說，於是很乾脆地不再追問。

利瑟爾鬆了一口氣，面對冒險者同行，他實在說不出「不瞞你說我被人綁架了」這麼丟臉的話。一想到西翠若是不巧也碰上同樣情況，是絕不可能被綁走的，那就更難以啟齒了，他只想像得到初次對上S階的夸特反而被修理得體無完膚的模樣。

利瑟爾露出苦笑，轉而詢問西翠那些高層政要的態度。

「對方對我們很戒備嗎？」

「我可沒辦法像你那樣刺探國家高層內心的想法。」

西翠嚼碎果汁裡的果肉，語氣聽起來有點不服氣。

他就這麼把整個身體靠上椅背，開始在記憶中回想。他毫不拘謹地開著腿坐，搖晃著雙膝，視線不時往斜上方飄去，或許是在確認周遭沒有人偷聽。比起防範萬一，這更接近下意識的舉動。

「不過，我覺得你們不必放在心上。畢竟隊上有一刀這麼知名的人物，對方也認為你們能跟支配者對抗都是因為有最強冒險者在的關係。應該只是保險起見調查一下而已吧？」

「雖然我請劫爾幫忙並不是為了這個……」

「以他的情況，我認為是不可抗力。」

西翠說得沒錯。

哪怕大侵襲時只有劫爾一個人在場，他也會默默殲滅不斷湧出的魔物，成為最功不可沒的英雄。真兇的身分不會敗露，但劫爾仍然能在不知不覺間破壞他的研究。

利瑟爾特地把幕後主使者引出來，是因為不這麼做，商業國就無法從撒路思那裡大撈一筆賠償金了；另一方面也是希望搶先剷除異常發生的源頭，盡可能降低損失。他原本的目的就是賣人情給沙德，確實也在不踰越冒險者身分的範圍內盡可能做了人情。至於賣了人情卻換到那種情報，他是不會介意的。

除此之外……

「（因為劫爾意外地任性嘛。）」

利瑟爾含著吸管輕笑出聲。

假如劫爾沒遇見利瑟爾，又正好在大侵襲的現場會如何呢？身為隸屬於公會的冒險者，劫爾並沒有特立獨行到會因為嫌麻煩就決定不參戰的地步。但戰場上擠滿了其他冒險者，在事件解決之前大家都必須共同生活，劫爾不愛過這種日子，因此即使冒著變成眾人矚目焦點的風險，也會去殲滅成群湧來的魔物。

然而，假如換作是利瑟爾提議這麼做，他一定會表示反對，會一臉理所當然地要求他提出其他方案，表現出一副利瑟爾肯定能想到其他辦法的態度。也不枉費他組隊了，利瑟爾深深為此感到高興。

「還有，敵意方面應該不用擔心，他們沒有惡意。」

「是這樣呀？」

「嗯。」

西翠使勁搖晃著玻璃杯，設法把積在杯底的果肉喝光。

「當然，他們還是很擔心你們到處散播撒路思的負面傳聞吧。」

「我們不會的。」

「嗯，帕魯特達的國王也這麼判斷，所以沒有再多介入吧？」

這麼說來確實如此，利瑟爾以臼齒咬破吸入口中的果肉，點點頭。

伴隨著果肉爆漿的口感，酸甜滋味也在舌尖擴散開來。這是他從架上的水果裡面隨意挑選的，不曉得叫什麼呢？他從來沒見過這種陌生的水果，所以連名字也不知道。

「帕魯特達那邊的國王，是個把消極主義實踐到極致的人。雖然不會為自己國家帶來巨大的利益，但據說他也絕對不會讓國家吃虧，是最不適合當冒險者的類型。」
「是位優秀的君王呢。」
「是哦？」
眼見西翠興趣缺缺地點頭，利瑟爾好笑地給出了肯定的答案。
缺乏顯而易見的功績，確實比較難以獲得讚揚；但絕對不讓國家蒙受損失，就代表這個君王即使面對不利的狀況，也擁有翻轉頹勢、使損益持平的實力，是君王能夠腳踏實地累積國力，安定治世的一種證明。
「撒路思國王的判斷，會跟帕魯特達國王一致嗎？」
「會哦。這裡的國王，其實就是個和善的普通大叔。」
不愧是S階冒險者，不曉得他是覲見過國王，還是與君王身邊的親信有所來往。冒險者行動起來更機敏，能以不同於國家軍隊的方式運用。國軍在調動上有各種限制呢，利瑟爾懷念地想著，敦促西翠繼續說下去。
「是很有人望的君主呢。」
「沒錯，不過優不優秀就很難說了，所以他很重視其他優秀人才作出的判斷。」
「啊，原來如此。」
非常好懂。
話雖如此，自己國家也必須做好最低限度的情報蒐集，高層似乎就是為此與西翠他們接觸。

利瑟爾也相當明白這種心情，無論情報來源再怎麼可靠，求證還是很重要的。

雖然不是因為這個原因，但他原本就認為可以讓撒路思盡量調查沒關係，而且先前時不時也會順便向撒路思打出「不用擔心哦」的信號。

「（不過，他們也真不容易……）」

在如此善良的國王底下，異形支配者和他那些信徒忠於自身的欲望為所欲為。

那位國王一定很胃痛吧？利瑟爾再一次體認到，無論對方是再怎麼優秀的人才，都不應該留著自己管不住的下屬。不過沒問題，利瑟爾的王最善於運用這種人才了。

就在這時，市集裡鮮少聽見的聲音傳入兩人耳中。

「啊。」

「是鋼琴的聲音呢。」

西翠放棄把果肉喝光，抬起視線。

水上市集另一頭的對岸有人群聚集，看來有人在演奏。

「你知道鋼琴？」

「是的，在這一帶第一次看見。」

「是啊，這是來自更西邊的樂器。」

雖然在雷伊的宅邸見過，但那應該是例外，利瑟爾沒算在內。

兩人不約而同站起身來，把玻璃杯還給了攤販船的老闆，走向人群聚集的方向。這是哪位演奏家在表演嗎，還是來自西方的商人帶來了珍稀商品？

利瑟爾聽了感到懷念，但西翠又怎麼想呢？利瑟爾已經注意到了，雖然出生在熟悉這類樂器的階級，但西翠比誰都還更排拒自己的身世。

然而，當他悄悄窺探西翠的神情，那張精悍的側臉上只有純粹的興趣。

「你喜歡聽演奏呀。」

「嗯，我常常聽。」

流浪的演奏家、自彈自唱、興趣演奏……

西翠說他喜歡這些走在路上就能聽見的樂聲，時常駐足欣賞，應該是單純愛好音樂吧。看見西翠帶著有點不服氣的神情、雙眼卻閃閃發亮，利瑟爾露出微笑。

「鋼琴彈得真好。」西翠說。

「是呀。」

豎耳傾聽著優美的音色，他們繞過水池半圈，在人潮後方站定。

觀眾都是女性，幾乎沒有人擋到他們的視野，在人群中央，一位打扮體面的紳士十指在琴鍵上舞動。利瑟爾他們彼此都不說話，只是靜靜看著這情景，音色流麗而寧靜，與此刻溫暖的日光十分相稱。

這時站在他們前面，聽演奏聽得入神的兩個人忽然回過頭來，一看見利瑟爾他們就睜大了眼睛。怎麼了嗎？利瑟爾回以一笑，原本只是想表達「很棒的演奏呢」的意思，對方不知為何卻立刻讓出前面的空間來。

「沒關係，我們在這裡就好。」

「沒關係的我們真的不介意……！」
「人家都說沒關係了，走吧，利瑟爾。」
占走女性的位置不太好吧——他還在遲疑，一回過神來，對方已經繞到他們身後去了。
再加上西翠似乎很想再靠近點聽，毫不客氣地往前面走。利瑟爾追著他的背影，不知不覺間來到了能清楚看見演奏者的最前排。
「今天，非常感謝各位來聆聽我的鋼琴演奏。」
「啊，要結束了嗎？」
「很可惜呢。」
這時演奏者恰好停止彈奏，站起身來。
聽見西翠壓低聲音這麼說，利瑟爾也輕聲贊同，就在這時對上了演奏者的視線。
對方是位年輕男性，只見他將手放在胸口，向利瑟爾行了個體面的禮。
「感謝您的肯定，我深感榮幸。如果您不嫌棄，要不要再聽一曲？」
「可以嗎？」
「當然沒問題。」
西翠喃喃說了句「不愧是你」。
利瑟爾對此露出苦笑，正打算請對方繼續演奏的時候……
「比起壓根不懂藝術的冒險者，想必我能帶給您更有意義的一段時間。」
裝腔作勢的語調流露出滿滿的自負，客觀而言他或許說得沒錯，但對著冒險者本人說這種話實在不太對。

在利瑟爾產生上述疑問之前，有人已經先行動了。

「啊？」

利瑟爾一回神，西翠已經抓住了他的手臂。

任何人都會同意西翠怎麼看都是個冒險者。身邊全是粗莽的人，造就了他粗魯的舉止；靠著一己之力爬到今天的地位，造就他壓抑的眼神；精實的身材，穿戴著以拿武器戰鬥為前提的裝備。要是利瑟爾沒見過他在王都皇宮裡應邀赴宴的模樣，對他當時一些細微的舉止產生疑問，說不定就連利瑟爾都無法察覺他出身上流階級。無論外表或內在，現在的他已經是個貨真價實的冒險者。

這代表什麼意思？這就代表他受人挑釁的時候，會積極反擊。利瑟爾就這樣被他拉著，帶到了人群圍繞的正中央。

「怎麼樣，被我說中了，現在就要訴諸暴力了嗎？」

「利瑟爾，這你會彈嗎？」

對於男人挑釁的言詞置若罔聞，西翠的雙眼牢牢鎖住利瑟爾。

嘴上這麼問，但他幾乎已經斷定利瑟爾會彈。自己說出口的這個問句，對著冒險者說是很異常的，他心知肚明，即使如此還是問出口，是因為他壓根不認為利瑟爾會給出否定的答案。

對此，利瑟爾眨了一下眼睛，為難地開口：

「彈是會彈，但要演奏給別人聽的話，還是小提琴……」
「那就拉小提琴。你等著，我去找人借一把。」
「啊，我自己有小提琴。」
「為什麼？」
這該怎麼說呢，利瑟爾有點難以啟齒。
「寶箱開到的……」
「所以到底為什麼？」
「咦。」
有這麼奇怪嗎，利瑟爾不禁遠目。
西翠放開了他的手臂，他姑且先依言取出了小提琴。原本面對唐突的事態發展愣在原地的演奏者，這時終於回過神來，氣勢洶洶地逼近西翠，看來是個不怕槓上冒險者的勇者。
「喂，你現在是什麼意思？」
「利瑟爾，你會哪些曲子？」
輕鬆躲開那個男人，西翠朝著那架鋼琴走近。
「我會的不多……〈星辰守護的搖籃〉、〈劍舞祭歌〉，還有〈風的去向〉。」
「感覺都是劇團偏愛的曲目。」
「沒錯，我是從劇團樂手那裡聽來的。」
推測他想問的是雙方都聽過的曲子，利瑟爾列舉出自己來到這邊之後學會的樂曲。

自從在迷宮裡開到小提琴之後，他時常在空閒時間練習，以免久未演奏而生疏了。他大多在旅店裡練琴，消音器自從旅店主人請他拿掉之後就一直收著。一開始拉的大多是原本世界的曲子，不過自從有機會在王宮書庫細聽這個世界的音樂，他也開始演奏新學會的樂曲，練起來更有新鮮感。

「那就『祭歌』吧。」

「西翠先生？」

「演奏它。」

西翠站在鋼琴椅旁邊。

日光下，耀眼的翡翠色髮絲在微風中輕晃。那雙眼睛筆直朝這裡凝視過來，利瑟爾回以微笑，執起小提琴，以端正的姿勢架起琴弓。

——希望不至於拖他後腿。

「區區的冒險者居然敢碰它……！」

「你懂得演奏，卻不懂得欣賞音樂？」

琴要是被弄壞就糟了，演奏者氣勢洶洶地逼近，西翠挑釁地揚起唇角。

確認西翠抬起了一隻手，利瑟爾集所有觀眾的視線於一身，琴弓滑過琴弦。〈劍舞祭歌〉是描寫暴風雨襲擊村莊，祭司們獻舞試圖將它平息的歌曲，戰祭司手持祭祀用的雙劍、敲響劍戟之聲，試圖對抗風暴與雷鳴。曲子以莊嚴的氣氛開場，宣誓將舞蹈獻祭給上天；小提琴的樂聲高低婉轉，響徹了廣場上方的天空。

在這瞬間，西翠的手快速掠過琴鍵。

一個流暢而強勁的滑音，密集的琴聲怒濤般席捲觀眾，同時西翠坐在琴椅上，手指開始密如驟雨地敲擊琴鍵。利瑟爾瞠大雙眼。

「（——太美妙了。）」

沉醉在歡喜當中，他致以讚嘆。

多想成為其中一位聽眾啊，他懷著這樣的想法瞇細雙眼，帶著按捺不住的笑容使勁拉動琴弓。開場就這樣火力全開，到了全曲高潮時，自己能跟得上嗎？雖然有幾個瞬間他這麼想，但西翠的眼瞳像在責備這種想法似地看向他，堅定地要他跟上。

不愧是S階隊伍的現任隊長，利瑟爾忍住了露出苦笑的衝動。

「（啊，不過確實……）」

鋼琴演奏出技巧絕倫、自由奔放的樂音。

就連小指敲擊琴鍵的力道都如此強而有力，同時又控制得極為精準，毫不粗糙馬虎；冷靜卻飽含激情，發揮出擊殺獵物般的專注力。比起表現美感的藝術，他的音樂更像是一種懾服對方的手段，完整展現出他身為冒險者的特質。

考量到這點，利瑟爾與他並肩演奏的現狀或許可謂是奇蹟。

樂曲來到劍戟相交的段落，每一次西翠的五指在琴鍵上躍動，彷彿都能撼動市集的水面，水上攤販船的所有攤主都停止叫賣，定睛看著樂聲的來源。

在鋼琴聲的間隙，利瑟爾也不止息地拉動琴弓，音色層疊交纏，支撐琴頸的手指不斷變換位置。這樣的演奏，他在原本的世界也不曾經歷過。

彷彿被激烈的樂聲牽動，觀眾也騷動起來，驚愕的居民紛紛從廣場周邊房屋的窗口探出頭來，到了最後，所有人都側耳傾聽，彷彿忘記言語似的。呆立原地的演奏者不曉得在想著什麼，全場除了他之外，沒有任何人知道現在彈琴的是個冒險者。

演奏終於來到了最後的劍戟聲。

西翠的十指以至今最強的力道敲擊琴鍵，同時利瑟爾也以整條琴弓奏出強而有力的一個音。在破音邊緣的極高音彷彿真的驅散了雷雨，於晴朗的天空留下餘韻。

短暫的寂靜，然後是安穩的音色，令人聯想到祭司仰望恢復平靜的天空時的側臉。

宛如忘卻了不久前的激烈，清澈和緩的音階溫柔包裹住聽眾，眾人呼出先前下意識屏住的氣息，在他們視線集中之處，兩種樂器奏出同一個音，為這場演奏收尾。

全場響起如雷的掌聲與喝采，西翠毫不露怯地站起身來，面向演奏者。

「你說冒險者不懂藝術，這我同意。」

不曉得有什麼不滿，他加深了平時不悅的神情這麼說。

西翠甩著手活動手腕，朝著目瞪口呆的演奏者走近。

「因為對於自己能夠彈奏這種曲子，我發自內心感到無聊。」

「什……」

想必對他的回答毫無興趣，西翠瞥了演奏者一眼，從他身邊走過。

「只不過，比起待在臺下聽你演奏，我想我帶給利瑟爾的時間更有意義。」

西翠看向利瑟爾，彷彿在問他覺得如何。
利瑟爾為難地垂著眉，不過還是微笑表示贊同，這確實是很有意義的經驗。重點不是在人前演奏，而是獲得了與不可多得的才華比肩的機會，無論時間再怎麼短暫。不，實際上是否真的比肩了也很難說。
無論如何，要是跟西翠談這些才華什麼的，他一定很嫌棄吧。
一方面說自己的演奏無聊，一方面又不拘類別地喜歡著各種音樂，西翠的想法實在很獨特。這一次也只是因為受到挑釁而反擊而已，在鋼琴演奏功力上，他發自內心相信演奏者比自己技高一籌，雖然以多樣性為美的藝術表現不該有高下之分。
但是……利瑟爾拿著從肩上放下的小提琴，環顧周遭。
聽見西翠和演奏者之間劍拔弩張的對話，觀眾興奮的情緒逐漸變為不知所措。
「感謝各位的聆聽。」
難得的演奏，希望大家聽完都能高高興興地離場。
這是想說什麼？西翠納悶地站到他身邊，利瑟爾與他對望一眼，然後說：
「我們想告訴大家，冒險者也能做到這種事哦。」
光明正大打了波宣傳。
廣場上頓時一片靜默，所有人都傻住了，以為觀眾應該會配合鼓掌的利瑟爾困惑地偏著頭，唯有西翠用發自內心無法理解的眼神看著他。

在那之後，利瑟爾他們就像什麼事也沒發生一樣繼續散步。

西翠介紹了隱藏在巷子裡的書店給他，利瑟爾逛得心滿意足，在書架間到處挖寶。異形支配者的研究書籍果然很多，他也姑且拿起來翻了翻，讓西翠陪他逛了很久的書店。西翠其實滿討厭書的，知道這件事的時候利瑟爾發自內心道了歉，不過西翠看起來毫不介意，還是帶他去了好多地方。

不知不覺間，到了地平線附近的天空開始染上茜色的時候。

「今天謝謝你。」

「不用謝，陪朋友出來玩而已。啊，不過能發現好吃的烤肉店，對我來說也滿幸運的。」

兩人在通往各自旅店的岔路口停下腳步，簡短地道別。

「那就再見囉。」

「好的，再見。」

反正雙方暫時都會待在撒路思。

在冒險者公會和馬車候車處都有機會見面，兩人非常平淡地各自踏上歸途。這時的他們還無從得知，他們在廣場的「音樂宣傳」之後沒過幾天，就會有公會職員跑來抱怨：

「你們怎麼用『冒險者』當主詞啊，包含的範圍未免太大了」。

165

利瑟爾裹在觸感柔軟的兩張毛毯裡沉睡。

沉潛在睡眠中的意識，受到牽引似地浮上表面。

「……？」

他在半夢半醒間微微睜開眼睛。

整個房間靜悄無聲，屋內的空氣微冷。他不希望露出毛毯外的肩膀接觸到冷空氣，動著身子把嘴巴以下全部鑽進被窩，翻了半圈的身。右手邊和左手邊各有一張空床鋪，從遮擋視野的劉海縫隙間，他睜著睡意惺忪的眼睛望著這一幕。

劫爾應該到迷宮去了，把攻略迷宮當作興趣的最強冒險者，看見尚未通關的迷宮似乎更有幹勁。雖然說過有許多魔法機關、攻略起來嫌麻煩，但迷宮沒有地域之分，挑選沒有這類機關的迷宮攻略就好。

而且現在，他身邊還有唾手可得的解決方法，拉著那個懂魔法的人進迷宮就沒問題了——劫爾多半是這麼想的吧。

「（……撒路思的魔法理論，多讀一點吧……）」

毫無保留的信任，某種層面上也像是一種脅迫。

利瑟爾在毛毯裡笑了開來，發出只有氣音的輕笑。利瑟爾的知識完全不及各個領域的專家，然而他可靠的隊友們總是輕易就願意相信他，彷彿完全不在乎這種小事，受到他們認可實在很值得高興。

另一個隊友伊雷文，多半從昨晚就沒有回房。昨天在冒險者公會解散以後，他一次也沒有現身，也很難想像他早起出門。

「（在這裡有基地嗎？）」

利瑟爾把毛毯往上拉，放鬆了肩膀。

連阿斯塔尼亞的居民都聽過佛剋燙盜賊團，與王都貿易往來更加密切的撒路思就更不用說了，既然他們在王都有幾個據點，說不定在撒路思也有一、兩個藏身之處。但他和伊雷文不太會聊這些，這都不過是利瑟爾的猜想罷了。

他沒有刻意避開這方面的話題，只是不會刨根究底地追問隱私而已。

「（……………基地這個詞，聽起來真棒……）」

眼皮沉沉地落下來。

尚未完全清醒的意識，再一次準備沉入夢鄉。

下一次睜開眼睛的時候，一定已經到了被人說賴床睡太晚的時間了。但回籠覺實在太難以抗拒，偶一為之沒關係吧，他把臉頰挨上枕頭。對了，睜開眼睛之前，似乎感覺到了什麼……

鈴鈴，是鈴鐺的聲音。

利瑟爾瞬間清醒過來。悶悶的鈴鐺聲，他不可能忘記，記得太清楚了，他按住耳朵倏地起身，一時間慌了手腳。熟悉的魔力逐漸從耳環上滿溢出來，但已經不像上一次那麼痛了。不對，更重要的是……

動作得快點才行，他心急地想下床，視線掃過床緣，找到鞋子，伸手想將它拉近，然後——龐大的魔力在眼前炸開，迫使他挺直背脊。

『不錯的打扮嘛，利茲？』

「……早安，陛下。」

一扇四方形的窗戶出現在半空中，他的王在窗口另一側揶揄地笑。

被敬愛的國王看見自己剛睡醒的模樣，利瑟爾垂著眉，按住被魔力吹得翹起的頭髮。如果可以，希望先給他一點整裝打理的時間。

圍繞他熟悉的王上半身的那個外框，看起來真的就是一扇窗戶。

看似硬質的窗框不時像海市蜃樓般搖曳，原本應該鑲著玻璃的地方，有著不是玻璃的某種透明障壁，好像只要破壞這薄薄一層阻礙，就能輕易碰觸到對方。但無論再怎麼推拉，它仍然文風不動地阻隔著窗戶的兩側。

『這也只是看起來像窗戶而已啦。』

看著陛下叩叩敲著看不見的牆壁這麼說，利瑟爾暗自思索。

順帶一提，他已經最低限度地完成了整裝盥洗。一聽到時間沒有嚴格限制，他便把自己侍奉的君王晾在一邊，先整理好自己的儀容。從前國王像這次一樣，用傳送魔術出現在剛睡醒的利瑟爾身邊時還被他訓斥過，從那次以後，陛下總會勉為其難地避開那個時段，因此這次也毫無怨言地接受了利瑟爾的要求。

雖然國王本人滿不在乎地說「我又不會介意」，但利瑟爾也有他身為臣子的尊嚴，只能請陛下放棄了。國王表示，利瑟爾這一點和父親很像。

「您的意思是，它實際上並不是肉眼看上去的物體？」

『那個臭人妖好像說，這是「概念的具象化」。』

「啊，原來如此，真是名不虛傳。」

利瑟爾立刻讚嘆地嘆了一口氣，率領他的君王聽了理所當然地點頭。

「也就是說，他已經定義了世界的分界嗎？」

『好像是這樣沒錯。一般是不存在這種東西啦，分界或是區隔什麼的。』

兩個世界是彼此重合，還是互相比鄰？之間是否有著遙不可及的距離，說到底兩個世界之間究竟存不存在距離這種概念呢？釐清這些問題，比起在沙漠中尋找一粒沙子還要困難。

先假定世界之間存有「界線」，再想盡辦法證明，最後的成果就是眼前這扇窗。以悖論的方式確立境界線的存在，再以我們能夠認知的形式將其具象化，說穿了就只是這樣。但利瑟爾就連實現這件事的其中一個步驟都無法想像，頂多只能理解這是一種偉業。

不過，正因為能夠從零開始實現這種驚世之舉，國王的那位兄長才被稱為魔術研究權威，擁有著足以讓高官重臣允許他拋棄王位的才華。即便如此，過程必定也充滿險阻，他為這件事不知付出了多少努力，利瑟爾感覺到自己內心湧現了無窮的感謝與喜悅。
「能幫我向他道聲謝嗎？」
『那傢伙只是把自己的工作做好而已。』
「即使如此也一樣呀。」
『等你回來自己去說。』
國王哼笑一聲。那是當然，利瑟爾也點頭。
「陛下，謝謝您。」
『嗯。』
利瑟爾毫不掩飾臉上不由自主的笑容這麼說，國王的回應彷彿覺得這沒什麼。
眼前的國王君臨於大陸上歷史最古老的大國頂點，擁有龐大的魔力，但即使如此，要從他身上獲得即便是一茶匙那麼多的恩賜都不容易，不知該獻上多少榮光才可能如願。然而豈止是一茶匙，國王為這扇窗口注入了堪稱是整座湖泊那麼大量的魔力，只為了維持它的存在。
當然，國王為了個人考量運用自己的魔力是他的自由，平時他能隨心所欲使用需要大量魔力的傳送魔術，這次也只是同樣的事例之一。但一想到這麼做是出於君王自身的意願，便使得利瑟爾格外喜悅。
『不過你在那邊也玩得很開心吧。』
「那當然。」

他現在仍然與國王保持著書信來往。

作為信件往返關鍵道具的信盒是迷宮品，由於它的特性關係，實在很難說是定期寫信，不過互動頻率還算密切，兩人在信中輕鬆幽默地分享了彼此的現況。

「畢竟我也不可能在這邊工作呀。」

『這倒是沒錯。』

國王揚起一邊唇角，放鬆地把手肘撐在椅子扶手上支著臉頰。

他所坐的那張椅子後方，是一片利瑟爾也熟悉的風景。那是王城內部魔術研究所的其中一個房間，是國王兄長的大本營，但他現在好像不在這裡。

『看到其他國家的高官在自己地盤亂晃，沒有人會感覺良好啦。』

「要是我的話一定很排斥。」

『我也很排斥啊。』

「陛下總是一發現他們就強制遣返嘛。」

利瑟爾之所以過著冒險者生活，這也是其中一個理由。

完全不需要貴族身分這點非常符合他的需要。不，雖然「感覺很有趣」占據了大約九成的理由就是了。沒有幾個國家會容忍其他國家的宰相在自己的領土上亂逛，他能過上兼顧興趣和利益的冒險者生活，結果也算是相當圓滿。

劫爾和伊雷文曾經問他：只要利瑟爾不主動表明自己是宰相，不可能會有人發覺吧？

然而雖說是偶發事件，但利瑟爾人在這個世界，就已經是最好的證據，表示如果還有其他相同遭遇的人也不奇怪，甚至若已經有人能夠主動引發這種現象，利瑟爾也不會感到意外。既然如此，就不該抱持著「反正是另一個世界的事」這種樂觀的心態，必須事先考慮周全。

畢竟，現在正嘗試連接兩個世界的人可是他的王，如果不可能實現就傷腦筋了。

「也有很多間諜看到陛下突然從眼前冒出來，聽到一句『辛苦了』就直接被送回自己國家了。」

『你說冒出來是什麼意思啊。我還替他們省下自己回去的麻煩，很親切好嗎。』

「我個人倒是比較希望您把他們抓起來。」

『碰到比較惡質的傢伙都會抓，也都問過話啦。』

國王一副毫不心虛的態度。這麼說也沒錯，利瑟爾點點頭。

確實，遇到有人想放長線釣大魚的時候，國王還是會放任他們自由活動一陣子，不會擅自把他們遣返，加害本國國民的人物也會加以拘捕。之前還曾經說著「你之前不是說想知道這傢伙國內的內情嗎」，把抓到的間諜當作伴手禮交給利瑟爾。

說到底，能將他們遣返就表示已經識破了他們從哪裡來，國王只有在想要動搖對方國家的時候才會特地將人抓起來。

「我是不想見到您被他們當作代步工具。」

『說是代步工具，其實也只是把他們丟在國境邊緣而已。』

「畢竟王族的傳送魔術很有名呀。」

國王滿意地瞇細眼睛，利瑟爾露出了拿他沒轍的微笑。

傳送魔術的知名度太高，因此大多數國家都已經有所防範，特別是每個國家一定都會採取針對國內傳送的阻擋措施。雖說當今的國王是個例外，傳送魔術本來就不可能頻繁使用，但對於其他國家來說仍然相當具有威脅性。

可以理解他們的心情，利瑟爾點點頭。要是某天敵國突然把軍隊傳送進自家王城裡，那怎麼得了。

『在那邊沒有其他和你一樣混進那個世界的人？』

「我沒有遇過呢。」

『也沒有發現我們這邊的國家已經跟那邊建立邦交？』

「我想應該沒有。不過我的活動範圍不算太廣，無法斷言就是了。」

『是喔……』

哦？利瑟爾看向若有所思的國王。

該不會想跨越世界建立新的邦交國吧？假如沒有其他國家這麼做，本國就能壟斷這一邊眾多國家的貿易權，獲取龐大的利潤。

那麼，首先必須秘密和目標國的高層接觸，共享雙方的情報與認知，派遣使者多次討論之後正式建交，然後展開貿易，動作快的話或許能在兩年內踏上軌道。

屆時是否要把不同世界的存在公諸於世，各國國王很可能會產生意見分歧。考量到這可能引發國民的混亂，確實應該保密，但大量貿易商品流入市場還是必須明示來源。不存在兼顧各方面的完美方案，要經營一個國家，大部分的決策都是這樣。

「（我們那邊是這樣，這一邊也有各種問題。這個國家拜託沙德伯爵幫忙的話應該可以……嗯，不過一切的前提是這個窗口能夠長期設置，看來這方面已經有了眉目，陛下也——）」

『喂，利兹。』

「在。」

利瑟爾深陷於思考當中，卻不動聲色地立刻應答。

見狀，國王無奈地輕嘆了口氣，從托著腮幫子的手上抬起臉，只說了短短一句：

『不必。』

「我明白了。」

這短短一句話，讓利瑟爾把這件事暫且擱置在腦海一隅。

王說了不需要，表示他不要利瑟爾去處理建立邦交前的準備，或是在那之前的籌劃工作，他不打算把利瑟爾當作刺探敵情的偵查員那樣使喚。

那麼，利瑟爾也只需要遵從他的指示。利瑟爾的嘴角綻開笑意，他的王回以無所畏懼的笑。

『我說過要你好好玩，在那邊等著就好，所以你儘管享樂就行啦。』

「我知道的。而且，我現在也是獨當一面的冒險者了。」

『老實說信上關於冒險者的說明，和你的形象實在很不搭調。』

「咦？」

『對了，今天站你後面那兩個不在啊。』

他一有機會就會分享一下冒險者生活，沒想到陛下居然是這麼想的。原本的世界沒有冒險者這種制度，所以可能也是不容易憑空想像的關係吧，利瑟爾作出這個結論，看向窗戶另一側探出身子窺探這裡的王。視野似乎就和真正的窗戶一樣，國王大剌剌地把額頭抵在世界的邊界線上，環視他們房間。

『喔，是旅店啊。真好，很有那種氣氛。』

「很棒吧？是三人房哦。」

『我也好想住住看這種地方啊。』

陛下雖然會微服私訪市井，但還是很節制地沒有外宿。即使有機會在旅店過夜，分配給他的也總是最高級的單人房。身為王族，一般的旅店看在他眼中特別稀奇，肯定好奇得不得了吧。也不顧自己有沒有資格說別人，利瑟爾微笑看著他那副模樣。

「不好意思，今天劫爾和伊雷文都出門了。」

『你被他們丟下了喔？』

「應該不是吧，一位是去攻略迷宮，這是他的興趣，另一位則是晚上出去遊蕩還沒回來。」

『你還是這麼喜歡這種因為實力高強而我行我素的人。』

聽見他半是感嘆、半是理解的語氣，利瑟爾感到有趣地笑了出來。

實力高強而我行我素的人，說得真貼切。這樣的人已經確立了穩固的自我，對他人沒有需求，由於能夠完美地自給自足，所以凡事也不會牽扯到別人。除非對方願意，否則根本連開始互動的契機都找不到。

設法讓這樣不需要他人的人物有求於自己，聽起來何其矛盾，卻是與他們交流的唯一手段。

「我很努力呢。」

『那還真難得。』

「對吧？」

國王臉上愉快的笑容，和利瑟爾在原本世界向他介紹某些人的時候一模一樣。

例如那位人稱「死神」的著名傭兵，還有來自東國的鬼人。陛下像個明知眼前的箱子是驚嚇箱卻仍歡欣鼓舞的孩子，津津有味地等著看接下來會冒出什麼樣的奇人。

雖然在利瑟爾看來，自己介紹的朋友們也沒有奇特到那種地步就是了。

『算了沒關係，哪天他們在場時再介紹一下吧。』

「我知道了。您這麼感興趣嗎？」

『得打個招呼吧，感謝他們關照我們家宰相啊。』

「確實是受到了很多關照。」

『對吧。』

從陛下的說法，接下來或許能夠有計畫地打開連接到這裡的窗口。

利瑟爾微微一笑表現內心的喜悅，緊接著順應陛下的要求，開始聊起冒險者生活。就這樣，許久不見的兩人度過了一段平靜愉快的閒聊時光。

謁見完親愛的國王，利瑟爾離開旅店。

經營旅店的老太太關心地告訴他「剛才感覺到了不可思議的魔力」，利瑟爾一面佩服在心裡，一面搖搖頭告訴她不必擔心。走到太陽底下，不用說，利瑟爾的心情好得不得了。聽說家人和熟識的人們都一切如常（除了利瑟爾不在），利瑟爾也盡情聊了許多關照自己的人們。雖說平時會寫信，但情報量還是完全比不上直接交談。

他的王興味盎然地聽著，不時吐槽幾句，雖然最後只留下一句「啊糟糕，魔石裂了」就連同那扇窗戶一併消失了。不曉得他使用了多高級的魔石，但看來還是無法承受不斷注入的龐大魔力。

「（魔術的基礎已經完成，接下來就是輸出問題了吧？）」

這就是最難靠實務和巧思解決問題的階段了。

某種意義上或許是最困難的關卡也不一定，利瑟爾走在水道沿岸如此沉思著。他身上穿著冒險者裝備，打算到公會讀個魔物圖鑑，如果看上哪個委託也可以一個人接。打雜類的委託，即使到現在這個時間還是會剩下不少。

「（今天好暖和呀。）」

陽光從頭頂上灑下來，曬得人暖洋洋的。

不時被擦肩而過的行人回頭多看一眼，利瑟爾以散步的步調前進。邊走在狹窄的紅磚道上邊看著水道風光，是利瑟爾來到撒路思之後養成的習慣。每瞬間都不斷變化的水道怎麼看也看不膩，發現沉在水底的銅幣時還會為自己的好運氣開心。

正因如此，他才會注意到水面上的波紋。利瑟爾停下腳步，站在水邊凝視著正下方，在水道邊緣，有某種生物突然從波紋中心探出頭來。

「？」

是沒見過的動物，利瑟爾蹲下身來，目不轉睛地觀察牠。

小動物大概手掌那麼大，背著看似相當堅硬的殼，殼裡伸出短短的手腳，靈活地划著水浮在水面上，探出水面的臉看起來樸拙木訥，無法判斷有沒有對上牠的視線。殼是岩石長了青苔的顏色，身體顏色偏藍，頭部鮮豔的黃色斑點十分可愛。

看這外形，是魔物的幼體嗎？正當他這麼想的時候……

「小龜龜～～！！我的小龜龜～～～～！！」

「所以媽媽不是告訴過妳，換水的時候要小心嗎?!」

「對不擠～～～～！！」

慘絕人寰的哭聲，以及焦急的訓斥聲傳入耳中。

利瑟爾環顧周遭，尋找聲音的主人，不經意看向腳邊的陌生小動物。漂浮在水面上的小身體，以及彷彿領悟世間一切般沉靜的眼睛。

「……小龜龜？」

他輕聲這麼問，但划動兩隻手撥著水的生物當然沒有回答他。

該怎麼辦呢，利瑟爾偏了偏頭。眼前這隻小動物應該是寵物之類的吧，雖然想找哭聲的主人確認一下，但小動物要是在通知對方的期間跑掉就傷腦筋了。

「（如果真的是寵物，發現牠不見了一定很難過吧。）」

他想起老家軟綿綿的白色絨毛。

既然這樣，他不能對這位弄丟了寵物、大哭到不停抽泣的小女孩視而不見。盡己所能試試看吧，利瑟爾重新轉向漂在水裡的謎之生物。

從外形看起來行動不算敏捷，要是牠動作太快應該很難捕捉吧，實際上牠也從主人手中逃出來了，雖然不知道換水是什麼意思。

失敗的話至少還能把目擊情報告訴小女孩，他這麼想著，雙膝跪到地上。

「（碰得到嗎……）」

他解開胸口的皮帶，脫下蒼藍色外套收進腰包，把雙手的襯衫袖子都捲起一半，戴上手套，把手撐在水道邊緣探出身體。

路過的撒路思國民一邊納悶「這人在做什麼……」一邊盯著利瑟爾看，因為從他們的角度看不見那隻謎之生物。如果路人需要幫忙，他們也會主動問人家怎麼了，但利瑟爾的氣質讓人不敢輕易攀談。要不是因為這樣，事情可能立刻就解決了。

也難怪利瑟爾說自己這種氣質很吃虧。

「好，來囉。」
利瑟爾彎曲上半身，往水道裡伸手，落下來的髮絲使得視野更加狹窄。水道各個地方的水量不太一樣，這裡是成年男性努力伸手能碰到水面的高度，利瑟爾應該能把那隻小生物撈起來。但即便借助魔法使牠靠近手邊，最後還是得用手抓住牠。
「小龜龜，你的爪子很利呢。」
靠近一看，牠的爪子意外堅實，被抓到會不會很危險呢？但既然是小女孩能養的寵物，應該不是危險生物才對。
「嗯……」
畢竟身上也沒有能撈的容器，他伸出手指，即將碰到殼的時候——
「等、暫停，貴族小哥你先暫停。」
忽然有人拉他的肩膀，利瑟爾直起上半身。
碰觸他肩膀的那隻手很快就離開了，循著那隻手臂，他看見長劉海遮住眼睛的一名青年站在眼前。
「啊，好久不見。」
「你好。直接抓會被牠咬，用這個吧。」
青年不知不覺間來到他身旁並肩蹲下，把一個木桶遞給利瑟爾。
利瑟爾伸手接過，來回看了看木桶和那隻謎之生物，明明牠張嘴的時候沒看見類似牙齒或獠牙的構造。

「牠會咬人嗎？」

「當然………你沒見過這東西？」

「是的。」

利瑟爾不可思議地問，被他稱作精銳的青年聽了嘴角抽搐。

青年馬上把木桶從利瑟爾手中拿走。在利瑟爾反應過來之前，精銳盜賊的手已經沉入水道，木桶再被拿起來的時候，裡面已經盛著淺淺的水，以及手腳縮進殼裡、肚皮朝上的謎之生物。精銳輕輕搖晃它，發出殼摩擦木桶的聲響。

看見硬殼毫無抵抗的模樣，利瑟爾眨著眼睛，瞥向精銳盜賊。

「牠死掉了嗎？」

「沒有，還活著喔，過不久就會出來了。」

「哦……」

利瑟爾佩服地看著，牠果然慢慢從顛倒的殼裡伸出頭和手腳。

或許是想翻回正面，小動物一下往左、一下往右地晃著硬殼，利瑟爾看了不禁感受到這種生物的缺陷。但這是多餘的擔憂，謎之生物最後靠著自己的力量翻回正面，在桶底爬來爬去，緩慢地站立起來，搔抓著桶壁試圖逃脫。

「拿去吧。」

「不，還是你拿去給那孩子比較好。」

「這玩笑很難笑喔。」

青年撇著嘴笑，說的是真心話。

他發自內心覺得幫助別人是一種玩笑，是難以忍受的行為。剛才這一連串過程，對於精銳盜賊來說也是難以理解的瘋狂行徑吧。即使如此，他還是叫住了利瑟爾，平常對他的態度也算是和善。

背後的理由只有一個。做事真是認真，利瑟爾感到有趣地露出微笑。

「小龜龜!!」

這時，哭聲的主人從附近的巷子衝了出來。

小女孩一邊嚎啕大哭，一邊對著眼前的水道大聲呼喚，再不把寵物送還給她，感覺她就要直接跳進水裡去了。利瑟爾從精銳盜賊手中接過木桶。

「謝謝你，精銳先生。」

「不會不會。」

「需要轉達伊雷文一聲嗎？說你們已經到這裡來了。」

「哎，首領他大概知道了吧？我在你們到撒路思之前就過來啦。」

精銳盜賊撥亂了自己後腦勺的頭髮這麼說。那就好，利瑟爾也乾脆地點頭，他原本就猜測精銳盜賊在撒路思或許也有基地，他們長期待在這裡也不奇怪。

順帶一提，利瑟爾不知道的是，眼前這位青年為了查明刺探劫爾底細的情報販子來自哪裡，從那時起就來到撒路思了。精銳盜賊發現他們三人不知何時跑到了撒路思來，反倒還有點驚訝。

「對不起、小龜龜，對不起！」

「啊，我先把這個拿去給她吧。」

「有事再叫我。」

「好的。話說回來，萬一那孩子要找的不是牠該怎麼辦呢？」

「不會啦，我想這不用擔心。」

精銳盜賊說完便走開了，就像和熟人閒聊過後彼此道別那麼自然。

在他拐過一個轉角之後，肯定所有人都會忘記這個人的存在，就連曾經與他擦肩而過也不記得。那種彷彿融入空氣當中的氣質，讓人以為一眨眼他就會從視野中消失。

利瑟爾沒有目送他走遠，便伸出指尖戳著那隻謎之生物的殼，往小女孩走去。

「小妹妹，關於這隻……」

「小龜龜～～～～～～～～～～～～～～!!」

女孩失去了語言能力，她的母親頻頻向利瑟爾道謝。

緊緊抱著木桶的女孩大哭到上氣不接下氣，但最後還是向他說了謝謝。身為同樣疼愛寵物的飼主，也不枉費他伸出援手了，利瑟爾朝著屢次低頭致謝的母親微微一笑，讓她安心，便繼續走向公會。

對了，那隻生物到底叫什麼呢？他邊走邊想。

呆坐在撒路思公會打發時間的冒險者，比起其他地方要少一些。

原因顯而易見，利瑟爾邊想邊在其中一張桌子旁悠閒地坐下來。

「如果說有個決定世界醜女冠軍的比賽……」

「啊——好啦好啦，爛透了。」

「我會全力毆打說要辦這比賽的傢伙。所以咧？」

「我覺得我膚況超差的時候絕對得冠軍。」

「我懂。」

「乾燥、水腫、不吃妝，這三連擊下去我一定輕鬆拿冠軍。」

「拜託我連自己的皮膚都顧不好，根本沒那個閒工夫去管其他人的臉。」

櫃檯另一側傳來嘰嘰喳喳的說話聲。

選的還是異性再怎麼樣也不可能插嘴的話題。

這群優秀的姊妹們邊忙邊聊，雖然控制著音量，坐在大廳還是聽得一清二楚。

當然光論音量，阿斯塔尼亞的職員們比她們大聲多了，但悲哀的是總有許多冒險者聽到異性的聲音就下意識豎起耳朵，聽了內容又擅自尷尬到待不下去。利瑟爾是不介意，但同樣身為男人，他隱約察覺了這是怎麼回事。

當然，有冒險者毫不介意地聚在這裡，也有人是為了想親近職員們而刻意待著，因此午後的大廳也算不上空蕩，和其他地方的公會差不多。

「說到皮膚啊……」

「我懂。」

「那個也太作弊了吧?!」

職員們聊起了悄悄話，利瑟爾的目光自顧自掃過手中的魔物圖鑑。

由於目前還人生地不熟，他能獨自接取的委託有限，其中也沒有他感興趣的委託，因此今天他在這裡盡情閱覽魔物圖鑑。雖然去借圖鑑的時候，先前那位初次見面時留下強烈第一印象的職員顯然滿臉問號。

「（嗯，非常詳細。）」

這圖鑑某種意義上和他想像中一樣，利瑟爾眼神中露出幾分笑意。

魔物正面、側面、背面三個方向的圖解，體型、習性、出現地點、素材位置、獲取素材的必要道具——圖鑑中詳細又明瞭地整理了這些資訊，簡直堪稱典範了。需要的頁數自然也更多，每一種魔物都使用了左右跨頁的篇幅。也難怪冊數這麼多，利瑟爾心想，並瞥了擺滿圖鑑的書架一眼。

「（嗯？）」

翻過幾頁之後，他忽然覺得有點奇怪，往回翻了一頁。

阿斯塔尼亞的魔物圖鑑是按照魔物種類排序，但在撒路思則是按照字母順序。利瑟爾當然不可能認識所有魔物，但這一次恰巧和他已知的魔物有關，因此才察覺不對勁。

他懷著抱歉的心情，把那本被人翻閱過無數次、老舊不堪的圖鑑翻開到裝訂線處，發現正中央夾著頁面被撕下的邊角。確認了這點後，他起身走向櫃檯。

「不好意思，職員小姐。」

「馬上為您服務～」

無論何時都無懈可擊的完美笑容，以及客氣有禮貌的高聲調。經過附近的正好是那位熟悉的職員，借閱圖鑑的時候也一樣，真有緣啊。

她迅速走向櫃檯的時候，小腳趾狠狠踢到了桌腳。

「痛死了……」

情急之下發出的聲音好低。

好像聽到了不該聽的話，利瑟爾面露苦笑關切道：

「妳沒事吧？」

「沒事沒事，這沒什麼的～謝謝您的關心～」

她立刻恢復狀態，真是太敬業了。

看來裝作沒看見比較好，利瑟爾點了一下頭，準備進入正題。他拿起手上的魔物圖鑑，在櫃檯上翻開手指夾著做記號的那一頁。

「這裡這一頁，好像被人撕掉了。」

「咦……」

職員湊近往利瑟爾手邊看。

圖鑑翻開正中央的裝訂處，露出一點點被撕破的紙片，一定是哪個冒險者懶得記下資訊，直接把整頁撕走了。雖說應該是碰巧，但撕得還真乾淨，根部幾乎沒剩下多少殘頁。

「非常抱歉，如果您現在就需要查閱的話，我們立刻……」

「不用，沒關係，我只是在閱讀而已。」

為什麼會閱讀魔物圖鑑？利瑟爾並不知道對方內心這麼想。

「公會這邊改天會查明遺失的魔物，修復這一頁～」

「我想這一頁的魔物應該是『藍色不定形（blue skin）』。」

「咦……」

「本來還覺得有可能是『蒼藍魔女（blue spell）』，不過那好像是王都的迷宮特有種。」

我說得對嗎？眼見利瑟爾偏著頭窺探她的反應，職員臉上的笑容凝固。

她帶著不變的笑容來回看了看利瑟爾和圖鑑，還是無法判斷利瑟爾的猜測是否正確。不，她不是在懷疑利瑟爾，反而還毫無根據地相信「應該是這樣沒錯吧」。只是不僅職員，就連大部分冒險者都不知道正確答案，她感到混亂也是理所當然。

職員奮力挪動差點抽搐的嘴唇，謹記著保持親切笑容。

「您見識過許多魔物呢～」

「和劫爾比起來還差得很遠。」

「和一刀比較未免……不，沒什麼～」

「我在帕魯特達和阿斯塔尼亞也閱讀過魔物圖鑑，可能是拜此所賜吧。」

所以說為什麼要閱讀圖鑑？

職員頂著滿面的笑容，在心裡有點不講理地吐槽。

「因為讀書是我的興趣。」
「……我從母親那裡聽說，您還會演奏樂器～」
「啊，那天提點我說那種發言容易引人誤會、最好避免的那位，原來就是令堂呀。馬上就查出演奏的是我，那時我還佩服真不愧是公會的情報網呢。」
「也不是查出，應該說這是單選題。」
職員毫不遲疑地如此斷言，利瑟爾納悶地看著她。
西翠也跟他一起演奏，不算是單選題吧。但西翠極力排斥彈鋼琴，在「接到這類委託會很困擾」的意義上是沒錯。畢竟西翠本人都說先前那次演奏是他睽違十年以上第一次彈奏鋼琴，帶著苦澀的表情說再也不想彈了。不過他也說和利瑟爾合奏這件事本身讓他很享受，這就足夠了。
話說回來……
「（我不時就得練習一下，才不會忘記手感。）」
十幾年沒彈卻有那種水準，太驚人了。
看了忍不住覺得有點不公平，也是人之常情吧。
「不好意思，這本圖鑑可以先交由我們保管嗎～？」
「沒問題。」
「我再拿另一本給您好嗎～？」
「麻煩妳了。」

滿面的笑容、抱歉的微笑，職員巧妙地運用著這些表情，把下一冊圖鑑交給他。利瑟爾微笑表示自己並不介意，小心接過那本圖鑑。

「這裡的圖鑑不是按照魔物種別分類呢。」

「我也只聽說過傳聞，據說是剛開始編纂圖鑑的時候，對於魔物的分類經常發生爭執～因為敝公會延請了外部的專家協助編纂圖鑑的關係～」

「啊，原來如此。」

魔物當中確實有許多分不清是植物還是野獸的種類。

這種時候個別專家的意見發生了對立吧，想像成現場有複數個王都某魔物研究家那樣的人物，就不覺得奇怪了。

利瑟爾原本想著或許能幫忙復原丟失的頁面，不過既然有這方面的專家，那還是交給他們比較恰當。另一方面也是因為既然都要讀了，他更想閱讀專家整理的資料。

「如果還有什麼事，請再隨時跟我說～」

「謝謝妳。」

利瑟爾再次走向桌子。

身後傳來熱鬧的說話聲，不過只要是一群要好的姊妹們聚在一起都是這樣吧，利瑟爾沒放在心上。桌子正中央擺著花瓶，瓶中插著一朵鮮花，這些想必也都是她們用心布置的。順帶一提，因為打架之類的原因打破花瓶的冒險者會立刻遭到制裁。

「喔，找到你啦隊長！」

利瑟爾坐到椅子上，正準備翻開圖鑑的時候……

伊雷文從公會敞開的大門口探出臉來，一副路過剛好發現他的樣子。蛇族獸人踏著輕快的腳步走進公會，打著大呵欠在利瑟爾旁邊坐下。

「早上剛回來嗎？」

「對啊，回去睡覺前過來看看。你又在讀那個喔？」

「很有意思哦，你看。」

伊雷文撐著手肘，湊過去看利瑟爾攤開的書本。

他一向對魔物多餘的事前情報不感興趣，卻還是開開心心地聽利瑟爾分享。利瑟爾不是那麼不識趣的人，因此沒有多問他理由，只是帶著笑意指向頁面上的圖解。

「比帕魯特達和阿斯塔尼亞的更詳盡哦。」

「喔，你這麼一說好像是欸，雖然字少一點我比較願意看。」

「插圖也畫了三個方向哦。」

「重點不是那個啦，應該更……」

和氣地聊到一半，伊雷文忽然打住話頭，抬起臉來。

利瑟爾也跟著抬起視線，和打量著他的神情、笑得意有所指的伊雷文四目相對。

「你心情好像很好喔，怎麼啦？」

聽見這句話，利瑟爾不禁笑了。

「下次再告訴你。」

「不是現在？」

「留著當作驚喜。」

「你一說驚喜我就覺得很恐怖欸。」

眼見伊雷文表現出有點警戒的樣子，利瑟爾好笑地把視線轉回紙面上。

那之後兩人又在公會待了一下子，後來也在這裡碰到了一如預期從迷宮回來的劫爾，劫爾也說他看起來心情很好。雖然沒打算隱藏，但有這麼明顯嗎？利瑟爾偏著頭納悶，繃緊了自己變得老實許多的面部肌肉。

回到旅店，一行人一起吃晚餐的時候。

「對了，我今天看到了從沒見過的生物哦。大約這麼大，身體外面有圓形的殼，頭和手腳可以縮進殼裡，是水棲生物。」

「隊長，那是烏龜。」

「你沒見過？」

隊友們有點震驚。

在另一個國家，某間旅店。

「啊，客人好久不見你要住房嗎！咦？不是，他們回王都了所以都不在這裡……欸，真的假的你沒聽說？沒有聽說?!」

166

在阿斯塔尼亞，存在著大門開在海上的迷宮。
當時覺得非常稀奇，但沒想到在撒路思還有迷宮把門開在湖裡。
為什麼門扉出現在那種地方？根本是蓄意引發大侵襲吧？撒路思的學者們抓耳撓腮，但在迷宮的世界追求常識也沒有意義，沒有任何人想認真研究背後的原因，至今仍是個謎團。
「是這裡嗎？」
「應該是吧！」
漂浮在湖上的撒路思城市一角，利瑟爾他們站在一座歷經歲月的棧橋前面面相覷。
橋旁邊立著一面小牌子，上面除了迷宮名【湖中市集】以外，還畫著隨興的手繪箭頭，指向棧橋尾端。從紅磚道上往棧橋踏出一步，潮濕的木板便發出吱嘎聲。
棧橋底下是水波搖曳的湖面，湖水驚人地透明，在現在這種不起風的時候，甚至能隱約看見遠處下方湖底的景象。
「好，到啦。」
「在哪裡啊。」劫爾說。
「就是那個吧？」伊雷文說。

劫爾和伊雷文走到棧橋前端，往湖裡看。

今天他們要潛入的這座湖中迷宮，大門不在湖底，而是漂浮在水中。不過門扉位置不會隨著水流漂動，而是像浮在中間那樣靜止在原處。

利瑟爾也站在兩人後方看了看，在映照著藍天的湖面深處，確實能看見迷宮大門的上半部。這是距離撒路思最近的一座迷宮，位在水深約四、五公尺左右的地方。

棧橋前端綁著繩索，能攀著繩索下潛到迷宮門口。長著水苔的繩索上繫著好幾盞圓形玻璃珠般的燈，夜晚也不會迷失方向，不過在大白天就看不太出來了。

每一次微風拂過湖面，迷宮門扉的輪廓都隨之搖曳。比起先前謁見時短暫開啟的窗口，反而更像——

「（更像另一個世界。）」

在利瑟爾這麼想的同時，伊雷文已經往棧橋之外跨出腳步。

撲通一聲，他的身體伴隨著沉重的聲響沉入水中，濺起的水花落在棧橋上形成斑點。

利瑟爾走到棧橋邊緣，在不久前伊雷文站立的地方蹲下，劫爾在他身邊微蹙著眉頭，俯視著迷宮大門。

沾了水更加鮮豔的赤紅色，從眼前湧動的水面下冒出頭來。

「啊——水好冷！」

「我想也是呢。」

伊雷文靈巧地踩著水，發出細微的水聲原地立泳，嫌煩似地搖搖頭甩開貼在臉上的劉海。

利瑟爾伸出手撫過他的額頭，以指甲前端勾起沾在他臉頰鱗片上的細髮撥到一旁，那雙平時總是銳利的眼睛便彷彿被馴服似地瞇成了笑弧。

「沒有魔物？」劫爾問。

「不知道欸。」

在這段尋常的對話之後，劫爾也跳進湖裡。

從近處噴起的水花沾上臉頰，利瑟爾原本下意識想去擦，但想到待會全身都會弄濕便打消了念頭，轉而把指尖沉入水面。為了避免凍壞，他們特意避開了清晨時段，但水還是很冷。

「隊長也來！」

伊雷文的手指輕敲了敲他的鞋子。

劫爾也從水面上探出臉來，把沾濕之後顏色更深沉的頭髮往後撥。在兩人仰視的目光中，利瑟爾坐在棧橋邊緣垂下雙腿，因為他不確定自己跳下去之後是否能浮上水面。

水浸到他靴筒一半的位置，不愧是最上級裝備，水並沒有滲進靴子，只感覺得到冰涼的溫度。

「怎麼這麼小心？」

「該怎麼說呢，好像是未知的世界一樣。」

「哪裡像啊。是說隊長早就來到未知世界了吧？」

「但我說不定是第一次產生這種感覺。」
利瑟爾目不轉睛地盯著水面。
自己的臉孔映在水面上，透過它能看見水中搖晃的雙腳，再更深處能看見迷宮門扉，在門扉之後遙遠的下方，能隱約看見水底景色。從水面閃耀的粼光之間凝神細看，那裡有腐朽漂流木的影子、搖曳的水草，有魚群悠游而過的身影，全都遙遠而細小。由於湖水實在過於清澈透明，感覺不到水深，反而像是坐在很高的地方。
現在他要穿著一身平時上街的裝扮，沉入這片水域之中。比起一個能呼吸、語言也能相通的異世界，這反而更像另一個截然不同的世界。
「那個迷宮叫啥，『人魚公主洞窟』？跟那邊不是一樣嗎？」
「可是迷宮就是這樣的地方呀。」
迷宮就該是這樣，看見這種景色也是理所當然，迷宮對利瑟爾來說就是這樣的地方。每次走進迷宮大門，眼前的光景會使他感動、驚愕，但他對此從來不曾感到疑惑。
「所以你想說什麼？」劫爾說。
「我有點害怕。」
「啊？」
「真假？」
在他們倆難得啞口無言的注視下，利瑟爾兀自思索。
這或許跟恐懼不太一樣，這種有點心神不寧的感覺，與參雜恐懼的興奮感類似。利瑟爾別開視線想了一會兒，忽然明白過來，嘴角帶著笑說：

「準備做壞事的時候，說不定就是這種心情。」

眼見利瑟爾惡作劇似地加深了笑容，劫爾一臉無奈，伊雷文則張口大笑。

對利瑟爾來說，這就像調皮的年輕人大聲笑鬧著闖進禁止進入的區域一樣。雖然不知道這座棧橋是公會建造，還是冒險者自己搭的，但如今冒險者從這座棧橋上跳進水中已經是司空見慣的情景了，沒有人會阻止，也不會有人因此被責備。

話雖如此，他確實還是穿著完全不符場合的衣服，準備進入平常不該進入的區域。伊雷文往身後撥著水，那束紅髮像渡水的蛇那樣在水中游動，哈哈笑著說：

「隊長超乖的欸。」

「事到如今裝乖也太遲了。」

「不對欸，可是隊長確實不會做這種壞事。」

「搞不懂他的標準。」

他們說得真是毫無顧忌，利瑟爾這麼想著收回雙腿。

未來不一定還有這種機會，這次就嘗試跳水當作紀念吧。他在棧橋上站起身來，長靴滴下的水一點一點在棧橋上形成水漬。

準備跳進湖泊的那一瞬間，風停了，平靜無波的水面彷彿消失了一般，使人產生「到水底都沒有任何東西阻擋」的錯覺，好像一跳下去就會直接墜落底部。

利瑟爾毫不猶豫地往腳底使力，然而下一刻——

「好了，過來。」

劫爾一手撐在棧橋上往上一躍，抓住利瑟爾的手臂把他拉進湖裡。

一旁路過的行人們發出悲鳴，他們其實早就發現利瑟爾獨自站在棧橋上，一邊心想「不可能吧……他看起來也不像冒險者……」，一邊默默觀望事態發展。不過人在水裡的利瑟爾渾然未覺，只在自己平安浮上水面之後鬆了一口氣。

穿過大門，眼前是一片一望無際的沙漠。

萬里無雲的天空上，掛著一顆高照的豔陽，灑落的日光一點一點灼燒肌膚，從白色沙地蒸騰而上的熱氣舔舐腳底。放眼望去，能看見遠處有綠洲，不曉得是真的存在，抑或是海市蜃樓。

裝備在穿過門扉之後瞬間乾燥，但利瑟爾和伊雷文忘了發出讚嘆，很有默契地默默往旁邊瞄了一眼。

「…………」

面目極度兇惡的劫爾站在那裡。

意料之中的反應，兩人彼此使了個眼色，從自己的空間魔法包裡取出斗篷。先前造訪火山迷宮的時候，他們想到或許能製作抗暑的裝備，於是立刻請熟識的工房幫忙準備。找的是先前替他們製作過雨用外套的武器工房，當時匠人說：「這比你們之前做的什麼坐墊、雨具那些好多啦。」

「啊——披上去還是比沒披好很多欸。」
「來，劫爾也披上吧。」
「嗯。」
深深戴上兜帽，烈日就不再灼人了。
這裡再怎麼說畢竟是迷宮，環境沒有惡劣到人們完全無法活動。雖然氣溫仍然居高不下，但他們至少保有了走在陰影底下的舒適度。劫爾還是臭著臉，不過並未對攻略迷宮這件事本身表示排斥，看來他攻略迷宮的欲望戰勝了對熱天的厭惡。
「先去那裡嗎？」
「應該是吧。」
伊雷文手指的方向，是一座不遠處的綠洲。
有座輕易容納在視野當中的小水潭，周遭點綴著綠意，凝神細看，能看見一面看板豎立在那裡。前方橫放著一塊平坦的大石，上頭似乎刻著魔法陣。
那裡就是起點吧，一行人邁開步伐。
「好難走哦。」
「這種地面跑起來一定很辛苦欸。」
「沒有其他移動手段嗎……」
每走一步，鞋底都深深陷進沙裡，三人發著牢騷走向綠洲。
抵達目的地之後，光是附近有水源，氣溫似乎就涼爽了一些。眼見伊雷文馬上蹲在水池邊捧起水來，利瑟爾有趣地笑著走向看板，湊近去看那面高度及腰的牌子。

「『魔物素材在此會成為價值』……」

「啊？」

站在他身邊的劫爾詫異地蹙起眉頭。

感受到他疑問的目光，利瑟爾也撫摸著看板邊緣思索。

「嗯……迷宮的名字就叫做『市集』，是能代替貨幣的意思嗎？」

「這是叫我們在迷宮裡買東西？」

「嗄？什麼什麼？」

或許是覺得劫爾那句帶點無奈的話聽起來很有意思，伊雷文甩著濕漉漉的手走了過來，他看了看那塊牌子，發出深感興味的聲音。

「那雜魚掉的素材也都要一一撿起來了喔？」

「用身上既有的素材不行嗎？」利瑟爾說。

「以迷宮的作風，可以吧。」

劫爾抬起下顎，指尖稍微把兜帽往上勾。

變得寬敞的視野當中映入另一座綠洲，在炙熱的空氣中搖曳，規模看起來比現在這座水潭更大。除了白色沙地、水面的質感、點綴其間的零星綠意之外，還看見許多出現在沙漠中不太自然的色彩，從迷宮名稱推斷多半是攤販吧。

「希望顧店的不是魔物。」劫爾說。

「那裡有人影嗎？」
「沒看見。」
「我也沒欸。」
三人看了一會兒，但停在原地也沒用，於是他們邁開腳步。
目的地當然是下一座綠洲。不，放眼望去可以看見好幾座綠洲，所以無法確定順序是否真的是下一座，不過這一座距離他們所在的位置最近，多半不會錯。
「這裡說不定沒有階層結構呢。」
「啊——感覺很像喔，好久沒碰到這種迷宮了。」
「『逆塔』也是吧。」劫爾說。
「那邊是每座塔分成一層欸。」
「從天而降的逆塔」每座塔視為一個階層，每座塔都設有魔法陣，可以視為非常規的階層結構。
像「湖中市集」這樣只有遼闊單一階層的迷宮，通常在每個具有辨識度的地標處設有魔法陣，森林的話設在各地大樹的根部，平原則設在供人休憩的涼亭。這麼想來，這座沙漠的每一座綠洲或許也都有魔法陣。
「看得到綠洲就不會迷路，比森林好多啦。」
「森林裡很容易迷失方向呢。」
正當三人走在沙地上的時候……

伊雷文忽然看著身邊空無一物的地方，放緩腳步，視線向下盯著滿是沙粒的地面，手已經握住腰際的劍柄。利瑟爾也沒多問便停下腳步，魔銃早已架在身旁待命，他將整個身體轉向那個方向，同時往後撤退幾步。

「一隻。」

「不，兩隻。」

伊雷文和劫爾簡短有力的聲音。下一秒，視線另一頭的沙地隆起。

沙粒從隆起的頂端流瀉而下，從縫隙間能看見與沙子不同的顏色。在牠準備衝出沙堆的瞬間，利瑟爾朝著沙堆開了一槍，稍晚現身的另一隻也被劫爾斬殺。

「是什麼咧——」

「希望是價值高一些的魔物呢。」

三人稍等了一下，便走近隆起的小沙丘。

他們撥開沙子，把還埋在沙裡就失去奇襲機會的魔物挖出來。指尖摸到柔軟的皮膚，體型不算特別大，於是他們以雙手環抱的方式將魔物拉上來。

「喔，是圖皮蛙欸。」

「黏答答的。」

「可能是沙漠特有種哦。」

以前有這麼黏嗎？劫爾嫌棄地握住圖皮蛙的腳。

利瑟爾湊近去看，伸出指尖戳了戳薄薄覆在魔物身體上的黏液。或許是為了留住沙漠中珍貴的水分，牠才用黏液把身體包裹起來。利瑟爾也知道，同一種魔物在不同地區有可能出現不一樣的特徵。

但在迷宮裡看見這種情形，他總是感到有些意外。不過，既然冒險者會為了炎熱、寒冷的環境預作準備，某種意義上魔物有這些機制也算公平吧。

「那我可以扒牠的皮嗎？」

「麻煩你了。那這一隻就由我……」

「你到旁邊看著。」

圖皮蛙的素材位置是牠的表皮。

蛙皮上的花紋隨機，越到迷宮深層越能見到美麗的花樣，使用在裝備上的性能也不錯，是重視外觀的冒險者常用的素材。不過他們現在才剛進迷宮，這兩隻圖皮蛙也只長著糊糊的土色紋樣，儘管不清楚迷宮判斷價值的基準，但多半不會太高。

「還是不要搶先擊殺牠比較好嗎？」

「為啥？」

「會打穿一個洞。」

「沒差吧。」劫爾說。

「這樣比較正常啦……」

利瑟爾看著兩人熟練的手法提問，劫爾理所當然地回應，伊雷文則有點欲言又止，畢竟素材上面千瘡百孔或直接劈成兩半，都是理所當然的情況。

說到底就算是委託要求的素材，都沒有冒險者會保持完好無傷的狀態繳交。戰鬥時打倒魔物是第一要務，沒有餘力顧及其他，運氣夠好才可能碰巧沒傷到素材，公會職員承接委託時已經預想到這些，委託人提出委託前也都充分知悉。

但利瑟爾卻會嘗試在不傷害委託素材的情況下收集它，還視之為理所當然。劫爾和伊雷文會配合他，「反正也不是辦不到嘛」，但其實他們倆在還是單獨行動的年代也不曾這麼徹底地注意素材品質。特地告訴他說弄壞素材沒關係好像也不太對，因此兩人並未糾正利瑟爾的想法。

「隊長升階升比較快，也是因為這種地方吧？」

「應該很受委託人歡迎。」劫爾說。

「真是這樣的話就太高興了。」

委託人滿意度極高，這就是利瑟爾的強項。

隊伍當然也有魔物討伐、迷宮攻略之類的功績，不過利瑟爾這方面的態度想必也是升階的一大考量。有個與糾紛無緣的冒險者在，公會職員也非常感恩，委託人和冒險者之間的糾紛最麻煩了。

「好，完成啦。」

「喏。」

「好啦好啦。」

伊雷文靈巧地用小刀把剝下的皮鞣製完畢，劫爾也把自己剝的那張皮扔了過去。

魔物解體方面是伊雷文比較熟練，不愧是獵人的兒子，利瑟爾佩服地看著他手邊的動作。他一直都很認真見習，期待自己有一天也能上陣，但一直找不到好機會，畢竟劫爾和伊雷文總是不太想讓他動手。

就這樣，他們取得了兩張經過最低限度處理的皮革。

「一路上就像這樣一邊收集素材，一邊往綠洲前進可以嗎？」

「嗯。」

「好喔！」

三人在每一次遇襲的時候撿拾素材，朝著綠洲走去。

市集裡籠罩著不可思議的寂靜。

綠洲的水潭周圍擺著許多攤位，白色的沙地上鋪著厚地毯，木製托盤上陳列著各式各樣的商品。以細木棍為支架，色彩鮮豔的棚頂布料斜斜掛著，店老闆悠哉地盤腿坐在布棚陰影下。

所有攤位老闆的面貌都一模一樣，是木頭與鋼鐵打造的人偶，有頭卻沒有五官。關節上的齒輪喀答作響，他們以充滿人味的動作抖著腳，伸手搔抓沒有頭髮只有螺絲的頭；明明沒有嘴巴，頭部卻會因為打呵欠而顫動。

「劫爾，可以跳進去沒關係哦。」

「我還撐得住。」

「講得好像哪天真的會撐不住，笑死我欸。」

這裡的水潭比剛才更大，三人沿著水邊走。

綠洲的水源是地下水，應該可以跳下去游泳才對，利瑟爾於是出於善意這麼提議，眉頭緊鎖的劫爾卻搖了搖頭。要是熱到受不了，他會跳進水池裡的吧。

「喔，魔法陣欸。」

「果然是設在每一座綠洲的位置呀。」

三人找到了魔法陣，和先前見過的一樣畫在平坦石板上。

他們離開起點那座綠洲之後，大約在熱沙上走了三十分鐘，假如魔法陣都以這個頻率出現，那麼綠洲的數量應該也不少。酷暑比想像中更消耗體力，難怪這裡的魔法陣配置得比較密集，乘涼處多一些對利瑟爾他們來說也相當受用。

不過……利瑟爾環顧周遭。後方是他們走來的方向，除此之外前面、右邊、左邊還有三座綠洲，看起來相當遙遠，但實際上距離應該都差不多。

「其中會有海市蜃樓嗎？」利瑟爾說。

「即使全都真實存在，也不可能全部都是正解。」

「那正解是哪個啊？」

「誰知道。」

今天他們沒接委託就直接過來，因此目的只是攻略這座迷宮，順利的話希望可以通關。即使無法抵達頭目所在地，至少也要盡可能往深層推進。這裡只有一個階層，所以比較精準的說法應該是「盡可能接近頭目」吧。以他們三人的情況來說，即使中途停止攻略，劫爾也會在心情好的時候獨自過來通關，因此無論停在哪裡都不怕進度尷尬。不過難得的機會，利瑟爾還是希望能整個隊伍一起通關。

當然，他不會說一定要在今天內完成，他沒那麼瞧不起迷宮；但即使不這麼做，要把視野中每一座綠洲都走過一遍還是很花時間。

「總之，我們先試著買東西吧。」

在另外兩人「總之什麼？」的視線當中，利瑟爾走向攤位。

接下來該前往哪一座綠洲？既然這裡是迷宮，不可能完全沒有線索才對。他一方面希望在攤位上能找到線索，但也不能否認自己抱有「真的能在迷宮裡買東西嗎」的好奇心，因此並未指摘他們倆的視線太失禮。

「不能直接殺到頭目那邊嗎？」伊雷文說。

「第一次攻略不可能吧。」

「畢竟地圖也不太清楚呢。」

三人踏著水邊叢生的植物嫩芽前進。

像這種只有一個階層的迷宮，即使在公會購買地圖也很難派上用場。就連最容易繪製的迷宮型關卡地圖，平常都得靠職員看著冒險者過度潦草的筆記拚命重畫，因此大型單一階層的地圖經常只畫出概略方向和距離，只求差不多就好。

三人探頭往近處的攤位看了看。

攤子上有一位——不，應該說「一具」老闆，正放鬆地席地而坐，一看到三人站到面前，便維持著隨意的姿勢抬起一隻手打招呼。木材與鋼鐵製成的身體上裹著外衣，布料隨著它流暢的動作晃動。

「你好。」

利瑟爾微笑打了聲招呼，老闆便往衣服上抹了抹手心，擦掉不存在的汗水，然後雙手合掌一拍，發出敲梆子似的響亮聲音。

刻著許多關節的手，敦促似地指向攤位上的商品。地毯上排列著木質托盤，每一個托盤上都堆滿飽滿的果實，都是熟悉的水果。

「這能吃喔？」

「吃了要幹嘛……」

「填飽肚子啊。」

把打趣這麼說著的兩人放在一邊，利瑟爾看向豎在攤位旁的招牌。

上頭沒有文字，只畫著手繪的端正圓形。再低頭看向商品，托盤前方的木牌上標示著【×1】【×2】【×3】的記號，假如這是標價牌，那麼……

「按照這個數量，給你這個東西就可以了嗎？」

利瑟爾指向標價牌，再指向招牌這麼問。店老闆像在說「當然」似地點點頭，從它的頸部關節處傳來細微的金屬摩擦聲。

這些常見的水果不太可能是攻略迷宮的必需品，利瑟爾把頭髮撥到耳後這麼想道。但在迷宮裡看見食物非常難得，他決定抱著實驗精神買買看。

「上面畫著圓形，所以是魔石嗎？」利瑟爾說。

「只能給他在這裡收集到的東西喔？」

「不限制條件的話，選項就太多了。」

利瑟爾說道，試著從自己的腰包拿出石像鬼的眼球。

這也是端正的圓球，他把眼球遞給老闆。老闆多看了它一眼，戰戰兢兢地搖搖頭，動作栩栩如生地表達出「那什麼東西……嚇死人喔……」，反應非常真實。不愧是迷宮，利瑟爾不禁讚嘆。

「人家說他不收。」

「比想像中更排斥呢。」

「那就這個吧。」

利瑟爾收起眼球，換伊雷文拋出了一顆魔石。

店老闆急忙接住魔石，木質手掌和魔石相碰發出喀啦喀啦聲。它就這麼當場翻來覆去地端詳起手中的魔石來，對伊雷文投以狐疑的目光。

「它超懷疑我欸。」

「看人很準。」劫爾說。

「下一個換大哥給他啦。」

應該不至於對每個人的態度還不一樣吧，利瑟爾面露苦笑。

老闆檢查了一會兒，滿意地點點頭，指向其中一個托盤。那個標示著【×1】的托盤上，堆著平凡無奇的蘋果。

伊雷文拿起放在最上面的一顆，直接咬了一口。

「怎麼樣呢？」

「就普通的蘋果。」

絲毫不介意劫爾「你還真吃啊」的無奈視線，伊雷文就這麼把蘋果整顆吃光了。

很普通的蘋果，不算特別香甜，也不特別難吃。這麼一來，至少確定了攤位上的商品和外觀一致，雖然無從得知這會不會是什麼線索，或者只是能在迷宮內張羅食材的罕見機制。

「賣的東西不只有食物呢。」

「那邊還賣魔物素材欸。」

「只是座能購物的迷宮吧。」

「那也很有意思。」

稍微遠離水池，地上叢生的綠草也變稀疏了。

利瑟爾漫不經心地看著腳邊稀稀落落的綠意思索。迷宮真的有可能不提供任何線索，讓人盲目地來回奔波嗎？他絕不會說不可能，反正這麼做總有一天也能抵達頭目的所在地，攻略上沒有任何問題，只是總覺得少了點迷宮一貫的講究。

「那個人偶不知道能不能砍爆欸。」

「住手吧。」

聽見劫爾他們駭人的話題，本來正打著呵欠的店老闆肩膀發抖。

利瑟爾眨了眨眼睛。人偶是這裡的居民，同時也是商人，不可能不知道這片沙漠的路該怎麼走。既然可以溝通，那說不定……利瑟爾在攤位前蹲下。

他凝視著那張沒有五官的臉孔，輕輕開口：

「能問你問題嗎？」

老闆倏地停下動作，它喀啦喀啦地搔了搔後頸，抬起手來。

看見老闆伸出一隻木紋鮮明的食指，利瑟爾理解地點點頭，這是「只能問一個問題」的意思吧。他瞥了【×1】的標價牌一眼，說出首先必須確認的問題。

「你們會說謊嗎？」

老闆點頭。

「不對啊，說什麼謊啦。」

「先確認過這點很符合你的作風。」

「畢竟面對它們，我可沒有識破謊言的自信呀。」

說到底，誰會認真跟人偶攀談啊，劫爾他們心想。

所有人都以為它們只是負責賣東西的人偶，而且魔物素材是珍貴的收入來源，沒有冒險者會拿它們去交換區區的水果。利瑟爾他們並不知道，要是不買東西，無論詢問什麼老闆都只會搖頭，乍看好像能夠對話，實際上對話又並不成立。

但假如利瑟爾一開始選擇對話，人偶對他搖頭，他的下一個反應仍然會是：「那我跟你買這個，請回答我的問題。」最後還是會取得問問題的權利。這跟他們運氣好壞無關，單純只是想盡情遊覽這座迷宮的欲望更強烈而已。

「我們還有三顆魔石嗎？」

「啊？」

「我想買東西。」

「有喔有喔，這邊兩顆。」

「喏，一顆。」

「謝謝你們。」

他們三人各自打倒魔物、各自撿拾素材，因此無法肯定每個人身上有哪些材料。魔石足夠真是太好了，利瑟爾接過魔石，把它們交給老闆。

人偶伸出堅硬的大手，在利瑟爾的手底下併攏手掌作承接狀。利瑟爾溫柔地把魔石落在那雙手上，老闆的肩膀便喜形於色地大大起伏了幾次，捧著魔石的手掌豎起一隻指頭，指向【×3】的托盤。

「伊雷文，請用。」

「我就不客氣啦——大哥，幫我挖開這個，用手指。」

那個托盤裡裝的是椰子。伊雷文拾起一顆，帶著賊笑把它硬塞給劫爾，又被後者推回來。

利瑟爾繼續蹲在攤位前，打量著老闆的反應。他微微一笑，偏了偏頭。

「能問你問題嗎？」

聽見這個問題，人偶豎起兩隻指頭。所有攤位的托盤數量都是三個。

換言之，一個攤位最多能問三次問題，而且僅限於比手畫腳能夠回答的問題。

「你上一題的答案是謊話嗎？」

對方點頭。

「你們在三次回答當中，會說兩次謊嗎？」

對方搖頭。

哦，利瑟爾眨眨眼睛。這裡有好幾個攤位，原本打算多找幾間店鋪篩選出詳細條件，沒想到這麼快就得到了想要的答案。

迷宮裡不存在不可能攻克的機關，既然準備了次數有限的對話，那麼答案不太可能全都是謊話，人偶多半也不會作出自相矛盾或有破綻的回答。他還會到其他攤位驗證，不過說謊次數應該可以確定了。

「它們會說一次謊？那最少要問兩次問題囉？」

「素材夠嗎？」劫爾問。

「這就是重點了。」利瑟爾說。

伊雷文最後還是拿自己的小刀挖了洞，喝光椰子水，把空椰子殼隨手丟到一邊。他往殘留甜味的嘴唇上舔了舔，開始從腰包裡一個個拿出素材，一一排在沙地上。利瑟爾和劫爾也跟著照做，邊討論接下來的行動方針，邊確認素材庫存。

「要問它們什麼問題啊？哪一座才是正確的綠洲——」

「然後問剛才的答案是不是謊話。」

「這時它要是搖頭，答案就確定了呢。」

就算人偶在第二題點頭，在第三題也必定能問到正確答案。

這座綠洲有近十個攤位，即使算上釐清條件花費的提問機會也相當充裕。

「只要注意到可以問它們問題就沒啥困難嘛，太簡單了吧？」

「這個嘛，說不定是越往深處越難哦。」

「這樣你反而高興吧。」劫爾說。

「跟一味爬樓梯比起來，當然囉。」

三人來回看了看排在沙地上的素材。

他們只拿出在這座迷宮裡取得的東西，沒想到出乎意料地少。看來得有意識地狩獵魔物才行了，三人這麼聊著，挑選能湊齊三個的素材，開始尋找能交易的攤位。

在那之後，他們也順利在沙漠中前進，來到了不知第幾座的綠洲。

換算成一般的迷宮，他們已經來到了堪稱深層的地帶。陷阱更加險惡，殘暴的魔物橫行，即便是身經百戰的冒險者也不能掉以輕心，迷宮深層就是這樣的地方。

在這種地方，劫爾上半身打著赤膊，腰部以下泡在水裡。在毒辣的日光底下，他坐在綠洲的冷水中懶洋洋地乘涼。劍放在伸手可及的距離，但他甚至懶得多看它一眼，那身脫下的黑衣扔在附近的椰子樹下。

「嗯……綠洲有八座……」

「哇塞這啥啊，超有光澤欸！」

聽見說話聲，劫爾僅僅轉動視線看向那裡。

他剛才已經往頭上淋過水了，感覺到水滴沿著下顎流過，他輕輕甩頭，視線另一端是利瑟爾在沙地上悠然步行、瀏覽眼前十幾個攤位確認商品的身影。順便把目光往旁邊挪一點，能看見伊雷文蹲在攤販前面，不曉得在看什麼。那個攤位的老闆坐姿很有女人味，多樣性還真是越來越豐富了，劫爾事不關己地想道。

也難怪他這麼想，畢竟最初那座綠洲的問題，回頭看來簡直就像兒戲一樣。每換一座綠洲，人偶的說謊次數都會變動，還有男性人偶幾次、女性人偶幾次的區別，有時問出答案的先決條件甚至不是說謊與否。握有正確答案的只有其中一個人偶，該向哪一個人偶提問才能找出關鍵人偶？提問所需的商品該從哪一個攤位換取，屆時又該問什麼問題？必須在毫無頭緒的情況下，善用有限的素材找出這些答案。

即便如此，還是比起盲目亂走好太多了，畢竟現在放眼望去，周遭就能看見九座綠洲，撇除掉他們走來的那一座也還有八個選項。若沒有利瑟爾在，就得一一巡過那八座綠洲，而且一旦走到錯誤的綠洲，還可能從那裡發散出更多選項。地毯式試錯不是不行，但光想就令人厭煩。

劫爾呼出一口氣，試圖吐出肺裡鬱積的熱氣，隨手攪了攪接觸到肌膚而變溫的池水，看見沙粒在水中飛舞又停下手，要是沙子跑到底褲裡就太慘了。

「隊長——我想買這個——！蠍子尾刺三個——！」

「那我們就在那個攤位問三個問題，再到那一攤拿皮革交換蛋問兩個，再拿蛋到那一攤交換……」

伊雷文朝著水池另一頭，位在對角線的利瑟爾高聲喊道。

他手指著光澤非常豔麗、類似蛇皮的魔物素材，它反射著太陽光閃閃發亮，是存在感十分強烈的素材。真愛高調，劫爾在內心喃喃說著，捧起沙子沉澱後的池水洗臉。

素材還是一樣由他們各自保管，但取得時會跟利瑟爾說一聲，好讓他統計數量。現在利瑟爾應該正比對著那些五花八門的素材種類和數量試算吧。

「真熱……」

劫爾站起身，往水池外走。

踩在水底不穩定的沙子上，他仍然踏著穩健的步伐踢著水前進，直接從椰子樹下的外套旁走過，在乾燥的沙地上留下潮濕的鞋印，走向其中一個攤位。看了看攤位上瓶裝的冰水，他從濕淋淋的腰包裡取出兩根獠牙。

店老闆拍了拍自己的胸脯，像在說「你身材不錯嘛」，木質手掌拍在金屬齒輪轉動的胸膛上，發出硬物相碰的聲音。劫爾隨口回了句「謝了」，把獠牙交給人偶，拾起結著水珠的瓶子，冰涼的溫度透過手套傳來。

然後再度走進水澤中，在比剛才更淺的位置坐下，拔開軟木瓶栓仰頭灌水。

「啊，隊長你看，大哥不曉得在喝什麼東西！」

「啊，那一攤我原本想問三題的。那麼篩選說謊人偶的問題就在那攤問吧，剩下的改到……」

「欸——我也想喝冰的！」

伊雷文涉水走了過來。

或許是沙子跑進涼鞋和裸足之間讓他不舒服，他邊出聲抱怨邊踢著水。劫爾避開噴來的水花，手往水面上打橫一揮，潑了他水要他別過來，免得把沙子攪得亂飛。伊雷文馬上哇哇叫著要他把水交出來表示歉意，於是劫爾把喝到一半的瓶子塞上軟木塞扔了過去。

「記得也拿給那傢伙。」

「嗯。」

往那邊一看，利瑟爾正好瀏覽完所有攤位。

那人低下紫水晶般的眼眸思索，無意間注意到劫爾的視線，朝他揮了揮手。劫爾坐在水裡微微抬手回應，利瑟爾眼尾便染上柔和的笑意，往椰子樹細細的樹影裡走去，就這麼坐下來，望著沙漠的盡頭，仰頭看了幾秒鐘的天空。

在這短短幾秒鐘之內，他就計算完成了吧。看見利瑟爾招手，劫爾從水中站起身來，撿起外套。在淺水池中每走一步，與藍天同色的水面便隨之晃蕩，劫爾對此毫無任何感慨，自顧自地踏著慵懶的腳步走向利瑟爾。

「所以？」

「來，水給你！」

「謝謝。還有，寄生仙人掌的果實還缺一個。」

「嗄……」

走最短路徑從一座綠洲抵達下一座綠洲，遭遇魔物的頻率也不高。

雖然無法收集到足以在所有攤位買下所有商品的素材量，但這是三人討論過後決定的攻略方針，因此他們都知道可能發生這種情況，但劫爾還是邊把手臂穿進外套袖口邊皺起臉來。即使事先知道會發生，麻煩事還是一樣麻煩。

利瑟爾正使用風魔法替他吹乾濕透的裝備，見狀露出微笑：

「要是你們沒買東西的話，素材本來是足夠的。」

「喂，走了。」

「隊長我們出發啦──」

兩人乖乖往沙漠走去，利瑟爾目送他們走遠，把冰涼的瓶子靠在臉頰邊站起身來。

雖然嘴上一直嫌熱，那兩人一定馬上就會回來了，還是在那之前先完成現階段的交換和提問吧。

冰塊撞擊瓶身，在耳邊發出喀啦喀啦的清涼聲響，利瑟爾欣賞著這聲音，在第一個攤位前跪下。

「他們很自由吧？」

眼前的人偶比周遭其他人偶更小，乖巧地坐著，身上穿著布洋裝，應該是小女孩吧。看見利瑟爾有趣地笑了，她偏了偏頭。

後來，利瑟爾的雙腿因為在不習慣的沙地上走太久而再也走不動，伊雷文面對一成不變的景色和熱氣連聲抱怨「看膩了我累了熱死人」，劫爾的心情惡劣度和面貌兇惡度都上升到不能開玩笑的等級，因此三人還沒抵達頭目處就中斷了攻略。

不過從進度來看，他們已經接近頭目了。對一般冒險者而言，這速度異常地快，但對於利瑟爾他們來說只是普通的迷宮攻略，因此他們毫不留戀地選擇撤退。

「好冷……」

「很冷呢。」

「啊……」

當然，離開迷宮、爬上棧橋的三人渾身都濕透了。

利瑟爾使用風魔法簡單替大家吹乾，但在太陽已經開始西下的時段實在是杯水車薪。剛開始還覺得舒服，畢竟不久前還熱得受不了，但在全身濕透的狀態下立刻就感到冷了，只有劫爾一個人發出解脫的嘆息，彷彿覺得涼一點很好。

三人從吱嘎作響的棧橋來到石板地上，各自擦著濡濕的頭髮，正準備走向旅店。

這時，他們忽然看見熟悉的身影站在不遠處，於是停下腳步。他們越來越熟識的那位公會職員站在棧橋頭，臉上掛著紋絲不動的笑容。

「辛苦了～」

「唔哇……」

發生什麼事了嗎？利瑟爾他們正準備直接從旁通過，職員卻把他們叫住，脖子猛地轉往他們的方向，嘴角抽搐的伊雷文忍不住發出聲音。

「各位果然沒有接委託，直接潛入迷宮了呢～」

「那又怎樣……」

「在撒路思是禁止的嗎？」利瑟爾問。

「並不是，完全沒有任何問題，如果引起各位不愉快的話實在不好意思～」

她邊說邊朝站在旁邊待命的一名男子點點頭，那是個士兵打扮的男人。

三人沒做什麼虧心事，也不特別介意，只是看著那人、好奇他是誰。在他們視線另一頭，男人來回看著利瑟爾和劫爾，欲言又止地指著他們好幾次，但職員還是搖頭。最後，他目不轉睛地盯著利瑟爾看，露出一副好像理解真相、又無法接受事實的神情。在職員催促之下，他還是五味雜陳地離開了，邊走還邊頻頻回頭。

「他誰啊？」

「撒路思有軍隊嗎？」利瑟爾問。

「有自警團。」

到底怎麼回事？利瑟爾他們目送對方離開，這時候公會職員很困擾似地深深朝他們一鞠躬。

「感謝各位撥空幫忙～」

「發生什麼事了嗎？」

「這該說是有事還是沒事呢～」

她猶豫了一下該不該說，最後還是帶著一貫的笑容娓娓道來：

「今天有個消息傳遍了大街小巷，說有貴族被黑色魔物拖進了湖裡～」

這傳聞也太誇張了，伊雷文噴笑出聲。

職員簡單告訴他們來龍去脈。當時聽說了這個傳聞，迷宮所在的南區主政者立刻打算採取行動，畢竟要是傳聞屬實就大事不妙了。但在那之前，八卦嗅覺敏感的冒險者公會姊妹們猜到「該不會是這麼回事吧」，急忙趕往現場，在確認過實情之後跟上級報告了利瑟爾他們的情況，說他們是冒險者，只是容易引人誤會。

最後事情沒有鬧大就落幕了，順帶一提，聽取報告的南區主政者的感想是「笑死我了」。看來沒發怒，利瑟爾他們聽了也放下心來。

「給妳們添麻煩了。」

「哪裡的話，公會就是為了這種時候存在的呀～」

聽見利瑟爾垂著眉這麼說，職員帶著毫無陰霾的笑容搖頭。

即使追溯公會過去的歷史，這也是毫無前例的稀奇事，但如果以非常廣義的定義來說，這或許也勉強算是一種冒險者災情吧——她這麼告訴他們，然後便颯爽離去了。那道纖細的背影彷彿說著「我只是盡到自己的職責而已」，看起來無比可靠。

「改天得再去致謝才行。」

「我們根本沒做錯什麼吧。」伊雷文說。

「誰是魔物啊……」

「我也被說成貴族了哦。」

「隊長你喔……」

三人過去也曾被說成「流浪王子和另有隱情的騎士」、「賭場老大和保鑣」、「綁架犯和肉票」，早就見怪不怪。要是刻意裝模作樣、想引人誤會的話那另當別論，但既然這並非他們的本意，那也不用特別介意。

利瑟爾他們作出這個結論，什麼事也沒發生似地回旅店去了。

167

在所有人都吃過午餐，於舒適的暖陽下犯起睏來的時候。

利瑟爾走在水道沿岸，拐進突出好幾面小招牌的巷弄裡。吹過巷子的風參雜著頭頂上晾曬衣物的淡淡香味，那味道搔過鼻尖，使他忍不住打了個小噴嚏。像今天這樣的好天氣，衣服應該乾得很快——他放下掩嘴的手，仰望被兩旁建築物裁剪下來的那塊青空這麼想。

就這麼走了一會兒，一間小巧整潔的老店映入眼簾。看見店門口堆得好像隨時都會坍塌的書籍，利瑟爾笑了出來，跨過它們進入店內。要是稀有的書籍放在地上他會有點捨不得，但書架放不下的話也沒辦法，利瑟爾自己也不擅長整理東西。

「打擾了。」

「嗯。」

一聲像在清喉嚨一樣冷淡的回答。

店內深處，有個彷彿埋在書山裡的人，那是個眼神兇惡的老人，坐在躺椅上讀著書。

經營書店大多都是老闆興趣的延伸，沒什麼要積極賣書的意思，因此這態度也沒什麼好介意，上次和西翠一起過來時也差不多是這樣。

他朝那裡走近，老闆抬起皺紋深重的眼皮打量利瑟爾。

「我想找一些關於實戰魔法理論的書。」
「？……不是實用魔法理論？」
利瑟爾聽了不禁失笑，老闆訝異地皺起眉頭。
利瑟爾本來想彰顯自己是冒險者才這麼說，沒想到老闆以為他說錯，還替他訂正了。
「沒什麼，」利瑟爾搖搖頭，柔聲催促：「實用的也可以。」聽他這麼說，老闆鋒利的眼神掃視店內一圈。
上一次造訪這家店，他和西翠之間重複了好幾次「還沒好？」「再一下下。」的對話，再加上客氣地買了一點書（利瑟爾標準），這位孤僻的老人也記住了利瑟爾。或許判斷他對書本有足夠瞭解，老闆拋來了對同道中人的簡潔指引：
「魔力構築相關的書，那邊牆上有幾本。」
「謝謝。」
利瑟爾走向他指示的書架。
他小心注意不踢到堆在腳邊的書，來到那個架子前面。書本的排列方式稱不上美觀，書櫃的所有縫隙都塞滿了書，不過所有書籍的標題都裸露在外，是方便書本持有人取用的擺法。看著橫向擺放的書背，利瑟爾也跟著把頭往一邊偏，一面微笑著想：要是擅自替他整理，老闆應該會生氣吧。
他把手伸向其中一本書，雖然因為書櫃塞得太緊密而有點阻力，他還是小心地把書抽了出來。

「（《生物體魔力屬性差異的相關考究》……不太對呢。）」

內容是探討為什麼每個人擅長的魔法各不相同，類似的研究主題很多，在利瑟爾原本的世界也出現了幾種說法，不過還沒有一個決定性的學說。世界仍然充滿謎團。

他快速瀏覽了一下內文，有點好奇，還是保留起來吧。利瑟爾一手抱著那本書，很自然地開始物色下一本。希望能找到魔力構築基礎、泛用構築式這種「撒路思常用手法」的介紹。當然，這都是為了攻略迷宮。

看看冒險者當中的魔法師就知道，魔法使用方式存在相當大的個人差異，各國似乎也有些不同特色。掌握這部分的差別，對於處理迷宮陷阱與機關也會有所幫助，畢竟撒路思的迷宮說不定會刻意突顯撒路思特色。

「……？」

他就這麼翻看幾本書。

這時，他忽然從落在紙面的視野一隅看見某人的鞋尖，那人面向書櫃站立，不時聽見翻頁的聲音，應該是和他一樣在試閱的人吧。利瑟爾不打算特別看向那個人確認，不過確實疑惑對方是什麼時候站到他旁邊來的。

在書本面前這個疑問也無足輕重，利瑟爾對對方失去興趣，正準備繼續追逐文字的時候……

「嗨，你好。」

或許是察覺利瑟爾注意到他，身邊的人向他搭話。

那是道和緩低沉的聲音。利瑟爾並未對同好冷漠以對，而是露出微笑從紙面上抬起臉。轉頭往旁邊一看，對方正以悠哉的動作把書本放回架上。

「你好。」

也許是身在書店的關係，雙方都稍微壓低了音量。

與利瑟爾四目相對的人帶著穩重的笑容，眼尾的皺摺笑得更深了。那是位五官柔和的紳士，梳理整齊的銀灰髮與他十分相稱；穿著一件做工精緻的大衣外套，大衣上只有一顆鈕釦是鮮豔的紅色，特別引人注目。

紳士將擦得晶亮的鞋尖轉向利瑟爾，掛在他手腕上的手杖紋絲不動。這是表示想與他交談吧，利瑟爾也闔上手中的書本作為回應。

「是生面孔呢，能找到這家店不簡單哦。」

「朋友介紹我來的。」

「啊，原來是這樣。」

語氣柔和，像老爺爺對小孩說話一樣慈祥，卻清楚表達出對對方的尊重。從他整個人的氛圍感覺得到歲月為他帶來的涵養，完全不惹人生厭，與他說話甚至還讓人心情平靜。利瑟爾轉向紳士，不由自主地感到敬佩。

紳士瞥了利瑟爾懷裡的書本一眼，高興地笑了開來。他挺起略微放鬆的背脊，俏皮地眨起一隻眼睛，薄唇輕啟：

「慶祝遇見一位新的同好朋友，和我喝杯茶怎麼樣呀？」

「當然好。」

紳士的意思是想跟他盡情暢談一番吧。

看見對方邀請似地伸出手，利瑟爾也瞇起雙眼笑著點點頭。

同天深夜，撒路思縱橫交錯的水道某處。

在一條僅有細水流過的水道上，有座久經風吹日曬的橋。

一扇藏在橋頭陰影下的門扉，漏出一道細線般的光。

那是一間賭場的門。撒路思並不禁止賭博，但聚集在這裡的都是進不了檯面上賭場的人物：有人是被禁止入場的詐賭慣犯，有人則動用過暴力而遭到排擠。即便如此，仍然想賭的人紛紛聚集在這座地獄般的地方，因此這間賭場才藏得如此隱密。

「那個人呢？」

「和一刀一起待在旅店。」

在這樣的場所看著別人賭博，伊雷文反覆問著無足輕重的話。

他坐在椅子上，但不打算碰紙牌，只是把腳跟隨便蹺在膝蓋上，晃著腳尖，百無聊賴地撐著手肘。在幽暗的室內，同張桌子附近還有四個人，都是熟面孔，卻都沒坐在椅子上。

其中一個人一手撐在桌面上倚著桌子，是被長劉海遮住雙眼的男人。

「畢竟對方去跟他接觸了嘛。」

男人這麼說著，慵懶地撥亂自己後腦勺的頭髮。

隔著一小段距離，站著另一個不知所措的男人。他的視線像害怕什麼似地左右徬徨，坐立難安地握緊了自己綁在側邊的馬尾，力道大得彷彿要把它扯斷；另一隻手抓緊浮木似地握著藏在衣服裡的東西，是一把尺寸偏大的短刀。

「為、為什麼，太、太、太過分了，我明明沒、沒犯任何失誤……」

他沒對上任何人的視線，只是喘著氣不斷道歉，拱起緊繃的肩膀，像在保護自己把身體縮得小小的。沒有人看他一眼，也沒有人聽他嗚咽。

「說是這麼說，但我們也斷了他一隻手腳嘛。戰爭什麼的我太——歡迎啦！」

沒規沒矩地坐在桌子上的男人說著，哈哈大笑。

剪齊的劉海底下露出瘋狂的滿面笑容，他像以全身表現喜悅似地晃動身體大笑，桌腳好像快被搖壞一樣吱嘎作響。靠在桌邊的長劉海男人煩躁地移開手，往桌腳踹了一腳。空間中只剩下笑聲。

「……、…………」

看著這一幕，站在牆邊的男人無言地撫摸腹部。

一頭超短髮清楚暴露出他的五官，臉的下半部被野獸用的封口嘴套遮蓋住，雙眼透露出難以忍受的飢餓。但不知為何，他對賭場附設的吧檯完全不感興趣，只是等待什麼似地佇立在原地。

異樣的組合、異常的人物，但賭場內的所有人都沒有看向他們，因為大家都隱約察覺這些人太過反常，不和他們扯上關係才是保身之道。

「？」
戴嘴套的男人忽然豎起四隻指頭晃了晃。
所有同伴對此都漠不關心，只有大笑男心情很好似地回答：
「剩下四個人接到首領的命令去跑腿啦，好羨慕哇！」
「……？……？」
「正在到處破壞『蜘蛛』的末．端．網．路！」
又一陣哈哈大笑，戴嘴套的男人理解地點頭。
蜘蛛——僅有極少數人聽得懂這暗語，是總稱在撒路思暗中活躍的情報販子。沒有人知道這名字是誰取的，只是隱約察覺他們存在的人都這麼稱呼。之所以是總稱，是因為包含末端在內的所屬成員數量太過龐大，沒有人能夠全數掌握，當中也有人在不自覺的情況下被當作情報來源。
然而對伊雷文他們而言，並不是完全不在掌控之中。此刻不在場的精銳盜賊們正在對那些情報販子下手，從巢穴末端開始往上層追溯，一個接一個。
「……大哥喔。」
伊雷文沒幹勁地喃喃說出那個被「蜘蛛」盯上的男人外號。
沒錯，現在他們不過是在打發時間，等候巢穴被搗亂的蜘蛛老大主動到這裡來。在精銳盜賊的毒牙觸及親信之前，蜘蛛首領肯定會採取行動吧。伊雷文不打算主動過去，若不是對方對利瑟爾出手，他連邀請他過來的興致都沒有。

「大叔你要是出了那張卡會死吧——?!」
「可惡你這……!」
笑個不停的男人朝著近處的賭桌大聲叫囂。
聽見對方粗聲咒罵，男人捧腹大笑。劉海遮住雙眼的男人瞥了他一眼，開口說：
「這次應該能讓一刀欠不少人情債吧。」
「要是他沒扯一堆歪理砍價的話。」
伊雷文把整個身體靠上椅背這麼回道。
彷彿可以想像劫爾一臉不高興地說「又沒叫你做到那個地步」的模樣，不過徹底賣他一次人情，欣賞他那副嫌棄的嘴臉也別有樂趣。劫爾身上明明沒什麼他想要做人情來交換的東西，伊雷文卻這麼想，是個不折不扣的愉快犯。
就在這時……
「喔，不愧是蜘蛛，來得好快！」
「我、我什麼也沒做，跟我沒關係，不會有人生、生、生我的氣……」
「……、……」
椅子前腳正好翹在半空，伊雷文順勢把雙腿往桌上一蹺。像接到暗號似地，精銳盜賊們悄無聲息地站到率領他們的人物背後，沒發出任何腳步聲。
對於伊雷文，精銳盜賊們沒有好感也從不嫌惡，沒有執著也不抱忠誠。
之所以在他手下聽憑使喚，是因為這麼一來他們能夠最自由地活著。他們的興趣嗜好會威脅到他人性命安全，然而對這些精銳盜賊來說，嗜好與他們的生命同義，他們無法理解自己為什麼不被周遭的人們接受。不只是無法理解，他們甚至沒有自覺。

所以，待在伊雷文手下特別輕鬆。只要按照他的指示行動，就不會有打著「正義」大旗的煩人勢力來礙事，又能盡情滿足自己的嗜好，一石二鳥。換言之，他們以這種方式聰明地活著。

這樣的他們之所以退到伊雷文身後，或許是出於生物本能的群體意識吧。看見這一幕的所有人驚訝於這個變化的同時，賭場的門毫無預兆地打開。

「不好意思，讓各位久候了嗎？」

現身的是一位穿著精工大衣的老紳士。

臉上帶著穩重的笑容，聲音深沉和緩，梳理整齊的銀灰色頭髮絲毫不惹人嫌惡，就連晶亮皮鞋踩在地板上的聲音都悅耳。大衣上搭配的鈕釦當中，只有一顆是與眾不同的鮮紅色。

他手中的手杖握柄上，罕見地刻著一隻蜘蛛。

「好久不見了，你上一次在撒路思露面是什麼時候呀？」

老紳士往前走，親暱地對伊雷文這麼說。

他也同樣帶著四名隨從，多半是保鑣，不曉得是巧合，抑或是特地配合他們的人數。

「最近看你好像安分不少，一定是遇見了很好的人吧。」

看見老紳士，原本還在聚賭的眾人皺起臉來，紛紛離開賭場。

像是他們的興致被這件事澆熄，又像是避之唯恐不及，免得被捲入麻煩之中。就連做過虧心事的人都和他們保持距離，不願扯上關係。

「聽說你們在王都被一網打盡的時候，我真是嚇了一大跳。究竟發生了什麼事呀？」

除了他們雙方，賭場中再也沒有別人。

在伊雷文蹺著腳的桌子前，老紳士停下腳步與他正面相對，但伊雷文卻玩弄著自己的指甲，看也不看他一眼。因為對方的疑問不具意義，連開場白都不算，只是沒有價值的雜音，他沒必要聽。

身為情報販子的首領，通常他在提問的同時就能獲得解答，這樣的人居然問他話，還真愛說笑。

「對了，你差不多也該請那些把我的巢穴搗得一團亂的人停手了吧？」

「這就要看你的表現了。」

「哦……那我們得快點進入正題才行。」

伊雷文說話時連視線也沒轉向他，老紳士聽了卻爽朗地笑了出來。

他把脫下的外套交給其中一名保鑣，在另一名保鑣拉開的椅子上坐下。嘴上雖然那麼說，但他的動作毫不急躁，充滿了紳士的優雅體面。

「你要談的是一刀的事吧？」

「委託人。」

「不好意思，這就無可奉告了，畢竟是牽扯到我們信用的問題。」

這時候，伊雷文縱向裂開的瞳孔第一次轉向老紳士。

在他背後，愛笑的男人以為該他們上場了，正要掏出武器，就被長劉海的男人踹了膝窩一腳加以阻止。看到自己的膝蓋毫無阻力地彎下，他似乎覺得特別好笑，一陣大笑聲響遍整間賭場。

伊雷文和老紳士聽而不聞，自顧自地繼續談話。

「信用喔。」

「是啊，很重要吧。」

伊雷文彷彿聽到一個無聊透頂的玩笑，老紳士卻好言相勸似地瞇起眼對他笑。

那是完全沒有其他企圖的誠實笑容，任誰看了都會留下好印象，但伊雷文卻毫無好感，擺出一副小孩不打算聽大人訓話的表情，把視線撇向一邊。視線另一端，魔力即將耗盡的燈一明一滅。

「我只不過是個經營商會的平凡商人。不過貿易和情報的關係密不可分，既然情報好不容易到手了，就乾脆把它當作商品試試。」

「意思是說，檯面上那些傢伙也是你的客人？」

「我們這麼優良的商會，哪裡還分什麼檯面上、檯面下呢。」

對方這麼說著，把眼尾的皺紋笑得更深了些，伊雷文也微微抬起下顎，瞇起雙眼。

這麼明顯的套話果然還是被閃躲過去了，但他早就料到了，因此也不覺得如何。但對方並未否認他曾經販賣劫爾的情報，而且還主動提起，看來不打算與他們敵對。雖然噁心得令人想吐，但保密義務確實也不算是胡亂搪塞的推託之詞。

因此他所說的信用問題多半也不是謊話，但是……

「……」

伊雷文翹起椅子前腳，晃著椅子把身體往後仰，看向天花板。

就這麼深深呼出一口氣。他從來不曾自視甚高地認為自己是世上最優秀的人物，那種只等著被別人扯後腿的世界還是免了，光想就令人不愉快到差點咬到舌頭。因此對於承認對方某些部分比自己更優秀，他並不感到抗拒。

眼前這位老紳士，在蒐集情報方面確實比伊雷文和精銳盜賊們更加優異。

人海戰術是蒐集情報最有效的策略，這連小孩都知道。他的商會以貿易為主力拓展勢力範圍，直接利用這些人脈建立起致密又無遠弗屆的情報網絡，情報網廣大到就連伊雷文和精銳盜賊都曾經當過他們的客戶。

但是當過客戶這點，「蜘蛛」也是一樣的。情報販子各自擁有遍布各處的情報網，不與他人競爭，反而會與同業彼此利用，取得自己手上缺乏的情報，因此除非發生搶奪情報來源的情況，否則都相當和平。同業之間彼此都有利用價值，傷害到對方反而吃虧，所以存在著彼此互不干涉，卻保持合作關係的潛規則。

「委託內容？」

「客戶只說想取得一刀的情報，恕我無法透露更多了。」

「信用問題？」

「你願意體諒一下嗎？」

老紳士的嗓音，彷彿像疼愛孩子一樣和藹。

一個節拍之後，伊雷文翹在半空的椅子前腳狠狠往地面一砸，裝腔作勢地聳了聳肩膀，抬起一隻手指向背後。那隻豎起的食指指著戴嘴套的男人，勾了勾指尖示意他過來，緊接著指向一個站在他正前方的男人。

「搞什麼……？」

被指到的男人露出警戒之色，那是站在老紳士身後待命的其中一名保鑣。

伊雷文帶著百無聊賴的眼神，看也不看他一眼便放下手，把手臂往扶手上一擱。從他手肘旁邊，一名精銳盜賊邊把嘴套拉下脖子邊走上前去，站到伊雷文指示的保鑣面前。

「……怎樣？」

「……、……」

賭場中彌漫著一觸即發的氛圍。

擔任保鑣的男人對打鬥也頗有信心，要是黑道流氓那種程度的對手，他不會打輸。所以在異樣的嘴套男抓住他領口的時候，他立刻反應過來，打算折斷對方的手臂。但下一秒，他聽見從嘴套底下獲得解放的嘴唇喃喃說了句話。

「I'll be your grave.（肚子餓了。）」

之所以一時無法反應，一定是因為那句話與挑釁和戰鬥都沒有關聯。

男人嘴巴大張，暴露出狀似雜食性動物的牙齒，往保鑣的喉頭咬去。

呆愣原地的保鑣哀聲慘叫，那聲音逐漸扭曲，血液從被撕裂的喉嚨溢出，替他代辯似地起著泡沫。掠食者見狀，沾著紅色血污的嘴唇像看見大餐的孩子一樣，歪曲成歡喜的笑容。

在此之後，他忘記了狀況，陶醉在進食之中。

「哎呀。」

咬破肌膚的聲音、經過鍛鍊的筋肉被撕裂的聲音、吸食溢出的血液的聲音。咀嚼的聲音、吞嚥的聲音、撕破衣服的聲音、掰開肋骨的聲音。嫌煩似地躲開保鑣不規則亂揮的手腳，男人滴著鮮血的嘴唇發出恍惚的嘆息，繼續大快朵頤。

充滿鐵鏽味的空間當中，響起老紳士不合時宜的聲音，就像大人看見小孩子意想不到的惡作劇那樣，有點佩服、又有點困擾的聲音。

「第一個——」

伊雷文忽然動了起來。

他指著那個被吃得血肉模糊的保鑣說完，帶著絲毫不感興趣的神情，以冷漠到讓人懷疑他是在數路邊石頭般的語氣繼續數。

「二——」

下一個，他指向在血泊旁邊表情僵硬的保鑣。

「三——」

然後是站在老紳士另一側的保鑣。

「四。」

最後指向站在老紳士身邊，拿著大衣的保鑣。

意會到他的意思，保鑣們紛紛變了臉色。伊雷文的雙眼緩緩彎成笑弧，瞇細的雙眼中，那對縱向裂開的瞳孔被明滅的燈火照得一閃一閃。有人倒抽一口氣，有人鬧得發慌似地晃動身體。全場一片靜默，只剩下咬碎肉塊的聲音。

對話的主導權已經全數握在伊雷文手中，他嗤笑一聲，視線掃過那些保鑣。

「要是還想保命，就去求你們上司吧。」

聽見這句帶有煽動意味的嘲弄，擔任保鑣的男人們不約而同看向老紳士。

本來該保護他的保鑣、該衝向啃食同伴的敵人的這些人，聽從了敵方的話，開始跟雇主求饒。乖乖交出情報就放過你們——他們聽信這樣荒唐無稽的耳語，希望雇主快點吐出對方想要的情報。

自己身旁的同伴正在遭人啃食，這些男人完全被這異常的空間吞噬，失去正常思考的能力。

「他還是一樣飢不擇食呢。」

老紳士並未回應部下們無聲的請求，只是無奈地搖搖頭。

勝負已定，可以說這場會談圓滿落幕了。伊雷文撇嘴露出嘲諷的笑容，手肘往旁一撐，托著頰邊的鱗片，用假惺惺的口吻挑釁：

「再不快點，在心愛的部下眼裡你就要失去信用囉？」

「你依然這麼擅長踩人痛處呢。」

「要是你只在乎客人的信用，我也是沒差啦。」

「沒這回事。身為商人，與部下之間的信任關係也非常重要。」

聽見老紳士這麼說，保鑣們頓時鬆了一口氣，同時終於察覺自己的心臟正在狂跳。在耳朵深處跳動的脈搏引起頭痛與耳鳴，他們一放鬆下來，才有了察覺這些不適的餘裕。然而下一秒，趴在地上對著腸子狼吞虎嚥的精銳盜賊抬起臉，噴濺的血潮沾在他睫毛上形成小血珠，每一次眨眼都在臉頰上留下紅色的淚痣。

他們下意識微微往後退，鞋底摩擦過地板。沾滿血的那張臉正對著紅髮獸人剛才指定的「第二位」保鑣，特別激起他們內心的恐懼。

然而，卻有人事不關己地干預這悽慘的用餐情景。

「那是你吃剩的？那我要接～收囉！」

「…………！」

「啊？眼睛？你要吃？那很腥欸，又沒多少肉。」

是滿面笑容的那個男人。

他踏著輕快的腳步，在斷氣的保鑣頭部旁邊蹲下，嘴套掛在脖子上晃動的男人拚命比手畫腳表示這是他特地留下的部位。但大笑男絲毫不以為意，晃著剪齊的劉海隨手執起短刀，眨眼間往眼下那張空洞的嘴巴捅。

他就這麼哼著歌雕刻起笑臉，劉海遮住雙眼的男人倒胃口地撇了撇嘴。

「你居然吃過啊……」

「之前這傢伙給我的，真的有夠難吃。」

「我、啊、我沒有吃過，因為、怎麼會，好過分，怎麼可以因、因為這樣瞧不起我……」

「你想吃？哇哈哈，來，張開嘴巴，啊——！」

手指挖出來的眼球飛過半空。

半發狂的側馬尾男發出細小的悲鳴躲開，眼球啪嗒一聲掉在地板上。嘴套男抬手抹了抹嘴巴，惋惜地看著它。

「我們接到的委託，是調查一刀大侵襲以來的動向。」

眼前的情景太過悲慘，就連習慣暴力的保鑣們都臉色慘白，拚命別開視線，要是不這麼做似乎就會失去理智。

但在如此慘況之中，老紳士卻開口說話了，依然帶著慈愛的笑容，完全不把吵鬧的精銳盜賊們放在眼裡，彷彿這就和流過水道的水聲沒什麼差別。

「委託人？」

「如果是你，我想應該能猜到才對。」

面對伊雷文直截了當的問句，老紳士不願明言。

這段對話如此異樣，就連圍繞著屍體喧鬧的聲音似乎都顯得遙遠。

「委託人。」

「這無法從我口中說出來，你明白吧。」

「委託人。」

「請你接受吧。」

下一秒，桌子往旁倒下，發出駭人的聲響。

桌上的玻璃杯摔到地面，碎片四濺，毫無意義地擱在桌上的紙牌在半空翻飛。橫躺的桌子最後上下翻倒過來，鈍重的聲音在幽暗的賭場中迴盪。

在此期間，伊雷文緊盯著老紳士，像一頭即將撲向獵物的獸。

「我看你是癡呆了吧，老頭。」

他瞇細雙眼，明顯表露出不悅，低沉的嗓音冰寒徹骨。

老紳士雙手交疊在手杖上，文風不動，拇指緩緩撫過手杖上的蜘蛛雕飾，彷彿桌子被掀翻也不過是無足輕重的小事。他摻雜灰白色的眉毛忽然挑起一邊，臉上仍然掛著斯文而柔和的笑容，唯有雙瞳無機質般地盯著伊雷文。

「你……」

年老的臉龐頓時散發出霸氣。

「聽過連蛇都能捕食的蜘蛛嗎？」

「事到如今還真謝謝你的自我介紹哦。不需要啦，雜魚。」

雙方僅散發出一瞬間的殺氣。

老紳士放棄似地聳聳肩，從椅子上起身。保鑣們見狀紛紛在背後握緊拳頭，藏起顫抖的指尖。這場交涉一旦決裂，事情會變成什麼樣子？他們心臟狂跳，呼吸也變得淺薄，似乎在老紳士「哎呀哎呀」地搖頭敦促之下才回過神來。

面對開始準備撤退的對手，伊雷文已經無聊地癱坐在椅子上了。

「和你們發生武力衝突太不划算了。」

「那還真是謝了。」

「就讓我說個笑話，請你放過我吧。」

一名保鑣走向門邊，另一名展開手中的大衣，靠近老紳士的肩膀。冷風從敞開的門口灌進來，一點一滴吹散充滿賭場的血腥味。

「我今天發現一位很有意思的先生，所以邀請他共進下午茶，想看看有沒有什麼好情報。」

伊雷文毫無反應地看著老紳士。

老紳士微微收起下顎，把手臂穿進背後攤開的大衣。做工精緻的大衣能看出長年穿著的痕跡，版型卻一點也不塌垮，合身地裹住老紳士的身體。看見他直挺的背脊，任誰都會覺得這是個斯文高雅的人。

「我原本摩拳擦掌，認定這個人會帶來巨大的利益。你猜最後怎麼樣？」

「零。」

「沒錯。」

老紳士理了理大衣堅挺的領子，深感欽佩地點頭。

然後自豪地展開未持手杖的那隻手臂，彷彿這是最棒的笑話。

「那個人從頭到尾都在聊他當作障眼法的話題，真正重要的一句也沒聊到。」

「障眼法？」

「他反過來利用了我邀請他的藉口，整整一小時都在聊書。」

聽見老紳士聳聳肩這麼說，伊雷文宛如被戳中笑點似地爆笑起來。很不錯的笑話吧，看他後腳跟敲著地面大笑，老紳士也心滿意足，他就這麼轉過身，帶著保鑣們離開賭場。

「不愧是貴族小哥！」

「所以、他有點可、可怕……啊、對不、……！」

「到底是發現了對方的身分所以聊書，還是根本沒發現呢？」

賭場的門扇緩緩關上。

除了許久沒吃到大餐的男人還在大快朵頤，另外三名精銳盜賊都往伊雷文身邊走去。也不曉得對話是否成立，他們各自道出自己的感想，等待著時機到來。

伊雷文轉過身，散去殘留的笑意，掩在交疊雙手底下的嘴角，此時已經沒了笑容。

「給我追。」

聽見這句冷酷的許可，三人從賭場中消失無蹤。

沉靜的夜裡，不時傳來細微的水聲。

老紳士欣賞著穿透薄雲的月色，心平氣和地走在撒路思的夜路上。

「他露出了相當無趣的表情呢，先前見面的時候還更樂在其中一點。」

他笑著喃喃這麼說，聲音裡沒有不滿，只有寧靜的滿足感。

三名保鑣走在他身後，為了掩飾遲遲不散的惡寒而過度警戒著周遭。

「沒有什麼比看著年輕人成長更快樂了，他一定遇到了很好的人吧。」

叩、叩，手杖尖端敲擊石板地的聲音在夜色中迴盪。

兩名保鑣察覺到不對勁。

「我們本來就不打算打草驚蛇。似乎是我們這邊的人擅自追查過頭了，抱歉呀。」

他的背脊在冷風中依然直挺，自顧自地露出苦笑。

僅存的唯一一名保鑣，像攀住最後一根浮木似地將手伸向那件高雅的大衣。

「這國家實在有不少愛操心的政要高官，想必很擔心惹怒了最強冒險者，對這件事在意得不得了吧。」

這些話成了自言自語。

老紳士獨自在夜路上散步，好像打從一開始就只有他一個人一樣。

伊雷文走在夜路上，所有人都已經安靜睡下，只有巡邏員與他擦身而過。

他腦中想著利瑟爾，他那面對周邊地區勢力最強大的情報販子，卻盡情大聊讀書話題的隊長。順帶一提，叫精銳盜賊去襲擊老紳士的部下是為了殺雞儆猴和牽制對方，並非敵對行為，在雙方認知中這件事都已經「平安圓滿地落幕」了。

身為蜘蛛首領的老人，根本不可能會把重要到不可或缺的下屬帶來。在利瑟爾滯留撒路思的期間，萬一破壞了這裡的秩序、害他不好過日子就糟糕了，自己最好還是安分一點。

看來我也變乖了很多嘛，伊雷文自賣自誇地想著，爬上旅店外側的階梯。經營旅店的老夫婦都已經就寢，玄關只留下一盞燈照亮腳邊，但伊雷文連僅存的燈光都不需要，踏著輕快的腳步走入隨著光源遠離而逐漸幽暗的空間。

打開房門，低垂的紫色眼瞳便轉向伊雷文。

「喔，你還醒著。」

「歡迎回來，伊雷文。」

「我回來啦。」

兩人以耳語的音量交談。

劫爾睡在房間深處的床鋪上，面朝反方向。而利瑟爾坐在旅店的桌子前讀著書，把飄浮在半空的亮光控制在手邊的範圍，這其實是高等技術。

伊雷文解下腰際的雙劍，扔到自己床上。穿去賭場的那身衣服沾滿血腥味，被他扔了，利瑟爾應該不會發現他剛才去做了什麼吧，他伸手解開才剛換過的衣服。

「（不對，說不定早就露餡了。）」

他一邊脫下襯衫，一邊側眼偷瞄利瑟爾。

關於白天跟他聊書的那位老紳士，就算利瑟爾再怎麼神通廣大，應該也不至於察覺他檯面下的身分。畢竟他自己都說「我不會讀心術」了，雖然真實性相當可疑。

可是，三人當中在撒路思真正有過活動經驗的只有伊雷文一個人，假如利瑟爾在老紳士主動接觸的過程中察覺他另有目的，伊雷文說不定會被列入可能的原因當中。

然而即使原因就出在自己身上，伊雷文也不覺得抱歉。

因為他確信，即使沒發生劫爾被盯上那件事，甚至是沒遇見伊雷文（雖然他不太喜歡這個假設），利瑟爾也一定會被老紳士盯上。一眼就看得出他血統高貴，卻做著冒險者這種另有隱情的行業，這些特質會使人有種「他是座稀有情報寶庫」的錯覺。

就像上好的蝴蝶飛進蜘蛛網一樣。話雖如此，這同時也是隻可能將蜘蛛巢穴據為己有的蝶。老紳士多半也隱約察覺了這點，因此這次接觸可能打從一開始就不抱太大的企圖。這種時候，利瑟爾無論察覺到什麼蛛絲馬跡都會置之不理，因為他不打算刺探隊友的隱私，聊書聊得開心也就夠了。

「隊長。」

「嗯？」

伊雷文把脫下的襯衫隨手往雙劍上頭一扔，喊了利瑟爾一聲，那雙溫柔的眼眸便轉向這裡。

伊雷文並不打算把今天發生的事告訴利瑟爾，甚至覺得他不必知道。不是因為這是檯面下發生的事，只是因為這話題不怎麼有趣罷了。

他瞇細雙眼，親暱地回應那雙轉向這裡的眼瞳，披上充當睡衣的襯衫，邊把手臂穿過袖口邊走向坐在椅子上的利瑟爾。

「熬夜看書喔，好看嗎？」
「我正在預習迷宮。」
「什麼啊。」
伊雷文湊過去看，書本的內容他完全看不懂。
但兩人還是壓低了聲音相視而笑，利瑟爾溫柔撫過他臉頰上的鱗片，像一種習慣。

閒談：平常的艾恩隊伍是這樣的

地點是王都南區偏東側一帶的某間旅店。

距離冒險者公會比較近的旅店，幾乎都以冒險者作為主要客群。這間旅店也不例外，又或者是刻意瞄準了這個客層，目前所有的房客都是冒險者。原本閑靜的清晨，也因為他們準備前往公會而變得非常熱鬧。

反覆叫醒賴床隊友的怒吼聲、心急之下撞到別人肩膀而爆發口角的爭執聲，還有冒險者在餐廳催促早餐的大嗓門。旅店員工尖聲吼回去：「你們好歹也學學小狗，連牠們都懂得安靜等飯！」冒險者住的旅店以價格便宜為重，服務有跟沒有一樣。

這樣的吵鬧聲豈止是透過門板傳來，因為大家都住大通鋪的關係，甚至就在同個房間內上演。艾恩隊伍所有人擠在這間大房間狹窄的上下舖裡，他們醒是醒了，卻沒有要起床的意思。

「……天亮啦——」

其中一人擠出最後的力氣這麼說。

他們所躺的上下舖早已放棄動線，像拼拼圖一樣塞滿了整個房間。拜此所賜，像史萊姆在爬一樣有氣無力的聲音也能勉強傳入隊友耳中。

但誰也沒動，只是頹廢地翻了翻身，毛毛蟲扭動身體的動作都比他們敏捷。

「起不來……」

「頭好痛……」

「要死了……」

這屍橫遍野的慘狀，同房的其他冒險者絲毫不感同情。

這對冒險者來說只是日常的一部分，飲酒過量的後果說不定明天就會降臨到自己頭上。這種事太常見了，常見到「世界上所有冒險者都不醉成這樣的一天有可能到來嗎」這種問題都能當笑話了。

畢竟能痛快喝酒，就是委託順利的證據。

「不是說好要接委託嗎……」

「啊……」

「住宿費……」

同時，也是他們把錢都拿去喝酒的證據。

艾恩他們是過一天算一天的冒險者，會留下採買接委託必需品的錢，除此之外的錢財都留不過夜。看見想要的裝備，他們有時候會努力存錢，但通常都是在賺到意外之財的時候趁著興頭買下手，都是和儲蓄幾乎無緣的人。

但有時候話不能說得這麼簡單，例如現在這個瞬間——今天是預先支付的住宿費到期的日子，不續費會立刻被攆出去。

「哎唷煩死了啦……」

「誰管它……」

「啊……」

但有些事辦不到就是辦不到。

以他們現在的身體狀況跑到迷宮，只會在沿路的馬車上吐得到處都是，然後被其他冒險者群起圍毆而已。艾恩他們下了這個結論，全力擱置眼前的問題開始睡起回籠覺，好逃避現實和他們的宿醉。

然而，被擱置的問題往往不會自行消滅，而是惡化成更嚴重的問題擋在眼前。

貪睡之後的隔天早上，艾恩他們善用自己年紀尚輕的優勢完全恢復了精神，準備衝去找旅店老闆，跟他說他們今天就去賺錢，拜託允許他們賒帳住宿。他們現在幾乎身無分文，完全不清楚能否在今天內賺到足夠的住宿費，也只能不抱希望地去問問看。反正問問不用錢，他們懷著這種謎之自信鼓足了幹勁。

這是他們第三次去請求賒帳，差不多該吃閉門羹了，這也是不抱希望的其中一個原因。

「我們今天會賺很多錢回來！」

「是真的啦，我們最近真的混得不錯！」

下意識使用了脅迫的語氣，他們四個人圍著老闆，怎麼看都是恐嚇現場。

但旅店老闆以前也當過冒險者，渾身壯碩的肌肉，根本不怕他們。而且老闆也清楚冒險者的情況，有時候會體諒大家的難處給予迷宮般的神對應，需要的話老闆也能以「前B

階冒險者」的身分給大家建議，就是這麼一位見多識廣又懂得人情世故的前冒險者。
正因如此，他也相當清楚艾恩他們眼下的問題。
「你們這些小鬼，把住宿費都拿去喝到爛醉了吧？」
「嗯。」
「酒超好喝。」
被攆出去了。
「那老頭真的很小氣欸！」
「再不賺錢就要露宿了欸。」
「接下來該住哪啊？」
「去那邊啊，鎧甲舖後面那間旅店，不知道行不行。」
這就是許多冒險者都沒有固定旅宿的其中一個原因。
因為跟看不順眼的傢伙住到同一家旅店而搬走也是常見原因，不過最重要的還是他們太常被趕出旅店了。大家都知道冒險者就是這樣，所以無論趕人的一方還是被趕的一方都不會嚴肅看待這個問題，算是他們唯一的救贖吧。大家都不太把冒險者當一回事。
「哎，還是先賺到錢再說吧。」
「不知道有沒有好的委託欸。」
「B階之類的。」
「會死啦。」

事情都過去了，艾恩他們很快轉換了心態。

為了賺取今晚的住宿費，他們穿過冒險者公會的大門。今天的冒險者公會也一樣充滿男人臭味，要是有個櫃檯妹妹大家會更有幹勁，但老實說要是那個妹妹是自己的菜，所有冒險者都沒有不對人家出手的自信。至少現在大家不會幹勁過剩到打腫臉充胖子，目前缺乏女性職員的安排也算是很合理吧。

職員當中確實有一位女性，但她是公會長的妹妹，而且已經結婚了。更進一步說，大家在各方面都太受她關照，實在感激到抬不起頭來，就算開玩笑也不可能去追求她。

「喲。」

「嗨。」

「你們隊員夠嗎？」

「還不曉得。」

有人向他們打招呼，艾恩他們隨口回應著走向委託告示板。

也不管告示板前面很擠，他們直接把身體擠進人群，兩側頓時傳來叫罵聲。不過大家都是用同樣方式擠到現在位置的，因此對方只抱怨一句，沒有進一步發生衝突。對於習以為常的怒罵聲聽而不聞，他們用盡全力擠啊擠，總算來到看得見委託單的位置。

這麼一來，他們就變成被人推擠的一方了，也不管自己有沒有資格抱怨，他們一邊叫人家別推，一邊像雙腳生了根一樣死守著目前的位置。

「C？」

「應該吧。」

「果然嗎？」

不知何時，站在這裡的只剩下艾恩和另一名隊友。

其他隊員應該也在人群的某處吧。和艾恩他們的隊伍一樣，冒險者裡面以C階的人數最多，這個難度的委託板特別擁擠，所以幾乎沒什麼機會讓他們所有人一起悠哉地物色委託，大概只有下午在公會瀏覽委託告示板打發時間的時候才有可能吧。

「總之找錢多的委託，馬上付現金的。」

「四人份的住宿費。」

「還有酒和飯。」

「你們去接F階啦。」

「哈啊——？」

他們邊開著玩笑，一有空隙就撥開前面的冒險者，設法往最前排走。

此時此刻，粗獷的手也在他們眼前一張接一張撕下委託單，要是不想錯過好委託，就得立刻判斷委託好壞、搶得先機。只有實力高強的怪人才有辦法不挑委託，不管是大家揀剩的還是地雷委託，只要好玩什麼都接。

「艾恩，史萊姆核心二十銀幣！」

「快搶！絕對要搶到！」

忽然聽見前方傳來隊友的聲音，艾恩立刻大聲回答。

看來其中一個隊友搶到最前排的位置了。每個冒險者對史萊姆的好惡和戰鬥適性差異極大，艾恩他們不算特別不擅長應付牠們，雖然也說不上擅長，但比起平淡無奇的魔物，還是對付需要點技巧的魔物對他們來說比較刺激，保持動力是很重要的。

「啊？給我放手。」

「開什麼玩笑，你才給我放手！」

但看上那個委託的隊伍不只有艾恩他們。

聽見隊友兇狠的聲音，艾恩露出好戰的笑容，握住近在眼前的肩膀往自己的方向拉，順勢擠到前面去，把對方怒罵的聲音拋在背後，穿過人群。

旁觀的冒險者也不想受到牽連，大多都會事不關己地讓出空間給他們打架，因此艾恩很容易就抵達了最前排。

衝進雙方一觸即發的爭執中心，艾恩看見跟他們搶委託的隊伍也慢慢聚集過來，於是惡狠狠地瞪著其中一個人走過去，伸向對方領口的手臂和對方的手臂交叉。他開口準備咆哮，然後……

「請不要在公會內打架。」

感受到一陣寒氣，他立刻閉上嘴。

絕對零度不知何時就站在他們身邊，看見那雙不帶感情的眼睛，艾恩他們和對方隊伍都戒慎恐懼地放下手，馬上正經地道歉。絕對零度一聽，那雙淡然的眼睛就好像沒事似地離開了。

差點鬧事的眾人鬆了一口氣。為什麼其他冒險者一察覺他們要動手就擺出一副事不關己的態度，沒有起鬨也沒看好戲，而是跑得遠遠的？那是因為不想被制裁波及，王都的冒險者公會有名為「絕對零度」的秩序存在，即使他本人沒有那個意思。

話雖如此，仍然有很多人一時腦熱就忘記這回事，艾恩他們就是很好的例子。他們膽戰心驚地低頭看著自己剛開始結冰的雙腳逐漸獲得解放。

「利瑟爾大哥有辦法寵愛那種傢伙，根本最強勇者了吧……」

「超恐怖的好嗎。」

「看到他摸絕對零度的頭我都覺得有點像鬼故事了。」

「我懂。」

目送史塔德的背影離開，艾恩他們和對方隊伍相視點頭。

到櫃檯辦手續的時候，他們倒不會刻意避開史塔德，畢竟他辦理櫃檯業務和準備報酬都明顯更有效率，而且碰到不講理的委託人，史塔德簡直就像他們最強的後盾。但那是兩回事，恐怖的事情還是很恐怖。

「……來猜拳嗎？」

「好吧，那就……」

不知為何，利瑟爾他們在分配報酬的時候總是猜拳決定，這在王都公會很有名。也不知怎麼搞的，猜拳在這裡逐漸成為了大家廣為接受的問題解決方法。

這次猜拳是場白熱化的戰役，在雙方多次平手之後，艾恩最後出了剪刀猜贏。他用力舉起帶來勝利的兩隻指頭發出戰吼，事情就這麼和平落幕。

艾恩他們造訪的迷宮是「箱形洞窟」。

這裡一共有六十層，艾恩他們大約在第二十層左右能夠安穩戰鬥。不過他們所謂安穩的標準就只有「打贏魔物」而已，一旦超過第二十層，很可能陷入裝備近乎毀損的苦戰。

以前他們靠著某迷宮的通關報酬，買下了遠超過他們階級的裝備。冒險者的裝備再怎麼樣總有更高級的，艾恩他們買到的裝備性能也不算超級卓越，但確實已經是原本買不起的裝備了。太仰賴裝備的性能而得意忘形，要是不小心損壞恐怕沒錢修理，穿著不符實力的裝備就有這種缺點。

話雖如此，艾恩他們不可能因為這種事而裹足不前，總有一天，他們也會換下現在這身裝備吧。

「這裡我們攻略到哪啦？」

「十五層。」

「那目標就是二十層囉？」

「十五層出現的史萊姆是啥顏色啊？」

「不知道，不記得啦。」

在一進門的魔法陣上，四人手裡握著出鞘的劍討論。

這次委託需要取得中層出沒的史萊姆核心，艾恩他們不知道淺層和中層的史萊姆核心差別在哪，也完全無法想像這東西能拿來幹嘛，但既然委託人要求，他們只要負責按指示收集就好。只要能免於淪落到露宿野外，要他們做什麼都可以。

雖然「中層」指涉的範圍不太明確，不過這是C階委託，只要艾恩他們往適合自己的那幾層前進，應該就能取得委託人需要的史萊姆核心吧。抱著這種有點船到橋頭自然直的心態，他們意氣風發地站上魔法陣。

時間來到現在，他們正在嚴重迷路中。

「我們現在在哪啊？」

「要是知道就不會迷路啦。」

「說得好。」

這座「箱形洞窟」，長得就像許多立方體組合在一起的構造。走道平坦、方便戰鬥，陷阱的種類較少，也比較容易發現。但這裡的風景太整齊劃一，無論前進還是拐彎都千篇一律，也完全沒有能當作地標的景物，所以非常容易迷路。

艾恩他們就和其他冒險者一樣，邊前進邊簡單記下路線。但每當遇到魔物，他們就會把筆（只是條細長形的木炭）和紙（從公會桌上擅自借來的，遵照公會長的指示，史塔德會默許他們取用）扔到一邊，所以紙面上充滿多餘的線條。

「這啥啊，這到底在畫什麼？」

「我們從這邊走過來嘛，在這邊右轉啊。然後左……不對，這條線是啥意思？」

「是說我們明明就一直線走過來，線卻這麼歪，我快笑死。」
「吵死啦。」
一個人邊負責把風，邊隨興練習揮劍，剩下三人開始努力解讀自己畫的地圖。邊走邊畫出來的線歪歪扭扭，只能勉強看出岔路的數量和選擇了其中哪一條前進。對冒險者而言，地圖不是往前推進的線索，反而是在撤退時能派上用場才是重點，畢竟要是出不了迷宮就傷腦筋了。
因此正確性往往會被擱置，經過同一個地方、線卻沒有重合的情況也經常發生，然後他們就會迷路。不過沒有人在迷宮裡不會迷路吧，除非手上有攻略書。
「看不懂了啦，前進前進！」
「反正走到下一個魔法陣就能回去啦。」
「假如要睡在迷宮裡真的太靠北了。」
「萬一找不到路回去，我們就真的死定了。」
「利瑟爾大哥救命啊————！」
艾恩他們邁開腳步，邊吶喊邊哈哈大笑。
這並不是因為他們特別樂觀，他們也沒有毫無根據的自信，只是因為這點程度的事情對冒險者來說都是日常。他們比誰都自由，他們的生命不與任何責任掛鉤，所有冒險者都下意識對此有所自覺。
「是說我真的很想要一個利瑟爾大哥欸。」

「他都不會迷路嘛……」
「到底為什麼不會迷路啊……」
「因為他聰明。」
他們叫得太大聲吸引了魔物，把魔物打倒之後又邊發出戰吼邊剝下素材。這個聲音不會吸引更多魔物嗎？但現場從來沒人吐槽，就連剛才出現在話題中的利瑟爾也一樣，雖然會感到有點疑惑，他還是認為「充滿活力是他們的優點嘛」，選擇微笑在一旁觀望。艾恩他們那種自家隊伍所沒有的熱鬧氣氛，利瑟爾一向很喜歡。
「不需要看地圖真的嚇死我了。」
「一般來說啊，聽到人家說『不用畫地圖沒關係哦』，不是都會以為他要負責畫嗎？我還想說利瑟爾大哥畫出來的地圖一定很漂亮，結果他兩手空空就開始往前走。」
「看到他那樣也不好意思問。」
「就是『呃、這樣啊』的感覺……靠，紙弄破了啦！」
每次潛入迷宮，艾恩他們都會想起那天「自由組隊日」發生的事。
一進入迷宮，利瑟爾就帶著溫煦的笑容優雅往前走，手上沒拿任何武器是沒差，魔法師都是這樣吧，雖然他們身邊沒有魔法師所以也不確定。雖然利瑟爾從來沒說過自己是魔法師，但艾恩他們一直這麼以為，所以這點倒不覺得奇怪。
可是不需要地圖是怎麼回事？哪裡沒關係？原本以為他在公會買了地圖，但也絲毫沒見他有拿出來的意思，就這麼平靜地邁開腳步。

「我還震驚到一直用力盯著他看，利瑟爾大哥也沒發現。」

「反而還一臉不可思議的表情。」

「現在回想起來，我們的反應根本沒什麼好不可思議的啊。」

「沒錯。」

他們把剝下的素材塞進皮袋裡，站起身來。

這是他們心心念念的空間魔法皮袋，現在體驗過它的方便，就再也回不去了。背著沉重的行李，和魔物發生戰鬥就把東西扔到旁邊，一回神發現好不容易取得的素材都破損了——他們已經告別了這種理所當然卻充滿壓力的日子。

「可是那天的迷宮真的好輕鬆喔……」

「真的……」

「超級有趣的……」

「超有同感……」

艾恩他們再度邁開步伐。

他們已經不知道自己在往哪走，只是選了感覺有可能通往下一層的路。像平常一樣，還是有一個人負責畫地圖，但他隨著步調抖動的手實在不太可靠。

「該怎麼說，利瑟爾大哥基本上不是都交給我們嗎？」

「對啊……他不會多插嘴，合作起來真的很輕鬆。」

「真的就是這樣。」

「和階級比我們高的傢伙組隊，不是都會遇到那種人嗎？那叫啥，故意擺架子？」

「那種真的很搞笑欸。」

「還會下指令，但根本沒人問他好嗎，有夠煩。」

但利瑟爾完全不一樣。

他會參與閒聊，但一次也沒有干涉艾恩他們的做法。他並不是吝嗇手上的情報，有什麼新的發現都會與他們分享，碰到弄不懂的問題也會跟他們一起煩惱。一部分也是因為利瑟爾沒到過當時那個階層的關係，他沒有擺出自己階級比他們高的架子，也沒有仗著自己年紀較長就表現出惹人厭的自負。

感覺他比誰都還要真切體現了「冒險者靠實力決定地位」這條不成文的規矩。

「而且還不是故意想諷刺我們才這樣，真的很佩服欸。」

「倒不如說那個人根本打定主意來學習的，明明他自己就那麼聰明。」

「居然想跟我們這種人學習，真的是很扯。」

碰到岔路，四個人同時指出自己想走的路。

然後一起走上最多人選的那一條。既然事前沒有任何情報，煩惱也沒用。

「想知道那麼多事情也很厲害。」

「看他拿不懂的事來問我們，那種感覺真的很爽。」

「我懂。」

「但老實說我大概納悶了十次他為什麼想知道那種事情。」

艾恩他們不知道魔法陣如何識別隊伍，也不知道有沒有書本介紹冒險者戰鬥中的配合方式，也不懂利瑟爾為什麼要問保養刀劍的方式有沒有個人差異。利瑟爾應該不打算拿劍吧，為什麼要問？

該不會是要幫隊友保養？但他們剛這麼想就打消了念頭，很少有冒險者願意把自己的武器交給別人保養。利瑟爾不可能沒注意到這種細節，那到底為什麼想問這個？他們更疑惑了。

「雖然有他在更輕鬆，難易度卻沒有降低，真的很妙。」

「打起來完全沒壓力。哎，不過強化魔法還是有一點啦。」

「講到強化魔法，其他魔法師不是都緊咬著這個來搶報酬嗎，搞什麼啊。」

「這也不能去、那也不能去的煩死了。」

強化魔法有著許多限制。

跟魔法師離得太遠就會失效，被遮擋在視野範圍外也一樣，因此艾恩他們抱怨的那位其他隊伍來的魔法師完全沒說錯什麼。要應付精力充沛又到處亂跑的艾恩他們，一定吃足了苦頭吧。

實際上，這方面利瑟爾也一個人很努力地替他們補上破綻，但艾恩他們完全不知情，仍然一邊抱怨個沒完，一邊走在工整的通道上。或許這次選到了正確的路，目前還沒走到死胡同。

「明明利瑟爾大哥每次都說『沒問題哦』就幫我們放了，從來沒在客氣。」

「他從來不會生氣欸。」
「等下，這樣想的話我們是不是該給利瑟爾大哥報酬……喔，那個是陷阱吧？」
「哪個？」
「那條線。」
四人在通道正中央停下腳步，東張西望地尋找起來。
仔細一看，天花板上的確有條淡淡的線，延伸成一個正方形的長度。那塊天花板會打開射出長槍，還是掉下大量的魔物？艾恩他們各自發揮著想像力面面相覷，接著使勁點頭，猛然往前衝刺。
「衝啊衝啊——！」
「跑快點!!全力衝刺!!」
「好耶安全上壘————居然是往下掉喔?!」
天花板紋絲不動，反而是地板打開，所有人都掉了下去。
艾恩他們時常吵吵鬧鬧，所以遭遇魔物的機率也高。
但他們本人沒有吵鬧的自覺，因此並沒有注意到魔物遭遇率比別人高的問題。之所以年紀輕輕就能升上這個階級，多半也是這樣訓練出來的，雖然其他年紀相仿的冒險者一點也不想效法。
「為什麼我們不能用魔法變出火來啊？」

「你問為什麼也沒用啊。」

「人家都說憑空變出東西比較難嘛。」

「不要說了，快拿出魔石。」

掉下來之後，周遭是一片黑暗。

四人揉著落地時重重撞到的腰和肩膀，往皮袋裡翻找。他們的背包是後背式的皮袋，得先從背上放下來才能把手伸進去。視野一片烏漆抹黑，放下背包時差點分不清開口在哪。

「艾恩，快點啦。」

「在找了啦。魔石和火炬……靠，魔石掉了。」

「誒——」

「節哀。」

「不知道掉哪去了。」

「開什麼玩笑！」

「魔石也不便宜欸！」

手提燈容易破又占空間，所以冒險者普遍使用火把來照明。

尺寸剛好的木棒捲上富含油質的樹皮，或是吸飽樹脂的布料，即可製成簡單的火把。許多冒險者會自行製作，緊急時刻可以拋棄，又方便攜帶，非常實用。

「現在要是有魔物跑出來就完蛋了欸。」

「拜託迷宮幫幫忙——」

「體諒一下啊——」

在一片黑暗當中，艾恩他們趴在地面摸索了一會兒，好不容易找到滾到一旁的魔石。其中一人把魔石留在地上，將魔力注入其中，只是點燃幾秒取得光源的話不需要太多魔力。火焰頓時湧現，火舌舔舐過魔石表面，終於稍微驅散了黑暗。

「喂艾恩，火把。」

「都說是火炬啦。」

「你剛才也這樣說，啥意思啊？」

「利瑟爾大哥都這樣叫，很帥吧？」

「很帥。」

「感覺很聰明。」

火焰轉移到艾恩手持的火把，不，火炬上。

點亮的瞬間，他們才看見眼前男人們痞痞地圍坐在魔石周遭的景象，誰也沒在警戒魔物的事實讓他們所有人大爆笑，結果馬上就遭到魔物襲擊。點起光源之前沒被襲擊，也不知是迷宮的慈悲還是單純的偶然。

「喔，是史萊姆！」

「好耶！橘色是哪一種？」

「要變了要變了！是變身吧，學叫聲那個！」

看見目標魔物登場，艾恩他們立刻舉劍應戰。

他們眼前有三隻史萊姆，正扭動著橙色黏液構成的身體展開變形。對付橘色史萊姆只要發出與牠的擬態相對應的聲音即可討伐，但現在他們剛進入中層，不太可能遇上用叫聲就能應付的簡單變身，牠應該會變成某種魔物。

這麼一來就不可能靠模仿過關了，史萊姆對叫聲要求可是很嚴格的。

「喂，那兩隻你負責控制！」

「你們要快點打倒牠啊！」

他們無法同時對付三隻史萊姆。

因此一個人負責牽制剩下兩隻，阻止牠們變身，剩下三人圍攻一隻。史萊姆完全變身之後比較容易打倒，變身前雖然也能攻擊核心，但劍很難刺中在黏液中流動的核心，大部分冒險者都選擇趁牠剛變身的時候狙擊。

「喔，是角兔。」

「迷宮壞掉了吧？」

「這不是第一層的魔物嗎？」

史萊姆變成了額頭上長著一支角的兔子。

就算選擇在變身後打倒牠也太輕鬆了，雖然太大意還是會被這種魔物刺到小腿流血。

艾恩他們舉劍說著「太幸運啦」，打算速戰速決，卻因為艾恩無預期的一句話將劍收回。

「應該學兔子叫就可以了吧？」

「你好聰明喔。」

砍過史萊姆之後，劍總是會有點黏黏的。

如果不需要劍就可以解決牠，還是不要用最好。除了戳著另外兩隻史萊姆的那名隊員之外，另外三人深深吸了一口氣，各自發出自己想像中的兔子叫聲。達成條件完全不需要高分貝，他們卻好像要用氣勢打倒魔物似地大吼：

「跳!!」

「跳!!!」

「我們都發出跳跳的叫聲了!!」

「跳跳————————————!!」

最後還是用劍打倒了。

艾恩他們輪流負責畫地圖，在迷宮裡前進。

看來不可能在今天內抵達第二十層了，因此他們放棄前進，正沿著原路往回走。這是常有的事，所有隊員都沒有絲毫猶豫。避免在迷宮裡過夜才是最優先事項，因此在出現覺得「啊，好像不太可能」的時間點，所有人一致決定撤退。

其實在其他同樣是C階的隊伍當中，有些冒險者還能往更深處推進才對，應該說艾恩他們在偏淺層的地方就停下了腳步。

這座地形工整的迷宮容易產生回音，他們四個又吵鬧，因此比去其他迷宮更容易遭遇魔物，而且面對這裡容易迷路的結構也是迷路個沒完，對他們來說是個不容易推進的迷宮。無論什麼樣的冒險者，都有像這樣適性不佳的迷宮。

「現在核心幾個啦？」

「八個。」

「剩下兩個感覺好漫長。」

「湊不湊得到啊……」

不過他們在達成委託前是不會放棄的。

否則就沒有旅店可以回去了，在門衛溫暖的守望下露宿野外很讓人心灰意冷。

「哎，往回走的路上應該湊得到吧。」

「這裡不是有石巨人嗎？」

「碰到記得快跑啊。」

他們邊走邊有一搭沒一搭地說話。

遇見不擅長應付的魔物就全力落跑，這是冒險者的常識。打倒與委託無關的魔物有什麼好處？不過，倒是常有冒險者在逃跑的時候看漏了陷阱而觸發機關。

「要是有劫爾大哥在就好了。」

「不是，不需要啦。」

「要是有那個人在，我們就不被需要啦。」

「你是天才吧。」

艾恩他們在三岔路口前停下腳步。

低頭一看地圖，線條像長滿綠葉的藤蔓一樣分出好多條來，他們把地圖往右傾斜、往左傾斜，找不到目前所在地，不過還是大概找出了該走的路，再次邁開步伐。即使在前方發現魔物，也因為不是這次的目標魔物而在還沒被牠發現之前小跑步通過。要是碰見的每一隻魔物都要打倒，即使他們對體力再有自信也沒完沒了。

「利瑟爾大哥為什麼有辦法跟劫爾大哥組隊啊。」

「這樣他有事情做嗎？」

「那個人不需要強化魔法吧。」

「他會負責加油吧？」

「嗄？有人幫忙加油很開心欸。」

自由組隊日那天，利瑟爾很少聊到自己的隊伍。

應該是因為難得有機會組隊，他徹底扮演了他們隊伍的一員吧。他們四人也不想被拿來跟一刀比較，那天之所以那麼開心，說不定利瑟爾一次也沒聊起隊伍是主要原因。他們事到如今才察覺這點，沾沾自喜地笑著往前走。

「之前不是接過聯合委託嗎，羊的那次。」

「嗯。」

「跟委託人講話的幾乎都是利瑟爾大哥。」

「也就是說，劫爾大哥這方面都丟給他解決喔。」

「只要負責揮劍，感覺很爽欸。」

「喔——很爽，那一定很爽。」

「絕對很爽。」

隊員們紛紛發出羡慕的贊同聲。

實際上利瑟爾在戰鬥時有著一定貢獻，艾恩他們也不認為利瑟爾沒有實力。只是他們四人比起輔助，都更喜歡拿劍到處揮，利瑟爾理解這點，因此一路上都專注於輔助，他們對利瑟爾施放強化魔法的印象也就過於強烈了。

「有辦法跟那個個性惡劣的獸人組隊也很厲害。」

「不曉得他有沒有組隊組不來的人。」

「只要對方不拒絕應該都可以吧？」

他們四肢緊貼在牆壁上，側著身體在地面遍布孔洞的地洞區前進。途中慢吞吞爬過來的史萊姆正好踩中地洞掉了下去，艾恩他們有人爆笑，有人因為錯失了目標獵物而發出慘叫。他們一路上發出吸引魔物的吵鬧聲，設法通過了危險地區。

他們總算是在離開迷宮前集齊了需要的史萊姆核心。

艾恩他們拿著在公會領取的報酬，喜笑顏開地走出公會。他們的報酬分配方式是這樣的：基本上每人都會分到一成的報酬，剩下的六成留下來當作隊伍共用的預算，用來支付住宿費、餐費、冒險者的消耗品等等，這是冒險者隊伍常見的分配方法。

這時候，分給個別隊員的酬金和隊伍預算完全分開，即使隊伍預算像現在這樣花到見底，也沒有人會要求大家拿出私房錢，這是冒險者之間的潛規則。

「好想趕快換個新的腿甲喔——」

「錢存夠了嗎？」

「完全存不起來。」

因此隊友之間對彼此的零用錢不會過問，也不會知道哪個夥伴存了多少錢。不過這種事對他們來說也沒什麼好隱瞞，所以彼此都知道個大概。

四人有了錢，心情大好地踏著輕快的腳步在王都街道上閒晃。

「今天要不要去璐娜那邊啊？」

「喔——你說那間酒館。」

「艾恩真的很喜歡她欸。」

「不覺得她很可愛嗎？」

看起來不怎麼和善的四個大男人大搖大擺地走在街上，實在很有冒險者的樣子。儘管知道這些人不會蠻不講理亂砍人，但對於不熟悉冒險者的居民來說，他們粗暴的氛圍還是讓人難以接近。

「你不是在追凱娜嗎？」

「被打槍啦——」

「然後就找下一個喔？」

「你這不是花心大蘿蔔嗎？」

「我不否認啦。」

即將日落的王都，人們回家的喧囂聲中參雜了他們的笑聲。

他們的目的地不是早先看中的旅店，而是一間道具店。那間利瑟爾介紹的店裡備齊了所有冒險者必需品，貨架整體上都是品質不錯的東西，價格不算便宜，但也有賣艾恩他們常用的廉價品。最重要的是店主還會鑑定，能同時完成鑑定、售物、採買的商店不多，自從利瑟爾介紹之後他們已經來過幾次。

畢竟很多鑑定士面對莫名其妙的迷宮品，都會直接放棄治療地告訴客人「搞不懂」；但無論帶去什麼東西，那間道具店的店主都能給出精準的鑑定結果。這麼想來，那家店生意應該更好一點才對，不過似乎只有識貨的內行人才會到那裡光顧。想起這是利瑟爾常去的店，就覺得一點也不奇怪。

「找到寶箱超幸運的啦。」

「上一個應該是跟利瑟爾大哥一起那天了。」

「這樣說起來好像也不算很久。」

沒錯，他們今天在迷宮裡發現了寶箱。

才探索兩個階層就找到寶箱，運氣非常好，平常即使踏遍整整十個階層、每個角落都不放過，能找到一個寶箱就不錯了。順帶一提，和利瑟爾一起進入迷宮那次很幸運地找到了兩個寶箱，但兩次利瑟爾都非常固執地堅持不開。即使他們異口同聲地說「利瑟爾大哥來開的話感覺能開到好東西」，利瑟爾也只是露出慈愛的微笑搖頭，到底為什麼呢。

「到啦——！」
「開著嗎？」
「開著開著。」
每家店都是這樣，店舖是否開張要看店老闆的心情。
艾恩他們確認門上掛著「營業中」的牌子，在毫無自覺的情況下猛力打開道具店門。
身材高眺的店主獨自在裡頭翻看像是帳簿的一疊紙張，聽見聲音嚇一跳似地抬起臉。
「啊，歡迎光臨。」
「嗨。」
「你真的長好高喔。」
「好羡慕。」
「平常都吃什麼啊？」
「這個嘛、吃得很普通……」
他們一個接一個走進店裡，七嘴八舌地說話，店主垂下眉露出靦腆的笑容。
艾恩他們見過劫爾、伊雷文和史塔德，對於這位懦弱的店主跟利瑟爾要好感到有點意外，除了身高特別高之外，他看起來就是個隨處可見的普通人。但想到這裡，他們突然發現一件事：眼前這位店主才是跟利瑟爾站在一起最不顯突兀的人，兩人都有種悠閒的氣質，寧靜沉穩的時光很適合他們。
這麼一想，事到如今他們反而搞不懂利瑟爾為什麼會跟劫爾和伊雷文混在一起了。

「那個，各位今天來買東西……？」

被人目不轉睛地盯著看，內心快哭出來的賈吉這麼說，四人才回過神來。

「對啦對啦，你能不能幫忙鑑定？」

「是迷宮品啦。」

「啊，好的，沒問題。」

艾恩他們把鑑定費拿給鬆了一口氣的店主之後，將寶箱開到的東西交給他。

他們從寶箱拿到的是一本書，迷宮書有極少數的愛好者收藏，雖然不至於完全沒價值，但除了攻略書之外不可能賣到太高的價錢。書本又重又占空間，是冒險者心目中不走運的迷宮品，艾恩他們還沒有空間魔法的時候也為此傷透腦筋。

「是迷宮書呢，封皮也沒有受損……內容是，《完全網羅！冒險者能力辭典》？」

「你翻開看看啊，我們也被記載在上面，很厲害吧？」

「哎，畢竟那座迷宮我們去過好幾次。」

「其他傢伙只寫名字，就認不出是誰了。」

賈吉在工作檯上翻著書頁，他們四個人湊過去看。

書本內容如同標題，隨機挑選曾經潛入該迷宮的冒險者，記載每個人的能力值，各項目都有圖表評價。要是上面有熟人的名字應該很有趣，但沒有的話讀起來也沒什麼意思。

「這頁是我、是我！沒想到魔力量這麼多，看了嚇一跳。」

「太浪費了吧。」

「真的。」

「你要練習變出火啊。」

「怎麼可能啦。」

眼角餘光看著他們四人嬉鬧，賈吉翻著書頁的手忽然停下來。頁面上居然寫著利瑟爾的名字，下一頁是劫爾的名字。艾恩他們注意到了，臉上還帶著尚未消退的笑意，激動地指著他們自己也大感震驚的那一頁說：

「你不覺得這很猛嗎?!劫爾大哥超猛的欸?!」

「根本太犯規啦！」

「圖表整個滿出來，整頁都是黑的!!」

「哈哈哈哈哈！」

幸虧他的魔力量和一般人差不多，還能看出他的名字。整個頁面絕大部分都被塗得一片黑，所有人對此拍著工作檯，爆笑到眼淚都流出來。

「然後啊，利瑟爾大哥……」

艾恩伸出手，想翻回利瑟爾那一頁。

就在這時，戴著白手套的那雙手把書本拿開，避開了他的手。艾恩他們「咦」地抬起頭，店主困擾地垂著眉，那張懦弱的臉理所當然地說：

「那個、直接用手碰會弄髒的……」

「啊，抱歉……嗯？」

「呃，說得也對啦……嗯？」

「……嗯？」

直到前一刻他們還直接用手抓著書啊，但這麼一說確實沒錯，艾恩他們接受了這個理由，雖然不太理解但還是接受了。在這陣微妙的混亂之中，他們忽然察覺驚人事實似地抬起臉：

「該不會這其實是超高價的書?!」

「太棒了吧?!」

「住宿費就不用傷腦筋了！」

「不是的，它的價值並不算特別高……」

「居然不是嗎!!」

從店主小心的程度來看還以為中獎了，結果根本不是。

獲得希望又跌落谷底的艾恩他們發出慟哭，店主困惑地報了金額給他們，那確實是一般迷宮書的價格。反正留著也沒用，於是他們直接請店主收購了，明明這是間道具店，根本不賣書，店主卻看起來非常高興，真的好奇怪啊。

在那之後，艾恩他們來到相中的那間旅店。

「你們這些小子，下次真的不准再賴帳啦。」

「好啦好啦。」

「沒問題沒問題。」

「上一次到最後還是有付清嘛——」

「住宿費是預先付款，先付清才是正常的好嗎。」

這是他們先前因為欠太多錢而被攆出去的旅店，只欠過一次應該還安全吧。

他們懷著這種僥倖的想法進了旅店。這裡的老闆娘是有名的女強人，她雖然板著臉，但還是沒趕他們走。畢竟冒險者都是這副德行，至少沒欠著錢逃到其他國家去，還算有良心，王都還沒有素行這麼惡劣的冒險者。

「下次再拖欠住宿費，我就去跟那個恐怖的公會職員告狀。」

「啊這、呃……老闆娘，您好像又變漂亮啦……？」

「簡直是大美女啊……驚為天人……」

「又溫柔又漂亮，我們能住這裡也太幸福了吧……？」

「我都要戀愛……不對，已經戀愛了……」

「拍什麼馬屁。」

一聽到老闆娘搬出冒險者公會的秩序，他們立刻諂媚起來。

老闆娘無奈地嘆著氣，但還是暗爽到臉頰染上淺淺紅暈，替他們報上了住宿費。艾恩他們帶著男人完成一件大事的表情，用力碰了碰彼此的拳頭高聲歡呼。就這樣，他們終於找到了新的固定旅店。

他們就像這樣，從早到晚都過著冒險者平凡無奇的日常生活。

吞噬一切的赤紅

某位美食家這麼說。

那是一間肉類愛好者雲集的餐廳，切成大塊的牛排，撒上能引出爆發般甘甜滋味的滿滿香料。這是在阿斯塔尼亞當地領悟到香料魅力的店長所調製出的奇蹟配方，香料一不注意就可能喧賓奪主，卻能在保有存在感的同時最大限度襯托出肉質本身的魅力。

再加上把鐵板嵌入桌面這種劃時代的點子，更能細細品味極品肉排油脂的甘甜香味。鐵板底下有幾顆火魔石，需要補充魔力，因此店員都擁有高於平均值的魔力量。

環境如此面面俱到，這裡的牛排卻絕不算貴。當然說不上銅幣價，但價格合理，若以十天享用一次的頻率，平民也負擔得起。為了維持親民的價格，以店長為首的員工們付出了超乎尋常的努力。言歸正傳。

這家餐廳大受衝擊的那天，是個一如尋常的營業日。

餐廳裡不時有冒險者光顧，好像是顧客們口耳相傳的關係。冒險者們活動一整天餓著肚子，最愛吃肉了，都是食量很大、花錢不手軟的好客人。他們豪邁的吃相讓人看了開心，不僅廚房熱鬧，店員們也忙得起勁。

雖然聽說過「冒險者災情」這個說法，但客人間似乎有種義氣，不會把這間喜歡的餐廳介紹給麻煩人物，這裡從來沒因為冒險者碰上任何損失。

因此他們非常歡迎冒險者，但是……

「歡迎光臨——」

那天來店的冒險者充滿了強者的氣勢，儘管穿著便服，但一定是冒險者不會錯。

這麼厲害的冒險者也會到我們店裡吃肉嗎，店員們甚至覺得感動，就像自家餐廳沾了光一樣，所以就連對方腰間掛著一把又大又長的劍也不介意。拜此所賜，店員喜不自禁地打了招呼，沒注意到那個人相貌有多兇惡。由於桌面嵌入鐵板是其他餐廳沒有的設計，這家餐廳是由店員為顧客帶位，同時進行解說。

可是客人似乎不只一位，還有兩個人從他身後探出臉來。

「這裡好像比想像中小喔？」

「差不多吧。」

有著鮮豔紅髮的獸人，舉手投足看起來也實力不凡，每個小動作、每個表情都特別乖戾，卻令人移不開目光。撇著嘴諷刺的笑容非常適合他，看起來就是個玩世不恭的冒險者。這肯定是個S階隊伍，所有店員都毫不懷疑地這麼認為。

不過，還有一個人……

「好期待吃肉呢。」

那個露出柔和微笑、高潔又優雅的男人是怎麼回事？店員大感混亂。

他和那兩位冒險者究竟是什麼關係？看起來處得不錯，應該不是什麼危險事件吧，雖然不解，但這樣的人願意來享用肉排還是很讓人開心。店員在混亂中為三人帶位，幾乎在無意識中完成了重複過無數次的鐵板解說。

是雇用冒險者當護衛的貴族嗎？但為什麼會選擇這間餐廳呢？雖然是很高興沒錯。到底聽見什麼樣的傳聞才跑來這裡？是他身邊的誰傳的？雖然是很高興沒錯。一看就覺得他格格不入，真的沒問題嗎？雖然他認可這裡的美味跑來賞光是很高興沒錯。

店員們內心最終只剩下參雜著混亂的喜悅，作出「高興就好」的結論。

他們對於滋味有絕對的自信，但還是擔心這個人不喜歡。平常在內場負責切肉、鮮少在客人面前現身的店長都探出頭來，所有人一起看著不可思議的三人組這麼想。

他們能思考的空檔只有一瞬間。

「店長，十片肉排！」

「他們再吃快一點，我手腕就要抽筋了。」

「再來一分熟三片、五分熟三片，就算來得及切也來不及烤啊！」

「最後一片被吃光了！快點快點，加快速度！」

廚房裡怒濤般的指示此起彼落。

一開始他們還覺得稀罕，觀望著想，「不曉得他們會點什麼？」但三人組的第一道點單是「總之先來二十片」，所有人頓時領悟到他們即將面臨地獄。不，光是這樣倒還好，冒險者只要財力允許，點個十片、二十片都毫不猶豫，這種人雖然比較少，但他們還是見過。

然而這三人組吃肉的速度完全不會減緩。總之先來二十片、再來二十片，這好吃到一口接一口，再來二十片。聽到顧客的讚美當然開心，非常開心，現在所有人都把這當作唯一的動力，像身在戰場一樣繃緊神經。

「肉可能不夠用。」

「店長?!」

「準備放棄晚場了。」

「可以早點回家啦，好耶——!!」

好什麼好。

就算在內心這麼自我吐槽也無法恢復平靜，所有人都忙到精神亢奮，反而開始覺得好玩了，不時有人在莫名其妙的時間點發出笑聲。

「新的麥酒桶在哪?!」

「後門外面！」

「他們吃得多，喝得也多啊。」

一名店員兩手端著玻璃杯，跑過狹窄的廚房一角。

廚房的動線逐漸臻至完美，所有人的工作效率都提升到頂點，自然形成分工，大家都對於自己能完成如此龐大的工作量感動不已，雖然不希望這種事每天發生。

「其他客人是不是也被他們影響，好像點得更多了？」

「等、稍等、等、等一下，啊，熟了嗎？熟了喔，謝謝你啊……」

不斷烤著肉的店員已經失去語言能力，還開始跟肉說話。

這家餐廳會先在廚房把肉烤熟到一定程度，再送到客席的鐵板。只用桌上的鐵板雖然也能烤，不過廚房使用木柴當燃料，火力更強。魔石使用起來比燒柴方便，但火力總是不太夠。

「這樣下去不行，把那一桌和其他客人分開處理。」

「「「是!!」」」

聽見店長的指示，店員齊聲發出不比軍人遜色的應答聲。

有人拿著餐刀烤肉，有人兩手緊緊握著麥酒杯，有人邊端著盤子邊從丹田出聲回應。平常不是這樣的，這裡應該是充滿了親切和善的店員，氣氛愉快又有活力的餐廳才對，常客們投來同情的目光就是最好的證據。不過常客們並沒有因此停止點餐，反而還帶著一種看表演的眼神，拿他們忙碌的模樣下酒。

「一個人固定到那桌幫他們烤肉，讓他們隨便拿，熟度丟給他們自己決定。」

「知道了！」

「點餐已經沒意義了，肉切好就直接端去，記得保留其他桌的份。」

「是！」

「還有，把休息的牌子掛到門外去，反正那些傢伙會把所有肉吃光。」

「我也這麼覺得！」

聽見店長熟練地操作著切肉刀這麼說，店員們不約而同開始動作。

那天發生的事我記得很清楚，一名店員這麼說。

站在那三人組桌邊不斷烤肉的記憶仍然鮮明。一切結束之後，所有店員圍成一圈一起歡呼，常客們明明吃飽了卻一直待著沒回去，還說他們「所有人的表情都好像身經百戰的戰士準備把戰果獻給君王一樣」。不久前確實還置身戰場，從這點來說是沒錯。

見證過他們豪邁的吃相，所有店員一同鼓掌歡送他們離開，而且聽到客人說「我們還會再來的」，他們也像軍隊一樣齊聲回答「隨時歡迎!!」不論在哪個領域，超越極限的人們總是擁有特別的魅力，他們確實忙到過度亢奮了，但還是衷心期待這幾位戰友再度光臨。

畢竟一起度過了一段前所未見的極限時間，無論對方有多難以親近都不太重要了。即使是平常不敢攀談的對象，感覺都像是一起赴湯蹈火的戰友，真不可思議。

只是那個人再度光臨的日子，來得比想像中更快。

「你會來這種餐廳還真稀奇，利瑟爾。」

「會嗎？」

先前帶著兩名冒險者護衛來店的顧客，又帶著不同的冒險者護衛來光顧了。

店員邊帶他們到空位邊回頭看，好幾個店員從廚房探出臉來，所有人看到優雅男子的同伴都露出安心的笑容。就算來的是先前那兩人，店員們還是會使盡渾身解數替他們烹調，廚房忙碌起來也有種慶典般的樂趣，但那是兩回事。也不能怪他們忍不住鬆一口氣，畢竟隔天所有人都有些肌肉痠痛。

但上一次，三人之中只有優雅男子一個人的食量比較小。並不算吃得特別少，他吃的差不多是一般成年男性的量，只是另外兩人食量太大了。當時看護衛邊說「多吃點」邊把肉放進他的盤子，他還很努力把肉往嘴裡送，平常說不定吃得更少。

那兩人在空桌面對面坐下。

「這間餐廳是誰介紹給你的嗎？」

「是呀，艾恩他們推薦的。」

「那是誰？」

「是王都的冒險者，精力充沛的四人組，你沒見過嗎？」

「哪個冒險者不是精力充沛？」

這位翡翠色頭髮的冒險者跟上次那兩位一樣，明明是護衛，態度卻不太恭敬。雇主沒有意見嗎？雖然這麼想，但店員也無法想像冒險者畢恭畢敬的樣子，應該還有更適合當他護衛的人吧，像王都的騎士、撒路思的禁衛那樣。

不過優雅男子願意親自來到這種餐廳，一定是個充滿好奇心的人，說不定這種護衛也是他刻意挑選的。

「是年輕又活潑，有點莽撞的C階小朋友。」

「年紀輕，又吵又笨的C？啊，我好像想起來了。剛才說到哪裡，肉嗎？」

「是的，這裡的肉很美味哦。」

「這樣啊。」

是微服出遊嗎？店員心裡有點雀躍，一對上翡翠色冒險者的雙眼，立刻走向他們那桌。現在是中午時段，當然還有其他客人，不過或許是上次印象深刻的關係，店員似乎下意識在旁邊待命，好隨時替他們服務。

難怪剛才同事踹了他的屁股一腳，好像很想叫他趕快工作。

「利瑟爾，你要幾片？兩片可以嗎？」

「不，一片就好。」

「那給我們四片。飲料呢？你不能喝酒對吧，喝水嗎？」

「好，麻煩你了。」

「那就一杯水、一杯麥酒……還是兩杯都水好了。」

「你可以喝呀。」

優雅男子有趣地瞇細雙眼笑著說道，冒險者不服氣似地蹙起眉頭。

上次的護衛喝得理所當然，所以店員從來不曾產生疑惑，不過想到他們正在保護要人的話，禁酒或許才是正確的，雖然他也不太清楚。冒險者喝酒好像比較自然，大白天來光顧的冒險者幾乎都吃了很多肉、灌下很多酒才回去。

「劫爾和伊雷文都喝得很開心呢，說很適合配麥酒。」

「……那就麥酒，反正也不打算喝到醉。」

「你的酒量很好呢，西翠先生。」

「一般吧？」

冒險者的食量果然很大，店員把點單轉達給廚房。

開場就來三片算很能吃了，但完全還在常識範圍內。上次三人組可是從五片、三片、一片開場，接下來變成十片、十片、一片（因為上限是一人十片），最後還失去了片數的概念。

現在回想起來，他們一開始點得比較客氣，應該是因為還不確定好不好吃。也就是說下次他們一開場就會全力衝刺，主要是紅髮獸人，得趁現在早點想好對策才行。

「四片夠嗎？不是點十四片然後你聽錯了？」

「四片、四片啦。」

負責烤肉的店員，從那天以來就失去了片數的判斷標準。

而且還開始聽見肉說話的聲音，邁向了未知的領域。店長讓他休息了幾天也毫無改善，實際上他烤肉的技術也突飛猛進，因此大家判斷這應該沒什麼害處，都接受了這個狀態，雖然真相無從得知。感覺好像同事去了很遠的地方，有點悲傷。

「你常常跟其他隊伍聊天啊？」

「悠哉聊天的機會比較少，之所以聽他們聊到這間餐廳，也是因為自由組隊日一起行動的關係。」

「啊？」

店員端著水和麥酒走向那一桌，聽見翡翠色的護衛發出詫異的聲音。

是一聽就能認同這人果然是冒險者的聲音。幾年前曾經有冒險者沮喪地來找他商量，說自己無意間發出的聲音似乎比想像中更有壓迫感。那名冒險者愛上了附近工房的女兒，至於他的戀愛結果就暫且擱置不提，即使冒險者本人沒有威嚇的意思，似乎還是會下意識用這種語氣說話。

但優雅男子完全不介意，還一副不可思議的樣子。畢竟經常雇用冒險者當護衛嘛，可能早就聽習慣了。現在回想起來，先前跟他一起來用餐的黑衣冒險者相貌也相當兇惡，紅髮冒險者雖然相較之下不那麼起眼，但看起來也不好惹。

倒不如說，店員根本沒見過不兇惡的冒險者，可能多少也有點偏見成分吧。

「這是兩位的水和麥酒。」

「嗯。說到哪裡，自由組隊？王都的？」

「是的，我在尋找隊伍的時候，艾恩他們主動來邀請我。」

「只有利瑟爾你一個人？」

「對呀，劫爾和伊雷文不喜歡這種活動。」

店員放下兩個玻璃杯離開，傳入耳中的單詞讓他在內心困惑地偏了偏頭。

自由組隊日是什麼？能自由選擇讓哪個隊伍當護衛的日子嗎？該怎麼說呢，這制度聽起來好像一種貴族的遊戲。在他這麼想的時候，其他桌有人需要點餐，他把內容轉達給廚房，順道把烤好的肉送到優雅男子他們那一桌。

幸虧他們只點了四片，手上的盤子很輕。比起上次那種簡直像「我在挑戰突破同時能端幾個盤子的極限紀錄!!」的數量，內心的餘裕實在差太多了。

「可惜我不在王都，不然就可以邀請你了。」

「要是加入你們的隊伍，我應該幫不上什麼忙了。」

「一起接低階委託嘛，裡面有很多有趣的委託吧？」

「啊，感覺很好玩呢。」

店員聽不太懂他們的對話內容，倒是聽得出他們感情很好。

在內心這麼想著，店員把肉排一片片擺到鐵板上。有了店長開發的鐵板桌，客人隨時都能吃到熱騰騰的牛排。底下的熱源是魔石，雖然無法指望它提供多強的火力，但也不會發生烤太久讓肉質變硬的情況。

「好香的味道，是香料？啊，所以才說跟麥酒很搭呀。」

翡翠色的冒險者看著鐵板上的肉。

聞到刺激食欲的香味，他臉上不服氣的表情稍微緩和了一些。無論在多麼不苟言笑的冒險者臉上，都能看見類似的表情變化，這也是店員私底下的小小樂趣。

「感覺光聞這個味道就能下酒了。」

「劫爾也這麼說。」

「對了，之後你有什麼想去的地方嗎？我可以帶你去書店之類的。」

「太好了，那就麻煩你了。」

兩人和氣地聊著，開始享用餐點，店員也「嗯、嗯」地點著頭，回去繼續忙他的雜務。

在那之後，翡翠色的冒險者雖然加點了肉排，但也只加兩片，兩人的對話氣氛直到最後都相當和睦。豪爽的吃相、理想的餐桌風景，店員確切感受到心中充滿了滿足感，目送兩人的背影離去。

在不可思議的二人組回去之後。

店員帶著想哼歌的心情，在餐廳外面搭建的清洗處洗著鐵板。這個下午天氣宜人，微風徐徐，他以眼角餘光看著路過的行人們聞到餐廳飄出的肉香而放緩步調，把髒抹布泡進從水道打來的水中。

今天客人好像比較少一些，他這麼想著，把濕抹布擰乾。為什麼人一有了空閒時間，總會懷念起忙碌的時光呢？

店員這麼想著，在清潔完畢後把鐵板擦亮，從後門回到餐廳。趁著店裡沒有客人，他邊吹著口哨邊把鐵板放回原本那一桌。接下來打掃玄關吧，他握緊了掃帚，同時店門打開，有新的客人來了。

「歡迎光……」

「啊——肚子餓啦。」

首先躍入眼簾的是鮮豔的赤紅色。

今天他似乎一個人來，毫不猶豫地坐到空位上。那是鐵板剛清洗過的那一桌，而且是優雅男子不久前坐過的位子，完全只是巧合吧。而且店員已經察覺，接下來的事態發展和剛才絕不會有任何雷同。

稍微上挑的眼角像弓一樣彎起，捕捉到了呆立原地的店員。

「總之先來十片。」

「遵命!!」

店員立刻轉頭衝進廚房。

「報告總部，緊急情況、緊急情況，代碼紅色警報!!」

「「「收到!!」」」

他們沒有事先決定過口號，但所有店員都毫不遲疑地立即應答、展開行動。這名店員也視之為理所當然，衝向玄關準備掛出「休息中」的牌子。

撒路思冒險者公會職員如是說

撒路思報時的聲音，是鈴鐺在水底滾動般溫柔的「鈴鈴」聲。

聲音沿著水路，不知從哪裡傳來。印象中好像是魔法學院還是首都有座大水鐘，它的聲音沿著水道傳遍全城。

明明我問也沒問，在魔法學院念書的男朋友自己告訴我的——她的其中一個姊姊露出沒轍的微笑這麼說。也不知道姊姊現在和那個男朋友是分手了還是復合了，他們倆交往之後分手又復合了好幾次，她搞不清楚現在是哪一種狀態。

「（既然都知道捨不得，就不要再掙扎了嘛。）」

聽見宣告公會關門時間已到的鈴聲，她抱起處理不完的委託單，消去臉上的表情。

自從上班開始一直貼在臉上的營業用笑容，是她為了改善自己不像姊姊們一樣親切的問題而強迫自己露出的表情，不知何時開始，她不需要特別留意也能露出這種笑容了。她自己也很納悶為什麼說話聲調會一併提高，不過客套的表情和語調一定都是這樣吧。

工作上應對的必然都是異性，她也自知這種態度容易讓人誤以為是賣弄討好，但其實只是太不擅長和人對話，只好用極端客套的態度應對而已，希望大家不要見怪。幸好職場上都是親人，因此她不必擔心遭人誤解，過得相當安穩。

她抱著委託單站起身來，繞過櫃檯走向大門。

「（沒被冒險者誤會過，還真不可思議。）」

她看過才貌兼備的姊姊們被搭訕好多次了。

但她自己幾乎不太會被冒險者糾纏，不是完全沒有，但只被初次見面的冒險者搭訕過幾次而已。這樣很好，畢竟被纏上也很傷腦筋，唯一令她介意的只有一點：這是否表示自己待客不夠親切呢？她時不時會不小心露出真正的表情，或許是這個緣故吧，希望大家不會因此覺得她很難親近。

「啊，我來關吧。」

「謝囉。」

她正要去把敞開的大門關上，一個姊姊一手拿著掃帚走了過來。

替現在仍在大廳裡的冒險者們辦完手續之後，公會的工作就結束了。由於冒險者們回到公會時往往帶著一身泥沙，有時還渾身濕淋或燒成焦炭，因此公會的地板很容易髒。她們會趁著空閒時間勤於清掃，姊姊應該是想最後清掃一次再關門吧。

「天黑得越來越早了呢。」

「沒感覺耶——」

「妳很沒情調耶，拜託。」

聽著姊姊在背後揶揄的聲音，她輕輕笑了笑，走向委託告示板。

雖然平常面無表情，該笑的時候她還是會笑。不過在她以為自己露出笑容的時候，也被人說過臉上面無表情，所以實際上笑得可能沒有她自己想像中那麼頻繁。正因如此，她才會做出「工作中還是隨時掛著滿面笑容比較輕鬆」這樣的結論。

公會外吵吵鬧鬧地傳來一陣急匆匆的腳步聲，是在這個時間時常聽見的聲音。

「好耶，公會還開著！」

「很可惜，我們今天已經關門囉——」

「呃，拜託再幫我們辦這個就好，求妳了！」

「沒辦法，今天我準備要去約會了呢。」

聽見戀愛中的少女輕快地這麼說，冒險者在雙重意義上崩潰了。

畢竟那個冒險者一直都在追那位姊姊，隊友們正拍著他的肩膀和背安慰他。就連正在辦手續的最後一組冒險者，都在櫃檯前看見了玄關的騷動而大聲爆笑，彷彿覺得這是所有撒路思冒險者的必經之路。

只不過姊姊的聲音裡帶著一絲惋惜，她並沒有聽錯。

「（今天晚餐一定很熱鬧吧。）」

她往東缺一塊、西缺一塊的委託告示板貼上新的委託單，在心裡這麼想道。

坐著六個女人的餐桌總是非常熱鬧。

「我的腳水腫超嚴重的耶。」

「欸，我的高跟鞋鞋跟老是往同一邊歪，是不是站姿怪怪的啊？」

「等一下，這邊怎麼一支筆都沒有，誰拿到公會去啦？」

「我酒桶裡的麥酒變少了!!」

說話聲此起彼落，回答也彼此交錯。

平常是她們五姊妹加上母親，不過今天少了一個姊姊；父親平時會一起吃晚餐，但今天出去參加名為地區集會的飲酒會了。祖父母把公會事業轉讓給父親之後，就在附近的民家裡過著悠閒自適的隱居生活，他們一家七口則住在公會樓上的起居空間。

「媽媽，火爐空著嗎？我能不能去煮橄欖油蒜味蝦？」

「那我去切麵包。但是筆……」

「我去拿——」

正好餐具都擺好了，她自願走向樓梯。

文具會在公會和居住區之間跑來跑去，她們有時會好好整理，但總是不知不覺間混在一起。趕時間的時候要是找不到筆，大家會衝上二樓拿可以確定位置在哪裡的筆，所以兩邊的數量總是不對等，大部分都堆積在公會。

她走下樓梯，穿過昏暗的公會。從小就走習慣了，事到如今也不覺得害怕，她熟練地走向櫃子，明明很熟練了腰卻還是撞到桌子，一打開抽屜就看到堆積如山的筆。誰來把它們放回去吧——雖然這麼想，但最後的結論是「那自己負責拿回去就好了」，她因此打消了念頭。真想成為更認真勤快的人。

「（總覺得我做事很不得要領……）」

她回想著自己白天工作的情形，握緊了幾支筆。

工作時她總是自顧不暇，頭腦搶先列出接下來的待辦事項，身體卻跟不上。能夠同時完成好幾項工作的姊姊們是怎麼辦到的呢？

但身為家中老么，自己資歷最淺，想模仿她們或許太不自量力了。不過到了晚上，自己白天做過的糗事總是特別鮮明地浮現，這到底是什麼現象？

她悶悶不樂地想著打開起居室的門，所有人不約而同把視線轉過來，害她顏面抽搐。

「拿來了，筆在這裡……」

「謝謝。是說那個呀，今天那個冒險者。」

「那個人怎麼回事？真的是冒險者？」

「一刀也在呢，雖然之前就聽說他組隊了。」

母親和姊姊們準備好了晚餐，所有人都已經就座，興味盎然地前傾著身體，連珠炮般這麼問。總之她也先坐好，喝了一口水，姊姊們已經開始喝麥酒了，一想到這樣的問題攻勢只會越來越猛烈，她就——

「我才想問怎麼回事咧?!」

就覺得只能趁現在這個機會發洩蓄積已久的疑問了，於是忍不住吶喊。

「也是呢。」

「公會卡呢？妳看了嗎？是S階？那個很像貴族的人也是？」

「一刀和紅毛怎麼看都是S階呢。」

「一刀是S階嗎？好想看他的迷宮攻略紀錄——！」

「出現了，紀錄控。」

母親和姊姊們紛紛出聲贊同。

在公會被質問的時候她用一句「之後再說」迴避掉了，但歸根究柢，她自己的理解根本還追不上事態發展。甚至在那三人離去之後，她還在思考自己滑了一大跤搞砸的初次見面是不是發生在夢裡。那樣的人以冒險者身分出現在公會，還像一般人一樣接了委託離開，她心裡有著無止境的疑問。

「妳們不覺得那個紅髮獸人好像見過嗎？」

「啊，見過見過，他好幾年前來過公會。」

「那個人登記的時候整間公會一定大混亂吧，怎麼看都是貴族，我都忍不住把背挺直了。」

「啊，我好像看到他的登記地點在王都。」

「是說他們居然有辦法穩定取得那個鈴鐺，不覺得很厲害嗎？」

平常晚餐餐桌上的話題總是一個換一個，只有今天說來說去都圍繞著那三人組。所有人都不間斷地說著話，但還有辦法同時吃飯，連自己都覺得不可思議。

順帶一提，雖然明天早上也要早起，但這麼熱鬧的餐桌風景總是持續到深夜。

換句話說，她也已經習慣把坐在原位開始打瞌睡的姊姊趕去睡覺、從喝個沒完的姊姊手中把酒沒收、擋在還想追加下酒菜的姊姊面前了。母親會先一步去睡覺，只有不喜歡酒的滋味、不喝酒的她能夠阻止姊姊們。

如果明天沒輪到她休假，她也不會多管，但休假的話有人宿醉就可能會找她代班了，雖然這種事還沒發生過。

「（還有冒險者對這樣的女人懷抱夢想呀……）」

妳至少把妝卸掉再睡——她把姊姊趕到洗手間，決定明天要睡到日上三竿。

樓下的公會一大清早就吵吵鬧鬧，不過從小生活在這個環境，她早就習慣了。

雖然沒睡到正中午，她還是睡得很飽，覺得頭腦清醒多了。休假日萬歲，她在心裡喃喃說著，爬起來洗過臉之後，來到廚房兼客廳。只有母親一個人在窗邊澆花，舒適的微風從敞開的窗戶吹進室內。

「啊，這不是公會媽媽嗎。」

「路上小心哦。」

「我們出發啦——」

是睡過頭的冒險者嗎？聽見樓下傳來的聲音，母親隨口回應。

如果說住家樓下就是公會有哪些不方便，大概就是這點了吧，她往水壺裡裝著水這麼想。實在不想被人看到自己剛睡醒、在房間裡閒晃的樣子。除非特別靠近窗邊，否則從樓下也看不見，所以她平時也不必特別小心，只是開窗時跟冒險者對上眼的情況倒是發生過好幾次。

這點程度她並不感到特別排斥，她自己也會往街上看。

「媽，妳要喝紅茶嗎？」

「好呀——」

她用煮沸的熱水泡了兩人份的紅茶。

母親有時候在公會，有時候也會在客廳工作。現在她很少負責應對冒險者和委託人，而是一肩挑起所有幕後的管理工作，不過有空時還是會坐櫃檯，也會陪委託人商量委託事宜。順帶一提，在公會裝飾鮮花是母親的興趣。

「來，紅茶。」

「謝謝妳。對了，妳聽說了嗎？妳姊姊說下次要帶她男朋友回來。」

「那爸不是又要暴走了嗎……」

「這次得好好叮嚀他才行。」

母親在客廳桌上開始處理文件，皺眉看著紙上的數字這麼說。

是哪一個姊姊呢？多半是昨天跑去約會、正在跟畫家交往的二姊吧，看她回來的時候特別開心，似乎是關係有所進展了。雖然替她感到高興，但唯一的顧慮就是剛才提到的父親。

那是每次都被壞男人騙走的大姊，第一次把男朋友介紹給父親認識時發生的事。

身為小妹的她事後才聽說，父親可是在公會的會客室跟那個男朋友見面，而且還找了一堆人高馬大的冒險者把對方團團圍住，化身為原始的米諾陶洛斯這麼斷言：「要是我女兒過得不幸福，這些傢伙會扭斷你的脖子。」「他們很擅長用暴力解決問題，扭斷一條脖子沒什麼。」這已經成為他們家的傳說了。

都把冒險者捲入這什麼事情啊？自掏腰包付了委託費嗎？那些冒險者聽見父親的發言，對著男朋友嚇到發抖的視線拚命搖頭，「我們沒有扭過人家脖子！」

要是不趕快否認，父親認真起來說到做到，說不定真的會命令他們去扭斷對方脖子，更不用說那個男朋友一看就知道是不值得信任的人。最後男朋友嚇得落荒而逃，姊姊放棄了一切，只揍了父親一拳就原諒他。

她坐到處理文件的母親對面，悠閒品嘗溫熱的紅茶。

「那時候那些冒險者為什麼願意跟著爸爸一起過去呀？」

「他們都是從小看著妳姊姊的熟面孔呀，一聽說她被奇怪的男人騙走，總是願意出面幫個忙。」

「原來。」

「妳姊姊很生氣他把這件事拿去到處說，妳爸爸應該也在反省了。」

「那這一次扭斷脖子大隊不會出動囉。」

她微涼的手裹住溫暖的茶杯，帶著有點複雜的心情點頭。

住家就在公會正上方，而且公會還是家族經營——若說這有什麼影響，那就是這方面了，老手冒險者都見過自己幼年的模樣。畢竟小時候都嫌繞到後門麻煩，老是從公會進出，也曾經藉口要幫大人的忙跑到公會玩。她還記得閒著沒事的冒險者會陪她玩耍，也記得兒時的自己聽說熟識的冒險者要轉移據點到其他國家，就抱著人家的腿嚎啕大哭。可以的話真想忘記。

冒險者都是無根的浮萍，大部分待個幾年就會離開這裡到其他國家，但也有人相隔十年突然回到撒路思。當這樣的冒險者在公會對她說「喔，妳長這麼大啦」她總是不知該作何反應，也會碰到沒印象的人笑她說「妳以前還會叫我大哥哥呢」。

正因如此，他們才願意在「父親化身充滿殺意的米諾陶洛斯事件」中幫忙，看到年輕冒險者蠻橫地追求姊姊們也會加以勸阻，可是……

「（老實說，還是新來的冒險者相處起來比較輕鬆。）」

主要是心理方面。

「妳們真的沒有一個人跟冒險者交往呢。」

「姊姊她們都喜歡纖瘦一點的男人嘛。」

「肌肉看膩了？」

「不曉得耶，可能瘦一點感覺比較特別吧。」

她小口小口喝著紅茶，事不關己地這麼說。

也不是看不看膩的問題，只是她們日常生活中實在有太多肌肉結實的男人，壯碩的身材確實顯得普通了。因此線條纖細一點反而令她們眼前一亮，人嘛，難免覺得罕見的事物更有魅力。就連老是被壞男人騙走的大姊，也從來沒跟冒險者交往過，或許一方面也是不想跟工作上的客戶談感情吧。

她自己面對冒險者也會切換成工作模式，可能是類似的感覺。

「妳今天要出門嗎？」

「會待在家，有什麼事情要幫忙嗎？」

「那晚點拜託妳去買東西哦。」

「好——」

今天沒有約朋友出門，她計畫在房間好好享受她感興趣的裁縫。

她喜歡從版型設計開始思考，衣服完成之後，姊姊們就是她最好的模特兒。姊姊們出門時也會主動穿上她縫的衣服，若不是她們特別偏袒家人，應該就是表示她的成品還不錯吧。有一次父親也曾經問過她，真的不打算靠裁縫維生嗎？但她回絕了，這當成興趣就好。

「（已經買到喜歡的布，型紙也做好了，今天可以完成假縫衣讓姊姊試穿……）」

她一邊安排今天的計畫，一邊把喝光的茶杯放到桌上。

像這樣沉默不說話時，常有人問她「妳是不是生氣了？」她只是在想事情，但自己面無表情的時候看起來似乎像在鬧脾氣。

不過現在沒有顧及體面的必要，她盡情想像著接下來的計畫。母親說「早餐有麵包可以吃哦」，她應了一聲，從椅子上起身。

在那之後。

她沉浸在自己的興趣當中，出門採買轉換心情，然後再一次沉浸到裁縫的世界裡。抓住剛下班的姊姊，讓她穿上假縫衣，徹底把版型檢視過一遍。在姊姊「妳也差不多該放人了吧」的抱怨聲中，她反覆嘗試錯誤，一回神就到了晚餐時間。

這個平凡的休假日，唯有一件事情不同於以往。

那就是在外出採買的時候，她遇見了那個酷似貴族的冒險者，而且他居然跟S階冒險者走在一起。令人驚訝的是他們似乎感情不錯，驚訝過頭而一臉面無表情地打了招呼的自己也令人驚訝，還有晚餐時聽母親說「有傳聞提到會演奏樂器的冒險者，源頭肯定是那個人不會錯」也令她相當驚訝。儘管知道S階冒險者當時也與他同行，但她毫不懷疑地全盤同意了母親的說法。

「（這間公會……變得很不得了呢……）」

這裡有S階冒險者，有最強冒險者，還有實力不明、但各種意義上都令人離不開目光的冒險者。

以前從來不曾有這麼多當紅人物聚集在這裡吧，她這麼感嘆著鑽進被窩。面對這些不簡單的冒險者，從現在開始就必須鼓足幹勁，在他們面前才能像平常一樣穩定地表現——一向認真面對工作的她再次這麼下定決心。

她願意把自己愛好的裁縫當作興趣，因為她好喜歡家人攜手經營的這間冒險者公會。

就這樣，她隔天也帶著一如往常的笑容站在櫃檯。這時候的她做夢也沒想到，不久後她會為了「黑色魔物把貴族拖進湖裡」的謠言四處奔走。

後記

水澤與街道融合的風景，為什麼如此令人嚮往呢？

該怎麼說……已經是一種異世界了。雖然迷宮環境我也會放手自由地去寫，不過水鄉澤國又有著另一種截然不同的奇幻感。真的有人生活在這樣的城市多令人感動啊，每一個細微的角落都有著生活感，存在著歷史和文化的痕跡，同時也存在有點刻意的、觀光用的部分，真是太棒了。即使不是真正來到了異世界，但看見不熟悉的風景，心中總有些瞬間會湧現「這已經是異世界了吧」的感受——我邊改稿邊想著，要是能與讀者們分享這樣的心情就好了。我是作者岬，受各位關照了。

這一次，利瑟爾他們終於拜訪了一直以來只出現名字的撒路思！

自從在「成為小說家吧」連載的本篇當中，利瑟爾轉移陣地到撒路思之後，我屢次收到這樣的評論：「原本以為撒路思是個不太好的國家，現在看到大家過得滿開心的，才讓我鬆一口氣。」國家整體的形象因為少數人的作為而定型是常有的事，能讓大家在《休假》系列中感受到這一點，我真的非常高興，每次都深深覺得能寫出這個國家真是太好了。

能把這樣的撒路思透過書籍版呈現在各位眼前，我也感到特別幸福。大家看見了嗎，這一集的封面！陽光是撒路思的顏色哦！從王都移動到阿斯塔尼亞的時候我也欣喜若狂地覺得「陽光特別刺眼，還感覺得到濕度，太厲害了！」或許是因為水面反射的關係，撒路思的陽光特別清澈，有著不同於阿斯塔尼亞的明亮感。簡直太棒了，我真的好興奮！每一次從讀者那裡收到書籍插畫的評論都能像這樣跟大家一起激動真的很快樂，自己沒有插手的部分就能發自內心全力稱讚，太過癮啦！

這一集也多虧了各方協助，才能將書籍呈現在各位眼前。

謝謝さんど老師完美塑造出各個國家不同的空氣感，這是在文字中看不見的。每次在插圖中發現一些不起眼的小東西，我都會仔細欣賞一番。感謝我厲害的編輯，詢問舞臺表演相關的問題總能獲得她詳細的講解。感謝TO BOOKS出版社，我還是好想問你們究竟要帶領休假系列去到什麼境界！還有，拿起這本書的你。

謝謝你陪伴利瑟爾他們一起漫遊各國！

二〇二二年四月　岬

國家圖書館出版品預行編目資料

優雅貴族的休假指南。15 / 岬 著；簡捷 譯. -- 初版. -- 臺北市：皇冠文化出版有限公司, 2024.03-
冊； 公分. -- (皇冠叢書；第5147種)(YA!；75)
譯自：穏やか貴族の休暇のすすめ。15
ISBN 978-957-33-4120-8(第15冊：平裝)

861.57 113001425

皇冠叢書第5147種
YA！075

優雅貴族的休假指南。15

穏やか貴族の休暇のすすめ。15

作　　者—岬
譯　　者—簡　捷
發 行 人—平　雲
出版發行—皇冠文化出版有限公司
台北市敦化北路120巷50號
電話◎02-27168888
郵撥帳號◎15261516號
皇冠出版社(香港)有限公司
香港銅鑼灣道180號百樂商業中心
19字樓1903室
電話◎2529-1778　傳真◎2527-0904
總 編 輯—許婷婷
責任編輯—陳又瑄
美術設計—單　宇
行銷企劃—謝乙甄
著作完成日期—2022年
初版一刷日期—2024年3月

法律顧問—王惠光律師

讀者服務傳真專線◎02-27150507
電腦編號◎515075
ISBN◎978-957-33-4120-8
Printed in Taiwan
本書定價◎新台幣360元/港幣120元